Le Livre de Poche Jeunesse

Les Extraordinaires

Les Mystères de Londinor

Jennifer Bell

Jennifer Bell vit à Londres. Son premier roman, *Les Extraordinaires* a été un succès international. Libraire et heureuse propriétaire de deux piranhas, elle fait également partie de la Société Ultra Protectrice des Espèces Rares.

JENNIFER BELL

Les Extraordinaires

Les Mystères de Londinor

Tome 1

Illustrations de Karl James Mountford

Traduit de l'anglais (Royaume-Uni)
par Cécile Moran

Titre original :
THE UNCOMMONERS – THE CROOKED SIXPENCE
(Première publication : Corgi Books,
an imprint of Penguin Random House, 2016)

Pour maman et Beth,
les héroïnes de mon histoire.

1

Ivy faillit partir dans le décor quand l'ambulance prit un virage sur les chapeaux de roue. Tout le châssis vibrait en faisant un bruit de ferraille. L'auxiliaire médical, un homme chauve avec les avant-bras couverts de tatouages aux couleurs passées, leva les yeux de son dossier.

— Alors, donne-moi ton nom complet.

— Ivy Elizabeth Sparrow, répondit-elle avec un débit de mitraillette.

Elle tapait nerveusement du pied sur le plancher. Si elle continuait, elle allait finir par user les semelles de ses bottes jaunes. On étouffait là-dedans ; elle manquait d'air. Elle hésitait à demander au monsieur d'ouvrir la vitre noire qui se trouvait juste derrière lui. Elle se voyait dedans, avec ses longues frisettes châtains qui rebiquaient dans tous les sens. Sa tignasse était encore plus indisciplinée que d'habitude.

L'auxiliaire nota quelque chose avec son stylo-bille, puis il se tourna vers l'arrière du véhicule.

— Et toi, tu es... ?

Un garçon était assis à l'autre bout de la banquette, penché en avant, jambes écartées. Il arborait un sweat à capuche gris estampillé du logo des Ripz, son groupe préféré. Ses cheveux blonds lui tombaient sur les yeux, mais Ivy devinait le regard noir qui lui était adressé. Pourtant, elle n'avait rien fait ! C'était sa faute à lui.

— Seb, fit-il sèchement. Je suis son frère.

Pendant que l'homme remplissait ses papiers, Ivy tourna le dos à son frère. Elle s'inclina sur le brancard et prit la main de Grand-Mère Sylvie dans la sienne. Il lui sembla que la peau de sa grand-mère n'avait jamais été aussi fine et douce. La pauvre avait des bandes Velcro autour de la poitrine, une minerve autour du cou, et un masque à oxygène embué lui recouvrait le nez et la bouche. Elle paraissait si fragile.

— Quel âge avez-vous tous les deux ? continua l'ambulancier.

— Onze ans, dit Ivy.

— Et moi, seize, ajouta Seb avec une grosse voix.

La fillette, les sourcils froncés, lui jeta un regard en biais. Il avait fêté son quatorzième anniversaire le mois précédent.

— D'accord, bien, enchaîna l'ambulancier. C'est normal que vous soyez inquiets – mais croyez-moi, la meilleure chose à faire pour aider votre mamie est de rester calmes. Arrivés à l'hôpital, nous l'emmènerons aux urgences pour que le médecin puisse l'examiner. Il est possible qu'elle ait besoin d'une opération et qu'elle soit hospitalisée un bout de temps.

Ivy fit la grimace. À sa connaissance, Grand-Mère Sylvie n'avait dormi qu'une seule fois à l'hôpital – à une date que toute la famille connaissait par cœur. Ce n'était un mystère pour personne, même si ses parents n'étaient pas nés à l'époque.

— Vous savez ce qu'elle a ?

L'homme plissa le front.

— J'ai peur qu'elle se soit fracturé la hanche, et peut-être le poignet. Les radios nous le diront.

Tandis qu'il griffonnait d'autres notes, Ivy caressa la main de sa grand-mère en se demandant si elle s'était déjà cassé quelque chose, *à cette occasion-là.* Sûrement. Elle avait eu un grave accident de voiture lors d'une tempête de neige d'une violence exceptionnelle. Après plusieurs jours de coma, elle s'était réveillée sans le moindre souvenir de l'accident, ni de sa vie d'avant. Heureusement qu'elle portait un collier avec le prénom SYLVIE gravé dessus, sinon la police n'aurait même pas su comment elle s'appelait. Elle souffrait d'« amnésie rétrograde », d'après la maman d'Ivy. Ivy connaissait la date exacte de l'accident parce que sa famille en parlait souvent : la nuit du 5 janvier 1969, veille de l'Épiphanie. La nuit des Rois.

— J'aurais besoin que vous me racontiez précisément ce qui s'est passé, dit l'ambulancier. (Il consulta sa montre.) Il est huit heures trente, donc la chute a dû avoir lieu vers sept heures quarante-cinq ? Si j'ai bien suivi, votre mamie a glissé dans la cuisine pendant que vous étiez dans la pièce d'à côté… ?

Ivy imagina Grand-Mère Sylvie perdant l'équilibre et se retrouvant sur le dos, les pattes en l'air, comme un scarabée retourné. Si seulement elle avait été là pour l'aider…

Seb ravala sa salive.

— Elle préparait des gâteaux. On l'a entendue crier.

Par-dessus nos cris à nous, se rappela Ivy, rongée par le remords. Ils étaient en train de se disputer à cause de ce stupide poster neuf des Ripz qu'il avait eu en cadeau à Noël – elle avait renversé son jus d'orange dessus sans faire exprès. *S'il n'avait pas passé un quart d'heure à me hurler après, Grand-Mère n'en serait pas là…*

L'ambulancier retourna sa feuille.

— D'accord, ce sera tout. Est-ce que vous pouvez contacter vos parents ?

Ivy soupira. Ses parents lui manquaient plus que tout à cet instant.

— Je leur ai envoyé un texto, mais je n'ai pas de réponse, dit Seb. J'essaierai de téléphoner quand on sera à l'hôpital. Maman travaille, mais on arrivera peut-être à l'intercepter avant qu'elle attaque sa journée.

Leur mère était partie hier matin. Elle, au moins, elle aurait su quoi faire. Comme à son habitude, elle aurait tapé dans ses mains et pris le contrôle de la situation. Faute de mieux, Ivy et Seb s'étaient bornés à appeler l'ambulance.

— Notre père est à Paris, précisa Ivy à mi-voix. Il travaille aussi.

Leur père occupait un poste de consultant pour le célèbre Victoria and Albert Museum de Londres. En d'autres termes, il était expert en vieilleries et il voyageait beaucoup, parce que, partout dans le monde, des gens avaient besoin de ses lumières.

L'ambulancier haussa les sourcils.

— Alors c'est pour ça que vous vivez chez votre grand-mère ?

Ivy ne put s'empêcher de défendre ses parents :

— Papa et maman étaient avec nous à Noël. Mais ils n'ont pas beaucoup de vacances.

Ils restaient à Londres la plupart du temps, tandis que Seb et elle habitaient à Bletchy Scrubb avec leur grand-mère, à six heures de route de la capitale. Cela n'avait jamais posé de problème à Ivy – d'un autre côté, c'était la première fois qu'une urgence comme celle-ci se présentait.

L'ambulancier posa son bloc et se tourna vers Grand-Mère Sylvie, qui, malgré la minerve, s'efforça de sourire. Elle ne devait pas entendre grand-chose avec ce truc autour de la tête ; d'ailleurs, elle n'avait pas corrigé Seb sur son âge.

— Bien, madame Sparrow, voyons un peu comment vous allez.

Il roula la couverture jusqu'à sa taille. Le bras de la vieille dame était enveloppé dans une fine écharpe en coton nouée derrière sa nuque. Il défit le nœud délicatement et retira le tissu. Grand-Mère Sylvie grimaça. Ivy faillit pousser un cri lorsqu'elle découvrit son bras violet et gonflé comme une aubergine géante.

Le soignant souleva son poignet blessé d'un geste expert.

— Hmm… ça continue d'enfler. Ce doit être douloureux.

Pendant qu'il l'étudiait sous tous les angles, Ivy aperçut un reflet doré sur la peau de sa grand-mère.

— Il n'y a pas de fermoir sur votre bracelet. Nous allons devoir le couper pour vous soulager, madame Sparrow. Vous êtes d'accord ?

Le cœur d'Ivy se serra. Quelle tristesse ! Ce bijou était l'un des rares objets que Grand-Mère Sylvie avait conservés de sa vie d'avant. Elle le portait au moment de l'accident et Ivy ne l'avait jamais vue sans. Il était très spécial pour elle, tout le monde le savait.

Grand-Mère Sylvie ferma les yeux.

— Allez-y, dit-elle d'une voix râpeuse.

L'ambulancier attrapa des petites tenailles argentées. Il y eut un *clic-clic* discret et les deux moitiés de l'anneau de métal rigide se détachèrent.

— Ivy, mon sac…

La vieille dame montra son sac à main d'un doigt tremblant. Ivy l'ouvrit et l'ambulancier rangea soigneusement les deux demi-cercles en or dans une poche intérieure.

— Tu veilleras dessus pour moi, Ivy ?

La fillette hocha la tête et se força à sourire. Elle jeta un coup d'œil dans le sac pour vérifier que le précieux objet ne risquait rien.

— Fais attention, prévint l'ambulancier, les extrémités sont coupantes.

Elle se garda d'y toucher et referma la fermeture Éclair.

— Tiens, grogna Seb en ramassant quelque chose par terre. T'as fait tomber ça.

Il lui tendit une photo en noir et blanc au format carte postale. Ivy la connaissait bien, parce que Grand-Mère Sylvie la gardait toujours sur elle. C'était la seule photo d'elle qui datait *d'avant*. La police l'avait trouvée dans la boîte à gants de sa voiture après l'accident.

— Bizarre, fit Seb en haussant les sourcils. Je n'étais pas tombé dessus depuis un bail.

On la regardait tout le temps quand on était petits, pensa Ivy. Mais comme elle était toujours un peu fâchée, elle ne dit rien.

— Grand-Mère ne sait pas qui est cette femme, hein ?

Elle fit non de la tête. La photo montrait en effet une jeune femme à côté de leur grand-mère ; mince, avec des yeux sombres et vifs, elle portait un chapeau rond noir d'où s'échappaient quelques mèches rebelles. Une robe épaisse en tissu écossais et des santiags cloutées complétaient sa tenue. Grand-Mère Sylvie était quant à elle habillée d'une salopette en jean délavé et chaussée de ballerines en satin.

— C'est quoi, ces accoutrements ? se moqua Seb. Des déguisements ratés ?

Ivy haussa les épaules.

— C'était peut-être la mode ? répliqua-t-elle, rien que pour le contredire.

— Mets-la à l'abri et fais-y bien attention, souffla une voix fatiguée.

Ivy se retourna.

— Oui, pardon, Grand-Mère.

Elle s'empressa de ranger la photo et de refermer le sac.

Sans un mot, Seb s'écarta et reprit sa place à l'autre bout de la banquette.

2

— Papa ?

Ivy plissa les yeux. Dans la fenêtre du téléphone de Seb, l'image déformée bougeait au ralenti. Elle donna un coup de coude dans les côtes de son frère.

— Je t'avais dit que passer un appel vidéo était une mauvaise idée. Pourquoi tu ne les as pas juste appelés ?

Seb grommela quelques mots – elle comprit vaguement qu'il était question de la qualité de la réception – et il percha son portable au sommet de son genou.

— Si t'avais un téléphone comme tout le monde, tu saurais que c'est plus facile d'avoir une conversation à trois avec un tchat vidéo. Mais non, forcément. T'es trop bizarre pour ça.

Ivy leva les yeux au ciel. *Si tu le dis…*

— Maman ? Papa ? Vous pouvez nous voir ?

L'image continuait de trembler. Elle se mit à gigoter sur son siège. Les urgences de l'hôpital de Bletchy Scrubb grouillaient de monde : il y avait des médecins en blouse blanche avec des stéthoscopes autour du cou ; des accompagnateurs aux visages graves ; des infirmières armées de leurs blocs-notes ; et des patients qui clopinaient en serrant leurs membres enflés. Elle promena son regard sur le linoléum et les murs d'un blanc brillant. Elle ne voyait ni guirlandes, ni boules, ni aucune autre décoration nulle part. Quatre jours seulement s'étaient écoulés depuis Noël, et la fête était déjà oubliée. Ça ne plairait pas du tout à Grand-Mère Sylvie.

— Ivy ? Tu es là ?

— Papa !

Enfin ! La résolution était meilleure maintenant… mais son père se tenait beaucoup trop près de la caméra. Son visage pâle et couvert de taches de rousseur occupait la moitié gauche de l'écran. À droite, on reconnaissait la mère d'Ivy, assise derrière une table dans la cantine du personnel. Elle portait sa blouse d'infirmière bleu clair avec une montre de gousset en argent qui dépassait de la poche de poitrine. Elle rangea une mèche de cheveux châtains derrière son oreille et se pencha en fronçant les sourcils.

— Ça y est, vous êtes de retour – mais l'image n'est toujours pas nette, se plaignit-elle.

— Je suis dans le train pour Paris ! cria leur père. Je capte très mal. Est-ce que quelqu'un peut me voir ?

— Oui, on vous voit tous les deux, répondit Ivy. Vous avez compris ce que je viens d'expliquer à propos de Grand-Mère ?

Son père afficha une mine soucieuse.

— Plus ou moins. Je n'arrive pas à le croire… Est-ce qu'elle va bien ? Et vous ?

Ivy haussa les épaules.

— Oui, nous, ça va.

— Seb, dit leur mère d'un ton sévère, tu t'occupes bien de ta sœur au moins ?

Celui-ci était avachi sur une chaise, ses vieilles baskets blanches posées sur la table basse, le téléphone calé entre les jambes et les écouteurs entortillés sur les cuisses.

— Oui, marmonna-t-il. Ne t'inquiète pas.

Ivy réfléchit un instant, et lança :

— Seb a menti sur son âge. Il a dit qu'il avait seize ans.

Son frère lui jeta un regard mauvais.

— À seize ans, on a le droit d'être seul. C'est la loi.

Elle lui fit une grimace.

— On en reparlera plus tard, intervint leur père. Pour le moment, l'important, c'est que vous restiez ensemble. Dans quel état est Grand-Mère ?

Elle jeta un coup d'œil par-dessus l'épaule de Seb. Un rideau de coton bleu frémissait quelques mètres derrière eux. Il isolait un box dans lequel Grand-Mère Sylvie dormait, allongée sur son brancard. Ivy attendit quelques secondes avant de répondre ; elle avait peur de se laisser déborder par l'émotion.

— Elle se repose. On est encore aux urgences. Le médecin a dit qu'elle devrait passer une radio plus tard. Qu'est-ce qu'on doit faire ?

Son père hésita. Ivy entendait les bruits stridents du train en arrière-fond.

— Il n'y a pas cinquante options, trancha leur mère. Vous allez rentrer chez Grand-Mère et vous ne bougez pas de là-bas avant qu'on arrive. Même en partant maintenant, j'en ai pour plusieurs heures.

Leur père acquiesça.

— Je suis d'accord avec votre mère. Seb, tu achèteras les tickets de bus avec l'argent de poche que je t'ai donné hier.

Ivy se sentit soudain plus légère.

— Alors vous rentrez ? Tous les deux ?

Sa mère écarta les cheveux qui lui tombaient sur le front.

— Évidemment. Vous vous êtes très bien débrouillés, mais nous allons prendre le relais. Ne vous inquiétez pas. Tout va s'arranger.

— Oui, je serai là ce soir moi aussi – tard sans doute, mais je suis en chemin, confirma leur père. Ça va aller, hein ? Préparez-vous à manger et veillez l'un sur l'autre. Enfin… essayez, au moins.

Seb, plus concentré sur son iPod que sur la conversation, ne réagit pas. Ivy soupira.

— D'accord, j'essaierai…

Leur père agita la main en guise d'au revoir, puis leur mère leur envoya un baiser et ils raccrochèrent. Seb rangea aussitôt son téléphone et enfonça ses écouteurs dans ses oreilles sans dire un mot. Alors Ivy se tassa sur sa chaise, engoncée dans son duffle-coat bleu. Elle aurait voulu que ses parents soient déjà là ; elle détestait cet endroit.

Les bras croisés, elle promena son regard dans la salle d'attente. Un homme en imperméable gris poussa la porte du service. Il avait des chaussures noires à bout pointu et un chapeau à large bord qui lui cachait le visage. Ivy l'observa tandis qu'il esquivait le personnel et les patients, contournait l'accueil et se faufilait devant deux hommes de la sécurité. Il se dirigeait vers les admissions.

Plus elle l'épiait, plus elle avait le sentiment qu'il ne voulait pas se faire remarquer. Il n'arrêtait pas de jeter des coups d'œil autour de lui, s'arrangeait pour se fondre dans la foule sans toucher personne. Comme il s'approchait, elle avisa deux appendices jaunes et ratatinés qui dépassaient des manches de son manteau. Elle eut un mouvement de recul. *Ce sont ses mains ?!*

Ses paumes étaient couvertes de pustules, sa peau paraissait à vif, et ses doigts ressemblaient à des branches d'arbustes malades.

Ivy baissa la tête quand il passa près d'elle, se demandant ce qui lui était arrivé. Un terrible accident avec des produits chimiques peut-être ? En tout cas, ce n'était pas normal – elle n'avait jamais vu un truc pareil, même dans les films. Quand elle releva les yeux, il était planté au bout de l'enfilade de box. Il glissa un regard derrière le rideau le plus proche, attendit un moment, puis il avança et essaya le suivant. Il répéta les mêmes gestes, encore et encore, comme s'il cherchait quelque chose.

Ou quelqu'un, pensa-t-elle. Quoi qu'il en soit, s'il continuait, il atteindrait bientôt le box de Grand-Mère Sylvie.

Seb faisait de l'air batterie sur ses cuisses en marquant le rythme avec la tête. Ivy bondit de son siège et lui tapa sur l'épaule.

— Seb !

Il s'écarta avec mauvaise humeur.

— Quoi ? râla-t-il en enlevant un de ses écouteurs.

— Cet homme… (Elle surveilla sa progression : plus que trois rideaux.) Vite !

Elle sauta par-dessus les jambes de son frère et se précipita au bout de la rangée de chaises. Ses semelles en caoutchouc couinaient sur le lino. Seb la suivit d'un pas traînant.

— C'est quoi, ton problème ? lui lança-t-il, franchement agacé.

Le cœur battant, Ivy tira le rideau de Grand-Mère Sylvie d'un geste vif.

— Grand-Mère, tu… ? Oh…

Sa grand-mère dormait paisiblement, les mains croisées sur le ventre – en somme, elle n'avait pas bougé d'un cil.

Ivy regarda dans le couloir, à la recherche de l'homme en gris. Personne. Il n'avait pourtant pas pu disparaître… Elle avait détourné les yeux pendant une milliseconde.

— J'espère que tu m'as pas fait lever pour rien, grogna Seb.

— Tu ne comprends pas, chuchota-t-elle. Il y avait un homme bizarre ici. J'ai cru qu'il allait s'en prendre à Grand-Mère.

— Hein ? Pff, n'importe quoi… Tu ne pourrais pas être normale ? Pour une fois ?

Il commençait juste à pleuvoir quand le bus les déposa devant chez Grand-Mère Sylvie, presque une heure plus tard. Les gouttelettes martelaient la capuche d'Ivy et s'accrochaient dans ses frisottis. Elle leva les yeux sur la façade ; elle la connaissait par cœur, avec ses contours biscornus, sa cheminée en brique et ses murs décrépis. Le bâtiment, perdu au milieu de nulle part, servait autrefois de corps de ferme, d'après leur père.

— T'es parano, grommela Seb en s'éloignant à grandes enjambées. Tu le sais, ça ? Tu lis trop de livres, ça te monte à la tête.

Ivy lui emboîta le pas.

— Je l'ai pas inventé, insista-t-elle. Il y avait un homme là-bas avec des mains répugnantes, et quand on a quitté les urgences, j'ai entendu une infirmière dire que le dossier de Grand-Mère avait disparu. Et si c'était lui qui l'avait volé ?

Seb souffla.

— Ivy, ce gars était forcément un patient. Peut-être un grand brûlé. Et aussi cinglé que toi, si ça se trouve. Bref, on s'en fiche. Je veux juste rentrer manger – point barre.

D'un geste rageur, Ivy remonta la bretelle du sac à main de Grand-Mère Sylvie sur son épaule et doubla son frère sur le chemin qui menait à la porte d'entrée. Si ses lectures lui « montaient à la tête », jouer de la batterie l'avait rendu, lui, complètement sourd à la raison. Il ne l'écoutait jamais. *Ja-mais.*

— Ivy…

Voilà qu'il parlait avec une drôle de voix tout à coup.

— Quoi ? lâcha-t-elle en se retournant.

Il pointait un doigt vers la maison. Ivy suivit son regard et manqua de trébucher. Comment avait-elle pu ne pas le remarquer avant… ?

La porte d'entrée était entrouverte. Le cadre était fendu et il y avait de profondes entailles autour de la serrure.

Seb baissa lentement la main. Il semblait hésiter à partir en courant.

— La police, chuchota-t-il.

Il sortit son portable et composa un numéro sur l'écran tactile. Un message s'afficha. D'où elle était, Ivy réussit à le lire : « Aucun service ».

Génial…

— Qu'est-ce qu'on fait ? demanda-t-elle.

Seb avança à pas de loup sur le gravier et jeta un œil par la fenêtre.

— Les rideaux sont tirés. Je vais être obligé d'entrer pour utiliser la ligne fixe.

Ivy hocha la tête. *O.K. Bonne idée.*

— Et moi ? fit-elle.

Seb examina la porte.

— Bon. On y va ensemble. Tu restes derrière moi.

Au moment où elle franchissait le seuil, Ivy sentit des fourmillements remonter le long de ses jambes. On entendait un crissement à l'intérieur, comme si quelqu'un essayait d'arracher la tapisserie avec les ongles.

Ses yeux sondèrent les ombres du vestibule. Elle reconnut à peine le secrétaire ancien de Grand-Mère Sylvie – celui avec les pieds cambrés et le plateau taché de ronds de thé. Il gisait par terre, privé de ses tiroirs, au milieu de feuilles de papier à lettres couleur crème éparpillées sur le tapis.

Une canne dépassait du porte-parapluies renversé. Seb l'attrapa et la brandit au-dessus de sa tête. Le bruit devenait de plus en plus net à mesure qu'ils s'enfonçaient dans la maison. Qu'est-ce que ça pouvait bien être ? Seb s'arrêta devant la porte de la cuisine.

— Prête ? demanda-t-il en approchant une main tremblante de la poignée.

Ivy hocha la tête. La porte s'ouvrit et une forte odeur de chien mouillé leur emplit les narines. *Bizarre.* D'habitude, cette pièce sentait toujours bon la pâtisserie.

Les lumières étaient allumées. Pourtant, Ivy se rappelait les avoir éteintes avant de monter dans l'ambulance. Elle fit quelques pas, le cœur battant. À sa gauche, les placards de cuisine n'avaient plus de portes. Des éclats de bois, des conserves écrasées et des emballages déchirés jonchaient les plans de travail ; de la vaisselle cassée obstruait l'évier. Il y avait une tache sur le mur à l'endroit où devait se trouver le frigo. L'appareil, couché sur le carrelage, le ventre en l'air, répandait son contenu au sol comme une flaque de vomi.

Des céréales et des légumes secs croustillaient sous les bottes d'Ivy. Elle repéra une série d'empreintes boueuses qui traversait la cuisine.

— Par ici… dit Seb d'une petite voix.

Elle leva les yeux pour voir ce que lui montrait son frère… Face à eux, sur le mur opposé à l'entrée, trois mots étaient apparus :

NOUS POUVONS TE

Les lettres étaient énormes, aussi larges que des assiettes, et semblaient avoir été grattées dans le papier peint à l'aide d'un instrument pointu. La couleur rouge sang de la tapisserie précédente tranchait sur les tons pastel de la décoration actuelle.

Ivy découvrit la coupable : une grande plume, noire et brillante, qui voletait comme une grosse guêpe en commettant son méfait.

Elle inscrivit deux mots supplémentaires, puis *pouf !* elle disparut, laissant dans son sillage une minuscule pièce en argent qui retomba sur le carrelage en tintant.

Le souffle coupé, Ivy déchiffra le message qui couvrait le mur en grandes lettres de sang :

NOUS POUVONS TE VOIR MAINTENANT

3

Seb arpentait la cuisine au beau milieu des fragments de verre brisé et des boîtes de conserve renversées. Il tenait à la main ce qu'il restait de l'unique téléphone de Grand-Mère Sylvie. Le combiné était cassé et le cordon avait été arraché de la base.

Sous le choc, Ivy s'appuyait sur le dos d'une chaise pour garder l'équilibre.

— Toi aussi, tu l'as vue voler, hein ? Qu'est-ce que c'était ?

— Je sais pas.

Le visage fermé, il s'essuya les paumes des mains sur son jean. Ivy voyait des gouttes de sueur perler sur son front.

— Qu'est-ce que ça veut dire, d'abord, « Nous pouvons te voir maintenant » ? s'écria-t-il. Et cette effraction, ça n'a pas de sens. J'ai vérifié dans toutes les pièces du rez-de-chaussée : pas de vol, toutes les affaires sont là. Les intrus se sont contentés de tout saccager sans rien emporter.

Ivy étudia de nouveau la pièce. Ses yeux glissèrent sur les meubles uniques de sa grand-mère, ses vieux livres et ses photos préférées. Sa gorge se serra. La plupart des objets que Grand-Mère Sylvie avait accumulés au fil des années étaient irremplaçables. Ivy ne comprenait pas ce que quelqu'un pouvait gagner à les détruire. C'était absurde.

Pendant que Seb reposait le téléphone sur la table, elle se pencha sur les empreintes et écarta les doigts. Ces marques mesuraient bien quatre fois la largeur de sa main. La bête qui accompagnait les casseurs était beaucoup plus imposante qu'un animal domestique.

— On ne peut pas appeler la police d'ici, dit Seb. Il faut qu'on parte à vélo en direction de Bletchy Scrubb. Dès qu'on a du réseau, on s'arrête et on réessaie d'appeler papa et maman.

Ivy acquiesça. C'est alors qu'un autre fait étrange se produisit : le mur derrière elle se mit à crépiter. Elle se retourna tout doucement.

— Tu vois ce que je vois ? demanda-t-elle.

Seb ravala sa salive.

Les mots « Nous pouvons te voir maintenant » disparaissaient peu à peu. Le papier peint semblait se régénérer de lui-même, à la manière d'un tissu vivant.

Seb se frotta le visage comme s'il était mal réveillé.

— De mieux en mieux !

Sa petite sœur serra les poings. Si elle ne menait pas l'enquête, elle allait piquer une crise. Il devait y avoir une forme de logique dans cette succession d'événements – à elle de la déceler. *Reprenons depuis le début…* La porte d'entrée de Grand-Mère Sylvie… les crissements… le frigo… les empreintes… la plume… la pièce de monnaie.

La pièce.

Elle scruta attentivement le carrelage de la cuisine et repéra un reflet argenté dans une flaque de soupe à la tomate. En la voyant se baisser pour la ramasser, Seb la mit en garde :

— Fais attention.

Ses doigts restèrent en suspens pendant quelques secondes, puis elle la saisit et l'essuya. Elle mesurait environ deux centimètres de diamètre et était légèrement tordue au centre, de sorte qu'elle épousait la courbure de sa paume. Un autre détail l'interpella : elle était *chaude* – comme si elle était restée au soleil.

— Alors ? s'enquit Seb en s'approchant.

Ivy la prit dans son autre main et constata que le métal chatouillait un peu. Il laissait sur sa peau un picotement étrange, mais pas désagréable. Elle la tint à la lumière et l'étudia en plissant les yeux. Malgré l'usure, on pouvait encore déchiffrer des mots gravés sur le pourtour.

— « Curare, Jacobée, Aconit, Mormô… » À ton avis, qu'est-ce que ça veut dire ?

— Comment tu veux que je sache ? C'est peut-être un des objets de collection de Grand-Mère. Elle exposait des pièces de monnaie anciennes dans sa boutique, non ?

Ivy revit les petits carreaux du magasin d'antiquités que ses grands-parents tenaient à Bletchy Scrubb. Grand-Mère Sylvie l'avait vendu à la mort de Grand-Père Ernest.

— Oui. Sauf que celle-ci est spéciale.

Seb se raidit.

— Comment ça ?

La pièce continuait de brûler, ce qui était déjà très curieux, mais la fillette éprouvait une autre sensation, difficile à définir. Il y a une grosse différence entre tenir un chat en peluche et un vrai chat. Eh bien, elle avait justement l'impression de toucher quelque chose de vivant. Et même… de l'entendre. Un murmure presque imperceptible lui titillait l'ouïe. *Est-ce que cette pièce me parle ? Non, impossible.* Elle devait l'imaginer.

— Ce que je veux dire, finit-elle par répondre, c'est que les pièces de Grand-Mère n'apparaissaient pas comme ça, de nulle part, en tombant du plafond.

Elle fut interrompue par un fracas inquiétant en provenance de l'avant de la maison.

Seb se tourna vivement.

— Qu'est-ce que c'était ?

Le bruit se répéta, cette fois suivi d'éclats de voix.

Ils n'étaient pas seuls.

4

Le sang d'Ivy se glaça.

— Et si c'étaient eux – les gens qui ont fait ça ?

Seb s'élança vers la porte de derrière.

— On va pas attendre là pour s'en assurer.

Il sauta par-dessus les restes d'un vase en porcelaine et franchit en trombe la porte-fenêtre qui donnait sur le jardin. Ivy fourra la pièce en argent dans la poche de son manteau et le suivit.

La pluie tambourinait sur les dalles de pierre. Ivy courait derrière Seb en tâchant de ne pas glisser. Ils contournaient la maison en direction d'un chemin qui séparait le corps de ferme d'un champ. Dans la panique, la jeune fille avait oublié de mettre sa capuche. Elle s'essuya les yeux.

— Ivy, fais gaffe ! cria Seb.

Elle s'arrêta net en battant des bras pour ne pas basculer. Un grand sac en toile de jute marron traînait par terre, juste devant la pointe de sa botte. Du terreau s'en échappait. *Les patates de Grand-Mère Sylvie !* Sa grand-mère avait toujours cultivé ses pommes de terre dans ce vieux sac.

— Ouf, c'était moins une… murmura-t-elle.

Elle bondit par-dessus et s'approcha prudemment de Seb, qui attendait, accroupi, à l'angle du garage. La petite musique de la pluie sur le toit de tôle ondulée masquait le bruit de ses pas. Elle se cacha derrière la haie d'ifs qui délimitait le jardin et pencha la tête. Ce qu'elle aperçut la laissa bouche bée.

Qu'est-ce que… ?

Une espèce de corbillard tiré par un attelage de quatre chevaux noirs était garé dans l'allée. Il était long, de forme rectangulaire, avec de grandes vitres teintées sur les côtés et un toit orné d'élégantes sculptures. La peinture laquée noire et brillante était assortie aux plumets des chevaux. Ivy n'avait vu ce type de véhicule qu'une fois dans sa vie, sur le chemin de l'école. Sa mère avait ralenti pour permettre au corbillard de la doubler. Celui-ci, cependant, ne transportait pas de cercueil. Il était vide.

Non… attends… Elle plissa les yeux. Il y avait un garçon à l'intérieur. La pluie l'empêchait de distinguer ses traits. Elle discernait seulement ses cheveux noirs et sa peau couleur cannelle. Il était assis avec la tête penchée et les genoux repliés sous le menton.

— Seb ! siffla-t-elle.

Mais son frère ne l'écoutait pas. Ses yeux étaient rivés sur le seuil de la maison.

Deux hommes en uniforme noir se dressaient sous le porche : un type rougeaud, au crâne dégarni et au ventre rebondi, et à ses côtés un grand échalas avec des cheveux lissés en arrière, une peau blafarde et des lunettes noires. Tous deux portaient des capes qui leur tombaient sur les chevilles, des gants cloutés et des chapeaux qui évoquaient des tricornes de pirates.

— Dois-je l'utiliser, inspecteur ? demanda le premier. Il vaudrait peut-être mieux nettoyer à grande eau avant d'entrer, au cas où la maison serait occupée ?

Il tenait à la main une conque de belle taille – un de ces gros coquillages hérissés de piques et incrustés de sel qu'on trouve sur les plages rocheuses. Comme l'autre ne répondait pas, il insista :

— Inspecteur Smokehart ?

Celui qui devait être son chef se tourna lentement d'un air guindé. Quand il prit la parole, sa voix glaciale et tranchante arracha des frissons à Ivy.

— Baissez cette conque. S'il y a quelqu'un à l'intérieur, il ne faut pas qu'il s'échappe. Qui sait quelles informations précieuses on pourrait en tirer lors de l'interrogatoire ?

Il y avait chez cet inspecteur Smokehart quelque chose de pas naturel… Il avait une allure de robot, avec son dos raide et son attitude figée.

— De sombres révélations nous attendent peut-être derrière cette porte, tapies dans l'ombre, continua-t-il. Les réponses aux questions que nous nous posons depuis plus de quarante ans !

— Le mystère de la nuit des Rois, souffla l'agent, un peu intimidé.

— Exact, fit Smokehart, les mâchoires serrées. *Le mystère de la nuit des Rois*. La plus grande énigme non résolue de l'ère moderne. Toute la famille Wrench a disparu au cours d'une nuit fatidique – une mère, un père, une fille et ses trois frères. Nous ignorons pourquoi, et comment, ils se sont envolés ; ainsi que leur rôle pendant la Grande Bataille… Du moins nous l'ignorions jusqu'à maintenant. (Ses lèvres fines esquissèrent un sourire satisfait.) Les intendants seront obligés de m'accorder une promotion quand l'enquête sera bouclée, vous verrez.

L'agent, pour toute réponse, se mit au garde-à-vous. Il jeta un coup d'œil à la serrure cassée.

— Cela dit, j'ai comme l'impression que quelqu'un est arrivé avant nous, inspecteur…

Smokehart baissa le regard. Ivy ne put s'empêcher de se demander pourquoi il portait des lunettes de soleil en plein hiver. Il réfléchit à voix haute :

— Elle a beaucoup d'ennemis. Possible que l'un d'eux l'ait attrapée avant nous… Prenez votre arme.

L'agent hocha vivement la tête, écarta le pan de son manteau et en sortit…

Ivy força sur ses yeux. Elle devait se tromper. La pluie brouillait sa vision.

Du plastique blanc. Un long manche. Une extrémité ronde et hérissée de poils.

Non, c'était bien… une brosse de toilettes ! Tandis que Smokehart tirait un modèle identique de sa ceinture, Ivy remarqua que les poils frémissaient.

Si elle se concentrait, elle les entendait même crépiter. Et quelque chose jaillissait de la pointe… *Des étincelles ?*

La jeune fille flageolait sur ses jambes. Les yeux écarquillés, les narines dilatées, Seb lui faisait de grands signes frénétiques. Il indiquait l'endroit où se trouvaient leurs vélos, un peu plus loin, en appui sur la clôture.

Ivy tourna la tête vers la route de Bletchy Scrubb. Ils devaient filer au plus vite.

L'agent poussa la porte d'entrée.

— Je crois qu'on devrait pas traîner ici, inspecteur. Nous avons dans la voiture un petit voyou à ramener d'urgence à Londinor.

Smokehart haussa des sourcils si fins qu'ils ressemblaient à de simples traits de crayon.

— Ne pas traîner ? Mais enfin ! Si c'est bien ici que Sylvie Wrench se cache depuis quarante ans, nous resterons aussi longtemps que nécessaire pour fouiller la maison et accumuler un maximum de preuves.

Il franchit le seuil en brandissant sa brosse de toilettes, l'agent sur les talons.

Le nom « Sylvie Wrench » tintait dans les oreilles d'Ivy. « Sylvie… » Seb se mit debout. Elle le rejoignit à pas de somnambule. « Sylvie Wrench… La nuit des Rois… »

— Vélos, chuchota-t-il.

Elle redescendit brusquement sur terre. Ils dévalèrent l'allée de gravier et atteignirent leurs vélos. Ses mains mouillées tremblaient pendant qu'elle se débattait avec la lanière de son casque. Elle grimpa sur la selle, et au moment où elle posait le pied sur la pédale, une voix tonitruante gronda dans le ciel :

— Je suis l'inspecteur Smokehart de la première brigade de l'Intergarde de Londinor ! Restez où vous êtes ! Au nom de la loi et du CAE, par ordre des quatre intendants de Londinor, je vous arrête !

5

— Seb, fonce ! hurla Ivy.

Le sac de Grand-Mère Sylvie en bandoulière, elle poussa sur le sol pour se donner de l'élan. Le vélo de son frère grinçait tandis qu'il pédalait de toutes ses forces et enchaînait les dérapages contrôlés dans les virages.

Ivy pédalait avec ardeur. Elle jeta un coup d'œil par-dessus son épaule. L'inspecteur Smokehart, planté sur le porche, portait la conque à ses lèvres ; l'agent, lui, était déjà remonté à bord du carrosse-corbillard.

Elle se mit debout sur les pédales pour prendre de la vitesse. Il y eut derrière elle un roulement fracassant, un peu comme le bruit d'une averse de grêle. L'inspecteur se rapprochait dangereusement.

Les chevaux… !

Le carrosse les poursuivait.

— Reste près de moi, s'égosilla Seb. Par ici !

Il quitta la chaussée goudronnée et se faufila dans un champ par une petite trouée dans la haie.

— Ils sont trop gros pour nous suivre. Ils vont devoir longer le champ et le détour va les ralentir.

Bien joué, Seb ! Il traversait l'herbe à toute allure en direction d'une barrière ouverte située de l'autre côté. Avec un peu de chance, ils l'atteindraient avant le carrosse.

Le vélo d'Ivy couinait en cahotant sur le sol inégal. Elle vit le toit du carrosse qui dépassait de la haie – il gagnait du terrain. L'agent de police, tendu en avant, faisait claquer son fouet, et les plumets des chevaux oscillaient furieusement.

— Ils nous rattrapent !

— Accélère ! répondit Seb, les joues cramoisies, les pieds si véloces qu'ils étaient flous. On doit y arriver !

Elle jeta toute son énergie dans les derniers mètres. Un véritable déluge s'abattait sur eux. Seb franchit la barrière et traversa la route.

— Allez, Ivy ! l'encouragea-t-il.

Le carrosse les atteignait presque. Elle entraperçut le garçon brun à l'intérieur ; les mains collées aux vitres, il essayait de résister aux secousses.

La voix de Smokehart s'éleva de nouveau :

— ARRÊTEZ-VOUS !

Ivy faiblissait. Elle jeta un regard impuissant à Seb. Il écarquilla des yeux affolés lorsqu'elle cria son nom et puis…

Ils furent séparés par le carrosse.

Le curieux véhicule dérapa sur la chaussée. Ivy pila et bascula par-dessus le guidon pour atterrir sur le sol caillouteux, la tête la première ; par chance, son casque absorba le plus gros du choc. Le sac de Grand-Mère Sylvie lui rentra douloureusement dans les côtes et une boue glaciale lui éclaboussa les joues.

Quand elle rouvrit les paupières, elle vit un visage penché sur elle : des pommettes saillantes, des yeux chocolat noir, une peau de la couleur du teck poli.

C'était le garçon du corbillard.

— Rien de cassé ? demanda-t-il.

La pluie imbibait sa longue tignasse et ruisselait sur ses épaules.

— Euh… bredouilla-t-elle.

Elle avait le cerveau en compote. Elle eut toutes les peines du monde à se débarrasser de son casque.

— Qu'est-ce qui s'est passé ?

— Les intergardes, grommela le jeune inconnu. Ils étaient tellement pressés de vous sauter dessus qu'ils n'ont pas fait attention au verglas.

Elle se massa la tempe d'une main tremblante. *Des intergardes… ?*

— Ils se sont renversés dans le champ, continua le garçon. Ton copain les a évités juste à temps.

Mon copain ? Le brouillard commença à se dissiper dans l'esprit de la fillette. Quand elle comprit qu'il parlait de son frère, elle se redressa prudemment et le chercha des yeux. Son vélo gisait cinq mètres plus loin, les roues tournoyant dans le vide. Une silhouette familière titubait sur l'herbe.

— Ivy ! cria Seb, le souffle court. Ça va ?

Elle tenta de se lever avec l'aide du garçon. Il ressemblait au chanteur des Ripz avec son corps mince, son jean serré, son blouson en cuir noir et ses baskets rouges montantes.

— Doucement, dit-il. Tu dois avoir l'impression qu'on t'a lâché un sac de farine sur la tête. Respire à fond. Tu peux bouger ?

Lentement, avec méthode, elle remua d'abord les doigts, ensuite les orteils, puis elle plia le cou d'un côté, et de l'autre. Quelques égratignures mises à part, elle allait bien. En tout cas, elle n'avait pas besoin d'une ambulance.

— Oui, je crois. Et toi, Seb ?

Il s'approcha en dévisageant l'inconnu. Quand ils furent côte à côte, Ivy constata qu'ils devaient avoir environ le même âge.

— T'es qui, toi ? demanda Seb. T'es avec eux ?

L'autre souleva un sourcil.

— Avec les IG ? Jamais de la vie. Je préférerais encore être une goule… Cela dit, j'ai eu ma dose, j'en ai marre de les fuir – si vous voulez vous échapper tous les deux, vous avez intérêt à vous dépêcher.

Comme il fixait un point dans l'herbe, Ivy suivit son regard. Une petite valise en cuir avec des fermoirs en laiton était apparue à côté de ses pieds. Elle portait une étiquette en papier marron attachée à la poignée. Complètement éberluée, Ivy se pencha pour la ramasser.

— Mais… D'où elle sort, cette… ?

Surprise par une sensation de chaleur qui lui picotait les doigts, elle ne put finir sa phrase. Elle faillit lâcher la valise tellement elle était brûlante, encore plus que la pièce en argent tordue trouvée chez sa grand-mère.

Le garçon se raidit et avança une main gantée pour la récupérer.

— Elle est à moi.

Ivy la lui tendit sans faire d'histoires.

— D'accord. Je me demandais juste…

Un claquement de fouet sonore les interrompit.

— Les intergardes ! Vite !

Il reprit sa valise, l'ouvrit sur l'herbe et s'agenouilla à côté.

— Alors, vous venez ?

Ivy avait le vertige.

— Mais… où ça ?

Seb serra l'épaule de sa sœur à l'écraser.

— Ivy, on n'a pas le temps de réfléchir !

Les sabots des chevaux pétaradaient derrière la haie. Il y eut un bruit de chute, puis un hennissement sauvage, et ils virent l'inspecteur Smokehart foncer sur eux. Il courait à une vitesse incroyable en s'aidant avec les bras. Sa cape noire se soulevait derrière lui tel un gros champignon. Son visage et son cou pâles étaient couverts de minuscules points écarlates, comme des gouttes de sang. Il agitait sa brosse de toilettes dont les poils crachaient des étincelles bleues.

— Allez-y – maintenant ! insista le garçon en tirant sur le coude de la fillette.

Elle sentit le contact de l'herbe humide sous ses mains et quelque chose qui la poussait à la hauteur de la nuque. L'intérieur en daim de la valise grossit, grossit sous ses yeux, et un courant d'air glacial l'enveloppa tandis qu'elle glissait dans l'obscurité.

6

Disparues, la lumière du jour, les odeurs d'herbe humide et de boue fraîche. Ivy toussait comme si elle avait avalé de la poussière. Elle tendit les mains à l'aveuglette et rencontra le contact doux et moelleux d'un tapis tout chaud. Sa peau fourmillait. Encore cette drôle de sensation…

— Seb ? cria-t-elle. Seb ! Tu es là ?

Pas de réponse. Elle inspira profondément. Son cœur battait fort et elle tremblait de tous ses membres. Ça sentait le vieux cuir et le cirage là-dedans. Quelles conclusions fallait-il en tirer ? Elle tenta de se déplacer en se jetant en avant. Il y avait forcément une issue quelque part.

Après quelques pas, elle entendit un cliquetis, et un trait de lumière apparut au loin. Elle faillit pleurer de soulagement. À mesure qu'elle avançait, le rai lumineux grossissait. Quand il fut aussi épais qu'une boîte à lettres, elle put enfin étudier le décor environnant. Elle retint son souffle en reconnaissant l'intérieur en daim marron de la valise.

Euh… attends… je suis dedans ? Je cours dans une valise ?

Elle plongea dans le rectangle de lumière et retomba à l'extérieur sur une surface en pierre froide. Derrière elle se trouvait une valise identique à celle qu'elle avait ramassée sur le bord de la route de Bletchy Scrubb – mêmes fermoirs, même cuir vieilli et même étiquette marron.

Elle sursauta en baissant les yeux sur ses jambes. Elles étaient *minuscules* – pas plus grandes que des rouleaux à pâtisserie ! Mais elles s'allongeaient. Ses os craquaient et son pantalon faisait des bulles comme si des ampoules se formaient sous sa peau. En quelques secondes, elle avait repris sa taille normale.

En luttant très fort pour ne pas paniquer, elle se mit debout et regarda autour d'elle. Elle découvrit une immense grotte sablonneuse, aux mêmes dimensions que le gymnase de son collège. Au plafond, deux disques de verre répandaient une lueur couleur beurre frais sur le sol, lequel était jonché de l'assortiment le plus varié de bagages qu'on puisse imaginer : ici, des piles de valises ; là, des colonnes chancelantes de cartons à chapeau ; ailleurs, des monceaux de sacs à main et des tours de coffres métalliques. Un vestiaire-forteresse, en somme. Elle repéra dans la paroi de la grotte une seule ouverture qui semblait donner sur un tunnel sombre.

— Seb… murmura-t-elle. Où es-tu ?

Elle se tourna de nouveau vers la valise. Par une sorte d'illusion d'optique, l'intérieur paraissait aussi noir qu'un gouffre sans fond. Elle vérifia ce qui était écrit sur l'étiquette : « Londinor ».

Londinor... L'inspecteur Smokehart avait prononcé ce mot. Qu'est-ce que tout cela signifiait ?

La valise se mit à trembler. Ivy s'en écarta prudemment. La doublure sombre recracha des cheveux blonds et un sweat-shirt gris.

— Je... je crois que je vais vomir, bafouilla Seb en dégringolant dehors.

Ses bras, ses jambes et son torse ondulèrent en s'étirant jusqu'à reprendre leur taille normale. On aurait dit un bonhomme en pâte à modeler.

— Seb ! Tu vas bien ?

Elle se pencha pour l'aider à se redresser. Il avait les mains moites et froides.

— J'ai vraiment envie de...

Ivy fit un bond de côté *in extremis*, et il vomit sur une malheureuse mallette en peau de léopard qui devait coûter une fortune. Une main plaquée sur le nez, Ivy poussa son frère dans un coin de la grotte.

— Apparemment, la vadrouille-en-sac ne réussit pas à ton copain, fit remarquer une voix.

Ivy fit volte-face. Le garçon brun s'époussetait tranquillement les genoux.

— C'est pas mon *copain*, le corrigea-t-elle. C'est mon frère. Et non, il n'apprécie pas la... la *vadrouille-en-sac*.

Elle articula ce dernier mot comme s'il s'agissait d'un terme médical. Il referma sa valise en souriant d'un petit air suffisant. Ses cheveux noirs mangeaient à moitié son visage anguleux.

— J'imagine que vous préférez voyager en tapis ou en aspirateur ? C'est plus chic. Ce serait bien votre style.

— Notre style ? répéta-t-elle en secouant la tête. En tapis ou… *quoi* ?

Les bruits dégoûtants de haut-le-cœur cessèrent enfin et Seb les rejoignit en titubant.

— Onhéhou ?! demanda-t-il, les dents serrées.

— Bonne question, dit Ivy, les poings sur les hanches. On est où ?

Le garçon se gratta la tête.

— Comment ça, « on est où » ? Ben… terminal des arrivées. Londinor.

Londinor. Ça recommence…

Seb se racla la gorge.

— Lun-di-quoi ? Quelqu'un peut m'expliquer comment on a atterri ici dans une valise ?

Le propriétaire de ladite valise étudia longuement Ivy et Seb, comme s'il prenait des notes. Puis il fouilla dans son blouson en cuir et en sortit un peigne en plastique marron.

— Qu'est-ce que c'est que ça ? s'enquit-il en guettant leurs réactions. À quoi ça sert ?

Les enfants Sparrow échangèrent un coup d'œil interloqué. Parce qu'elle était bien élevée, Ivy finit par lui répondre :

— C'est un… peigne ? On se démêle les cheveux avec ?

Il resta complètement immobile pendant quelques secondes, puis il se frotta la mâchoire en soupirant.

— Oh, non… J'en reviens pas. Normalement, vous…

Tout à coup, une voix de haut-parleur emplit la grotte. On se serait cru dans un centre commercial.

Forte hausse du trafic dans le tunnel 34 D. Les intergardes sont sur place.

Ivy chercha d'où elle sortait et repéra une conque pendue au plafond, pareille à celle de l'inspecteur Smokehart.

Des pas crissaient quelque part à proximité de la grotte. Le garçon regarda autour de lui.

— Ne restez pas plantés là ! siffla-t-il. Planquez-vous !

Il prit Ivy par le bras et l'attira derrière un ensemble de malles en tweed assorties. Seb se jeta sous une grosse valise décolorée par le soleil.

C'était moins une.

Un homme imposant, vêtu du même uniforme que Smokehart, franchit l'entrée de la grotte d'un pas pesant. Il avait une épaisse moustache grise et des sourcils fournis qui surplombaient deux petits yeux de fouine.

Un intergarde ! Le cœur d'Ivy cognait fort contre ses côtes. L'homme se campa au centre de la grotte et renifla l'air. Elle jeta un coup d'œil inquiet à la flaque de vomi. L'auteur du méfait se cachait un mètre plus loin à peine, face à sa sœur. Elle voyait ses baskets usées dépasser de la grosse valise.

Si moi, je peux le voir, alors…

Elle esquissa un mouvement pour le rejoindre, mais le garçon l'en empêcha. L'air terrifié, il lui fit signe de garder le silence.

Elle regarda dans la direction de son frère. Il ne lui restait plus qu'à prier pour que l'intergarde ne le repère pas.

Ce dernier martelait le sol de ses bottes cirées.

— Hum ! O.K., on peut y aller, ordonna-t-il, comme s'il parlait dans un talkie-walkie.

Une courte plume marron apparut soudain à hauteur de son tricorne. Elle voleta un instant avant de se dresser à la verticale pour griffonner dans le vide de gauche à droite. L'homme, très concentré, déchiffra le message en hochant la tête.

Ivy ne put retenir un frisson en repensant à l'épisode de la plume dans la cuisine de Grand-Mère Sylvie. Elle plissa les yeux et lut à son tour :

AVIS DE RECHERCHE

SUSPECT N° 1 : INDIVIDU DE SEXE FÉMININ, 1,47 M. YEUX VERT CLAIR, CHEVEUX CHÂTAINS. ÂGE ET NOM INCONNUS. PORTE UN MANTEAU BLEU FONCÉ ET DES BOTTES JAUNES EN CAOUTCHOUC. POTENTIELLEMENT DANGEREUSE.

SUSPECT N° 2 : INDIVIDU DE SEXE MASCULIN, 1,75 M. YEUX VERTS, CHEVEUX BLONDS. ÂGE ET NOM INCONNUS. PORTE UN PULL À CAPUCHE GRIS, DES BASKETS BLANCHES ET UN JEAN. POTENTIELLEMENT DANGEREUX.

SUSPECT N° 3 : VALIAN KAYE. INDIVIDU DE SEXE MASCULIN, 1,70 M. CHEVEUX BRUNS. 15 ANS. PORTE UN BLOUSON EN CUIR, UN PANTALON FONCÉ ET DES MITAINES. ATTITUDE TRÈS HOSTILE. RECHERCHÉ POUR VOL.

TOUTE PERSONNE SUSCEPTIBLE DE FOURNIR DES RENSEIGNEMENTS EST PRIÉE DE CONTACTER L'INSPECTEUR SMOKEHART.

L'intergarde parcourut la dernière ligne avec une expression effarée. La plume tourna sur elle-même puis disparut dans un petit nuage de fumée.

Ivy s'était raidie comme une statue. Les suspects n°s 1 et 2 étaient, sans erreur possible, Seb et elle. Les intergardes les traquaient – mais pourquoi ? Elle se remémora les paroles de Smokehart devant la maison de sa grand-mère. « Sylvie Wrench… nuit des Rois… envolés… »

Si seulement elle pouvait discuter avec son frère ! Ses baskets avaient maintenant disparu derrière la grosse valise – *Dieu merci !* –, mais elle voyait son reflet dans les serrures brillantes d'un attaché-case. Il avait les joues gonflées, les lèvres pincées.

Oh, non !

Seb vomit bruyamment. Avec l'écho de la grotte, on aurait dit qu'un géant venait de retirer la bonde de sa baignoire. L'intergarde sursauta et se tourna aussitôt dans sa direction.

— Qui est là ? grogna-t-il.

Ivy voulut intervenir, mais en fut de nouveau empêchée. Une main vint se plaquer sur sa bouche.

— Tiens, tiens, tiens… fit le garde en attrapant Seb par le col de son sweat-shirt. Qu'est-ce que je vois là ?

Il le traîna hors de sa cachette.

— Lâchez-moi ! protesta Seb en se débattant faiblement, le visage verdâtre et couvert de sueur. C'est quoi, votre problème ?

L'homme prit son temps pour l'examiner. Ivy l'imaginait en train de cocher mentalement les caractéristiques de la description du suspect n° 2. Il plissa les yeux.

— Mon problème, fiston, c'est *toi.*

Il sortit de sous sa longue cape un minuscule objet aux reflets argentés.

— Un *trombone* ? s'exclama Seb. Qu'est-ce que vous allez me faire avec ça ?

Le garde sourit d'un air vicieux et secoua le trombone deux fois. Le fil d'acier se déroula en entier et s'allongea. En un éclair, il s'échappa des doigts du garde et sauta sur le poignet de Seb.

— Eh ! s'écria le garçon. Mais qu'est-ce que... ?

Ses mains claquèrent l'une contre l'autre et le trombone s'enroula autour. Seb força pour essayer de les décoller – sans succès.

— Vous n'avez pas le droit !

L'intergarde le prit par l'épaule et le poussa vers la sortie.

— Tu es en état d'arrestation. Je ne résisterais pas si j'étais toi ; les trombones extraordinaires n'aiment pas qu'on les maltraite.

Ivy aperçut les traits de son frère avant qu'il ne soit englouti par le tunnel. Il regardait de tous les côtés, affolé. Il la cherchait.

7

Ivy resta immobilisée de longues secondes. Quand le garçon desserra enfin son étreinte, l'écho des pas de Seb s'était tu.

— Lâche-moi ! cria-t-elle en repoussant la main qui la bâillonnait.

Elle prit une grande inspiration et s'éloigna à quatre pattes en envoyant valser quelques valises isolées.

— Ça va pas, la tête ? C'est mon frère, je te rappelle !

Puis elle se mit péniblement debout et fonça droit sur la sortie. La tête lui tournait. *Seb…* Elle devait le secourir. Elle essaya de réfléchir à ce que sa mère et son père feraient à sa place, mais la situation était tellement surréaliste qu'elle avait déjà du mal à les imaginer dans cet endroit.

— Où est-ce qu'ils vont l'emmener ? gronda-t-elle.

Le garçon se leva en se frottant l'épaule – dans sa colère, Ivy lui avait fait tomber une grosse valise dessus.

— Au poste, répondit-il d'un ton détaché, dans la grotte principale.

Elle se figea. *Au poste…* Et si son frère croisait le chemin de l'inspecteur Smokehart ? Elle préférait ne pas y penser.

— C'est où ?

Il l'étudia un moment, la tête penchée sur le côté.

— Dis-moi, pourquoi les IG pourchassent-ils des Ordinaires comme vous ? C'est pas logique.

— Je ne comprends pas un traître mot de ce que tu racontes. Et je m'en fiche. Explique-moi juste comment retrouver mon frère.

Il se frotta le menton.

— Si je t'explique, tu dois promettre de me rendre un petit service.

— Pardon ? s'étrangla-t-elle. Tu veux que *moi*, je t'aide ? Et puis quoi, encore ?

Elle marcha vers le tunnel, les joues en feu. À cause de cet idiot, Seb avait été arrêté – et il avait le toupet de lui demander un service !

En atteignant l'ouverture, elle marqua une pause. Le passage était plongé dans le noir et le silence. Dans quelle direction se trouvait le poste ? Le souvenir de Seb qui la cherchait partout avec des yeux exorbités la hantait. Elle se retourna, les poings serrés.

— C'est quoi, ce service ?

Le garçon sourit.

— J'ai besoin que tu ailles me chercher un truc dans une autre grotte. Rien de très difficile.

— Si ce n'est pas difficile, pourquoi tu n'y vas pas toi-même ?

Il croisa les mains dans le dos et se balança sur ses talons.

— J'aimerais bien, mais tu vois… c'est moi, Valian Kaye.

Ivy eut un petit rire sec. *Valian Kaye, le troisième suspect sur la liste des intergardes – et voleur notoire*, pensa-t-elle. Évidemment, il était recherché lui aussi, depuis qu'il s'était échappé du carrosse de Smokehart.

— Ton visage est moins connu que le mien et tu as un autre avantage : t'es une bouseuse, se justifia-t-il. Ce qui signifie qu'ils ne peuvent pas te traquer. (Il retira ses mitaines, les fourra dans la poche de son jean et fit jouer les articulations de ses phalanges.) Ça devrait les ralentir un peu.

— Une bouseuse ? répéta-t-elle, confuse. Attends. Ralentis…

Une douleur vive explosa derrière ses yeux – elle ressemblait au genre de sensation qu'on éprouve après avoir fixé trop longtemps un point lumineux. Ivy se demanda si les séquelles de son accident de vélo la rattrapaient, ou si son cerveau se plaignait d'une surcharge d'informations. Elle tendit le bras pour s'appuyer sur une pile de lourdes malles en cuir. Le duvet sur le dos de sa main se hérissa tandis qu'une chaleur diffuse se répandait dans ses doigts.

Oh non, pas encore…

Elle s'écarta en frémissant. Qu'est-ce qui lui arrivait ?

— Si j'accepte d'aller chercher ton « truc », dit-elle, alors en échange tu devras m'expliquer comment je peux sauver mon frère et aussi… tout le reste – je veux savoir qui sont les intergardes, les bouseux, où se situe cette grotte, comment cette valise a pu nous transporter ici… On est d'accord ?

Valian tapa du pied.

— Si je te révèle tout ça, j'enfreins la loi.

— D'après l'avis de recherche, enfreindre la loi ne te pose pas vraiment de problème. Et puis tu n'as pas d'autre option, si ?

Il la dévisagea un long moment, puis il finit par baisser les yeux.

— Marché conclu. Suis-moi.

Seuls les bruits de pas d'Ivy troublaient le silence inquiétant qui régnait dans l'étroit passage. Il était éclairé par les mêmes disques de verre que la grotte et sentait légèrement l'encens. Ivy fit courir ses doigts sur la paroi granuleuse ; elle cherchait la présence de fils électriques ou de prises murales. Mais s'il y en avait, ils étaient bien dissimulés. Ou alors cet endroit n'était pas raccordé à l'électricité – et dans ce cas-là, d'où provenait l'énergie des lampes ?

Valian regarda par-dessus son épaule et remarqua qu'elle étudiait les murs.

— Ceci est un tunnel d'arrivées. Il en existe tout un réseau. Là, nous sommes sous Blackheath, à Londres.

Ivy se figea.

— Londres ?!

Difficile à croire ! Bletchy Scrubb se trouvait à six heures de voiture de Londres, alors comment avaient-ils pu parcourir une telle distance dans une…

— La valise, dit-elle. Comment elle fonctionne ?

Valian se crispa.

— Je peux pas te le dire ici. Il pourrait y avoir un IG tapi dans le prochain virage. Viens avec moi.

Ils marchèrent en silence pendant une dizaine de minutes, arpentant un labyrinthe de tunnels strictement identiques – pour autant qu'Ivy puisse en juger. Elle suivait Valian d'un pas mal assuré, l'esprit débordant de questions.

Il finit par s'arrêter au point de jonction de trois galeries. Il vérifia qu'il n'y avait personne et reprit la parole :

— Je n'aurai pas le temps de t'expliquer deux fois, donc tu as intérêt à ouvrir grand les oreilles. (Il désigna un des disques en verre.) Tu reconnais cet objet ?

Ivy se concentra. La lampe, de la taille d'une assiette à dessert, diffusait une douce lumière jaune. Elle avait un rebord cannelé. Une pointe conique ressortait par le milieu. Si elle la décrochait du mur pour la poser à plat, elle ressemblerait beaucoup à…

— Un presse-citron, dit-elle, surprise. On a le même à la maison.

Ensuite, Valian montra le plafond.

— Et ça ?

Elle renversa la tête et retint son souffle en découvrant, pendue au plafond par une courte longueur de chaîne, une passoire en métal, du genre de celles qu'on utilise pour égoutter les pâtes. Des petites volutes de fumée argentée s'échappaient par les trous avant de se disperser.

— Une passoire ?

— Exact. Elle joue le rôle de filtre à air et c'est grâce à elle qu'on peut respirer ici. Les presse-citron fournissent l'éclairage. Ils sont moins dangereux pour l'environnement que les lampes classiques – et en plus, terminées, les factures d'électricité !

— Mais… ils sont alimentés comment ?

Il haussa les épaules.

— Ce presse-citron et cette passoire sont… extraordinaires.

Extraordinaires. Ce mot fit tilt dans l'esprit d'Ivy. L'intergarde responsable de l'arrestation de Seb l'avait déjà utilisé pour qualifier son curieux trombone.

— D'accord… marmonna-t-elle en s'efforçant de suivre le raisonnement de Valian. Donc, un objet extraordinaire peut faire des trucs exceptionnels. Mais comment ? C'est… de la magie ?

— De la magie ? répéta-t-il avec un sourire ironique. Désolé de te décevoir, gamine. On ne vit pas dans un conte de fées. La magie n'existe pas.

Elle sentit ses joues rougir. Après tout ce qu'elle avait vu ce matin-là, sa remarque n'était pas si bête.

— Bon, O.K., alors dans ce cas qu'est-ce qui rend les objets extraordinaires si spéciaux ? Quelle est la différence entre ce presse-citron et celui que j'ai chez moi ? Enfin… mis à part le fait qu'il brille, ajouta-t-elle d'une petite voix.

— Pour la plupart d'entre nous, c'est justement le fait qu'il produise de la lumière qui nous permet de le distinguer d'un objet commun. Quelques rares personnes sont capables de… Bref, c'est pas important. Laisse-moi te poser une question : quelle est la force la plus puissante au monde, la chose la plus incroyable et extraordinaire qui soit ?

Ivy fronça les sourcils. Elle n'était pas douée pour les devinettes et elle n'avait certainement pas la patience de se lancer dans ce petit jeu maintenant.

— Je ne sais pas.

— La vie ! Nous, quoi ! répondit-il, les yeux luisants. En général, on vit, on meurt et ensuite on part dans l'au-delà, d'accord ? Pas de problème. Mais parfois on ne s'en va pas complètement ; une part de nous – l'âme, l'esprit, le souffle éternel, appelle-la comme tu veux – reste coincée… dans un objet.

— QUOI ?

— Chut, murmura-t-il. Pas si fort.

Il regarda nerveusement dans chacun des trois tunnels, puis il fouilla à l'intérieur de son blouson en cuir. Il en extirpa un rouleau tout abîmé et l'ouvrit devant elle.

— Tiens, lis ça.

Ivy avait la chair de poule. Son cœur galopait et une pression douloureuse recommençait à lui comprimer les tempes. Elle déchiffra le bout de papier :

AVIS D'OUVERTURE

Le grand broc-en-bourg de Londinor
ouvrira ses portes à 12 h (midi)
le lendemain de la publication de l'annonce
par les quatre intendants.

Tous les Extraordinaires, vivants ou morts,
sont priés de noter qu'un broc-en-bourg aura lieu
dans la Grande Grotte de Blackheath
sous la Vieille Ville de Londres,
ainsi que dans les passages
et autres cavités attenants ;
à compter de Noël et pour une durée de douze jours,
les brocanteurs pourront librement acheter
ou vendre leurs biens
conformément aux Libertés et Prérogatives
du Code des Affaires Extraordinaires (CAE).

L'avis était signé d'une main élégante par un certain

M. Punch
Intendant de la Grande Grotte
Gardien de Londinor

Ivy avait une migraine horrible.

— Ça ne m'aide pas du tout. Je ne connais pas la moitié de ces mots. Ça veut dire quoi, « broc-en-bourg » ?

Valian roula l'avis et le rangea dans son blouson.

— Ce sont des grandes foires dans lesquelles on ne vend que des objets extraordinaires. Il y en a une ici, à Londinor. Ces avis sont distribués la veille de l'ouverture.

Ivy cligna des yeux.

— Une foire ? fit-elle, stupéfaite. Dans ces grottes ?

Elle s'attendait à tout sauf à ça.

— C'est bien une réaction de bouseuse, se moqua Valian.

— Qu'est-ce que ça signifie à la fin, « bouseux » ? maugréa-t-elle.

Il prit un air excédé.

— Les gens qui sont invités à participer aux broc-en-bourg sont surnommés les Extraordinaires. On appelle les autres les Ordinaires ou, pour faire plus court, les bouseux, parce que là-haut ils pataugent les pieds…

— … dans la bouse, j'ai compris. Charmant.

Il se rembrunit.

— Ouais, ben, les Extraordinaires n'aiment pas trop se mêler aux autres. Tout le monde ne peut pas faire des affaires ici. On hérite du privilège d'être un Extraordinaire à la naissance. Si tes parents sont des Extraordinaires, alors tu l'es aussi. Sinon, tu restes un bouseux toute ta vie.

Ivy était déconcertée par la façon dont Valian parlait des siens. Elle avait l'impression qu'il se considérait presque comme un étranger parmi eux.

— Les bouseux sont interdits d'accès aux broc-en-bourg, continua-t-il. Et si un Extraordinaire révèle quoi que ce soit à propos du CAE à un bouseux… (Il mima l'égorgement avec le pouce.)… les intergardes deviennent grincheux.

Ivy le dévisageait avec étonnement. Il risquait sa vie à lui expliquer tout cela, et pourquoi ? Elle éprouvait un certain malaise. L'objet qu'il voulait l'envoyer chercher devait être très important.

Tout à coup, un engin jaune vif apparut dans un tunnel. Il fonçait sur eux à une vitesse folle.

— Attention, écartez-vous ! cria une voix aiguë. Chaud devant !

Une femme avec un gilet fluo et un legging volait dans les airs, perchée sur… un paillasson ? Elle s'en servait comme d'un skate-board, à ce détail près qu'il n'avait pas de roulettes et qu'il glissait à un mètre du sol. Valian l'évita habilement d'une torsion de la taille, tandis qu'Ivy se plaquait contre le mur.

— Désoléééée ! hurla la dame en filant comme l'éclair. Je viens juste de l'acheter ! Je ne sais pas encore bien me servir des freins !

L'écho de sa voix l'accompagna jusqu'au bout du tunnel, puis ils la perdirent de vue. Ivy se redressa en grimaçant. Valian leva les yeux au plafond et remonta le col de son blouson.

— Allez, dépêchons-nous.

Quelques minutes plus tard, ils s'arrêtèrent devant une montagne de sacs à dos empilés les uns sur les autres, comme des rochers après un éboulement de terrain.

— Oh, manquait plus que ça ! pesta Valian. (Il ramassa un sac et le balança loin derrière lui.) Alors ? Tu me donnes un coup de main ? Il faut qu'on traverse.

Après un instant d'hésitation, elle attrapa la boucle du sac le plus proche. À la seconde où sa main se refermait dessus, une douce vague de chaleur remonta le long de son bras comme une brise tropicale. Immobile, elle se concentra sur la sensation en veillant à ne pas attirer l'attention de Valian. Le doute n'était plus permis. Chaque fois qu'elle touchait un objet extraordinaire – pièce de monnaie, valise ou sac –, elle *sentait* la différence. Ni Seb ni Valian ne semblaient avoir la même réaction. Était-elle la seule ? Elle n'aimait pas beaucoup ça. Qu'est-ce qui clochait chez elle ?

Après plusieurs minutes d'effort, alors qu'il poussait un bagage encombrant sur le côté, Valian lui dit :

— Ne te laisse pas impressionner par le nombre de sacs. Les objets extraordinaires sont encore plus rares que les fragments de roche lunaire. Un Ordinaire pourrait passer son existence entière sans en croiser un seul. Les Extraordinaires utilisent des méthodes spéciales pour les dénicher. C'est pour cette raison que Londinor n'ouvre que trois fois par an ; le reste du temps, les gens cherchent des articles qui ont une chance de s'écouler. Là, nous sommes en plein broc-en-bourg d'hiver – la période qui va du jour de Noël à la nuit des Rois.

Ivy ne savait pas quoi dire. Plus elle apprenait de détails sur Londinor, plus cette histoire à dormir debout lui paraissait réelle… et plus elle avait peur.

— C'est complètement dingue, soupira-t-elle. Tu t'en rends compte, non ? Comment ça se fait qu'on n'ait jamais entendu parler de cet endroit ? Et pourquoi on ne peut pas utiliser des objets extraordinaires à l'extérieur ? Ils pourraient sans doute sauver des vies.

— Ou en détruire. C'est en partie pour éviter que des objets extraordinaires ne tombent entre de mauvaises mains que le secret est aussi bien gardé. Il existe une confrérie de brocanteurs dont la mission consiste à dissimuler le monde extraordinaire aux bouseux, dans leur propre intérêt.

Il écarta encore quelques sacs, puis il contempla le tas qui diminuait. Derrière, un trou noir et carré se découpait dans le mur. À côté, plusieurs ceintures en cuir pendaient à des crochets. Il tendit l'index.

— Colonne ascensionnelle, déclara-t-il en guise d'explication. Plus personne ne l'utilise, ou presque. Tu y seras en sécurité.

Tandis qu'Ivy étudiait le trou noir, elle repensa à son frère. Elle réfléchit aux révélations de Valian. Si, en tant que bouseuse, elle était interdite d'accès au broc-en-bourg, comment allait-elle rejoindre Seb ?

— Les intergardes… C'est votre police en quelque sorte ?

Valian traîna un gros sac à dos en toile hors du chemin.

— En théorie, oui.

Elle revit l'inspecteur Smokehart avec sa brosse de toilettes extraordinaire. *Pourvu que Seb soit sain et sauf.* Alors qu'elle baissait le bras pour saisir la bretelle d'un dernier sac, il lui sembla entendre un léger chuchotis. Elle se pencha et aperçut un peigne en écaille.

— Attention ! hurla Valian.

Il attrapa le sac par le fond et le jeta sur sa pile. Lorsqu'il atterrit sur les autres, il émit un drôle de claquement.

— Qu'est-ce que… ? bafouilla la fillette, pétrifiée.

Valian plongea la main dans la poche de son blouson et en ressortit le peigne.

— Tu te souviens de ça ?

Il le caressa doucement, et aussitôt les dents de plastique se transformèrent en canines et en incisives impressionnantes, implantées dans des gencives de plastique marron.

Ivy recula, la tête dans les épaules, horrifiée. Valian frotta le peigne en sens inverse, puis le rangea.

— C'est un dispositif antipickpocket. Les objets extraordinaires peuvent avoir plusieurs usages.

Là-dessus, il entreprit d'escalader ce qu'il restait de la montagne de sacs à dos. Quand il atteignit le sommet, il choisit une ceinture pour lui et une autre pour Ivy, qui dut sauter pour l'attraper au vol.

— Les ceintures extraordinaires font plus ou moins la même chose que des ceintures normales : elles soutiennent, d'une certaine manière.

Il ferma la boucle de la sienne et la tint à bout de bras au-dessus de sa tête. Il décolla immédiatement du sol.

Le voir monter ainsi vers le plafond de la grotte donna le tournis à Ivy. Elle baissa les yeux sur la bande de cuir qu'elle tenait entre les mains. À force de manipuler des sacs extraordinaires, elle avait les paumes toutes moites. Et elle avait remarqué autre chose, en plus de la chaleur qu'ils dégageaient : parfois, ils murmuraient.

Elle attendit que Valian ait le dos tourné et elle porta la ceinture à son oreille. Si elle écoutait attentivement, elle percevait des voix. Elle n'arrivait pas à distinguer ce qu'elles disaient – elles étaient trop faibles pour cela –, mais en tout cas elle ne rêvait pas.

Elle prit une grande inspiration et agrippa la ceinture. Tous ces mystères l'intriguaient, bien sûr, mais elle devrait patienter pour obtenir des éclaircissements. Sa priorité était de sauver Seb et elle y consacrerait toute son énergie.

Valian redescendit en inclinant la ceinture à hauteur de sa taille. Une fois au sol, il s'introduisit dans la colonne ascensionnelle.

— Fais comme moi ! cria-t-il. Nous n'avons pas beaucoup de temps.

De nouveau, il leva la ceinture au-dessus de lui et il s'envola. Les coudes écartés pour ne pas heurter les murs, il s'enfonça dans l'obscurité.

Quand ses pieds eurent disparu, Ivy prit sa place au sommet de la colline de sacs et se pencha par l'ouverture. Il faisait noir comme dans un four là-dedans et ça empestait l'eau croupie.

— Il y a quelqu'un ? demanda-t-elle en rougissant.

Le son de sa voix rebondit dans toutes les directions.

Personne ne lui répondit.

8

Un courant d'air frais soufflait dans les boucles humides d'Ivy tandis qu'elle montait en flèche dans la colonne ascensionnelle. Le sac de Grand-Mère Sylvie se balançait mollement autour de ses hanches. La sensation était incroyable.

Je vole. Pour de vrai !

Ses joues rosissaient de plaisir et d'émerveillement. La ceinture la portait sans qu'elle ait à fournir le moindre effort. Il lui suffisait de se cramponner.

Un carré de lumière jaune pâle se découpait au-dessus d'elle – sans doute l'entrée d'un autre tunnel. Valian l'attendait là-haut. Il lui tendit le coude et elle s'appuya dessus pour se poser en douceur, sur la pointe des pieds.

Je viens juste de voler. Grâce à une ceinture. Elle n'en revenait toujours pas.

Elle crut voir un sourire sur le visage de Valian tandis qu'il raccrochait son accessoire à un clou. Elle l'imita, un peu décontenancée. Il n'avait pas levé le petit doigt pour empêcher l'arrestation de Seb. Il n'était pas digne de confiance, elle ne devait pas l'oublier.

Adossé au mur, il s'étira.

— Je ne peux pas aller plus loin, annonça-t-il d'un ton neutre. Au-delà, on pourrait me reconnaître. (Il se tourna vers le tunnel.) Tu vas arriver à un croisement en T, prends à gauche, puis la deuxième à droite. Après la grotte remplie de sacoches, tu tournes à gauche et tu empruntes le passage qui sent le cirage. Il te conduira au terminal principal.

Ivy sonda l'épaisse obscurité. Elle entrevoyait quelques faibles rais de lumière projetés par un presse-citron. Elle s'efforça de ne pas montrer sa peur.

— Et euh… qu'est-ce que tu veux que je te rapporte, exactement ?

— Une simple bougie.

— Une *simple* bougie ?

Valian fit mine d'étudier ses ongles.

— Elle est extraordinaire. Il me la faut pour entrer dans Londinor. Je dois rendre visite à quelqu'un qui pourra m'innocenter. Tout ce que tu as à faire, c'est de trouver cette grotte, d'accord ? Le vendeur de bougies m'en doit une, donc tu n'auras pas à le payer. Et ne t'inquiète pas, tu n'as même pas besoin de le chercher : c'est lui qui te trouvera. Il trouve toujours.

Ivy n'aimait pas qu'une personne aussi suspecte lui donne des ordres.

— D'accord. Mais d'abord, tu dois me dire comment on va tirer mon frère de ce pétrin. C'était le marché.

— Oui, je sais, déclara Valian en levant une main. Le poste de l'Intergarde se trouve de l'autre côté des Grandes

Portes de Londinor, au bout du terminal principal. Tu les reconnaîtras facilement : elles sont encadrées par les statues de Sir Clement et de Lady Citron, les premiers brocanteurs qui ont fondé Londinor. Tu verras des échelles à côté. Elles ne sont plus très utilisées, donc à peine surveillées. Prends-les ; c'est le meilleur moyen pour toi de ne pas te faire repérer. Mais d'abord, assure-toi d'avoir ma bougie. Rapporte-la-moi et je t'expliquerai comment entrer au poste en catimini.

Ivy manifesta son mécontentement en soufflant. Elle aurait dû se douter qu'il imposerait ses conditions.

— D'accord, grommela-t-elle.

Il ôta son blouson d'un haussement d'épaules. Dessous, il portait un T-shirt noir avec un dessin qui évoquait le logo d'un groupe de heavy metal : une rose enveloppée dans du fil barbelé.

— Tiens, prends-le.

Elle fronça les sourcils tandis qu'il le lui glissait sous le bras.

— Pourquoi je dev… ?

— Parce que tu en auras besoin, O.K. ? Tu n'iras pas bien loin avec ton manteau. Les IG ont diffusé ta description, tu te souviens ?

Ivy ôta son duffle-coat en râlant, le confia à Valian, et reprit le sac de sa grand-mère en bandoulière.

— De toute façon, ajouta-t-il avec un zeste de jubilation, il va bien falloir que tu changes de tenue si tu veux passer inaperçue. Tous les Extraordinaires s'habillent en farfeluche.

— En quoi ?

Les yeux de Valian pétillèrent de malice.
— Tu verras.

Ivy triturait la bretelle du sac à main de Grand-Mère Sylvie en se répétant en boucle les instructions de Valian. *À gauche, ensuite deuxième à droite…*

Après le troisième tournant, les parois du tunnel commencèrent à vibrer. Un vacarme incroyable faisait trembler la terre. Ivy lutta contre l'envie de rebrousser chemin. Le grondement des voix et le frottement des pas devenaient assourdissants. Au virage suivant, elle dut se cramponner à la roche pour ne pas tomber à la renverse.

Face à elle s'ouvrait une cavité gigantesque. Le plafond immense scintillait, constellé de stalactites d'un brun rougeâtre, longues et irrégulières comme les crocs d'un géant. Les murs étaient si hauts que leurs sommets disparaissaient dans l'obscurité. À leur pied, on distinguait des piles de sacs en tout genre : sacs à main en cuir d'autruche, pochettes à sequins, sacs à dos en Néoprène, besaces en toile, baluchons ; et même, par endroits, des sachets en plastique qui bruissaient, noués aux poignées de bagages plus volumineux. Si le premier terminal dans lequel elle était arrivée ressemblait à une forteresse, cette grotte-ci tenait plutôt du Colisée.

Des centaines d'Extraordinaires s'affairaient partout, trottinant, sautant par-dessus les bagages, tirant parfois des enfants derrière eux. Ivy les observa, tapie dans l'ombre. La variété de leurs costumes était surprenante. Elle vit une dame dans un kimono de soie avec une veste en tweed à chevrons ; un homme en culotte de cheval et chemise hawaïenne ; une autre femme avait associé une casquette de base-ball, un pantalon de camouflage et des chaussures à talons compensés. Elle regarda, avec des yeux ronds comme des soucoupes, trois enfants vêtus de cirés ajustés par-dessus des toges romaines se courir après au milieu d'un groupe en jupon et manches bouffantes. Des hommes en cuissard de cycliste et sombrero côtoyaient des messieurs en haut-de-forme et tunique. Il y avait des colliers fantaisie ornés de plumes, des bérets en feutre, des coiffes égyptiennes étincelantes, des étoles en fourrure, des voiles médiévaux… C'était comme une rétrospective des styles vestimentaires à travers l'histoire ; chacun piochait de-ci, de-là et enfilait tout à la fois.

Alors c'est ça, les farfeluches, se dit Ivy. Elle ne savait pas trop quoi en penser. Les couleurs vives et les motifs variés lui plaisaient beaucoup ; en revanche, les Extraordinaires ne tenaient pas compte de l'aspect pratique. Toutes ces fraises, ces talons hauts… Elle supposa qu'ils avaient d'autres priorités. Pour ces collectionneurs professionnels, les farfeluches devaient être un bon moyen d'épater la galerie.

Elle essaya d'isoler quelques visages dans cette marée humaine. La foule était aussi bigarrée que celle des aéroports. Mais en attendant, nul vendeur de bougies à l'horizon. Valian avait affirmé que le marchand la trouverait. Peut-être devait-elle se poster quelque part et patienter ?

L'essentiel des passants se massait devant une galerie creusée dans le mur opposé. Deux grilles de fer colossales en matérialisaient l'entrée. Les énormes gonds étaient scellés dans les statues de deux personnages dont les mains jointes formaient une arche au-dessus du flot des brocanteurs. La première représentait un homme plein de majesté, avec un pourpoint sans manches ; l'autre figurait une femme élégante

vêtue d'une robe à glands décorée de citrons. En les contemplant, Ivy ne put s'empêcher de penser aux statues de dieux anciens qu'elle avait admirées avec son père au cours de visites au Victoria and Albert Museum. Le cœur serré, elle se demanda quels commentaires il aurait faits au sujet de Sir Clement et Lady Citron.

En théorie, les échelles mentionnées par Valian devaient être proches. Ivy scruta les murs et repéra de chaque côté des espaces mal éclairés entre deux piles de valises. Elle devina des barreaux argentés qui scintillaient. *Voilà notre issue de secours !* se dit-elle. *Il ne me reste plus qu'à trouver Seb.*

Et elle sortit du tunnel.

Elle eut l'impression de s'être perdue au milieu d'une grande fête costumée.

— Kitty, je ne t'ai pas vue depuis des siècles ! Cette cotte de mailles est superbe – elle est neuve ?

— Comment vont les enfants, Arthur ? J'ai entendu dire qu'ils allaient tous les deux participer au broc-en-bourg cette saison.

— Oh, oui. J'ai vu les nouvelles de ces inondations dans le Sud aux infos. Ç'a dû être horrible pour vous. J'espère que tes robes ont survécu ?

Ivy se faufila discrètement entre les manches bouffantes et les jupes à volants. Elle avait le ventre lourd, comme si elle avait avalé un kilo de ciment humide. *Ne panique pas*, pensa-t-elle. *Non, tu ne rêves pas.* Au moment où elle posait les yeux sur les échelles, elle surprit une conversation entre deux brocanteurs :

— Tu as lu le journal ce matin ? Paraît qu'il y a eu du grabuge au poste de l'Intergarde. Ç'aurait un rapport avec les Wrench.

— Les Wrench ? Je n'avais pas entendu ce nom depuis des années.

— Eh bien, ce n'est pas surprenant…

Des signaux d'alarme se mirent à clignoter dans son cerveau, mais le vacarme de la foule la submergeait et lui embrouillait les idées. Un commerçant en kilt et tunique brodée passa comme une flèche avec un panier de bouilloires en cuivre posé sur la hanche. Les gens étaient tous chargés – les uns transportaient des roues de vélo boueuses jetées sur l'épaule, les autres, des bouteilles de vin poussiéreuses calées sous le bras.

Soudain, un bruissement alerta Ivy. Elle leva les yeux et vit une ombre glisser au-dessus d'elle. L'objet fonçait sur les Grandes Portes. Elle réussit à l'identifier quand il ralentit. *Un homme qui chevauche un aspirateur volant ?!* Elle regarda de nouveau au plafond et découvrit une multitude d'autres marchands qui zigzaguaient entre les stalactites. Quelques-uns enfourchaient des manches à balai, des balais à franges ou des plumeaux, tandis que d'autres étaient agenouillés sur des tapis ou des paillassons volants.

— Bonjour, ma petite demoiselle.

Elle se figea en sentant une main sur son épaule. Elle fit volte-face et se trouva nez à nez avec un vieil homme ridé et édenté. Il frottait son dos bossu.

— Maudits aspirateurs, dit-il d'une voix éraillée. Ils se fichent pas mal de la sécurité des piétons !

Il tenait les deux moitiés d'un panneau monté sur un long bâton en bois. Ivy le déchiffra péniblement : BOUGIES D'INVISIBILITÉ : COTE 8.

— C'est la troisième pancarte qu'ils me cassent cette semaine ! hurla-t-il en brandissant le poing. Si jamais je mets la main sur un de ces voyous...

Il posa ses yeux turquoise légèrement voilés sur Ivy.

— Tu ne serais pas intéressée par une bougie, par hasard, ma petite ? Je les vends à 8, c'est pratiquement donné.

Il sourit et sa peau tannée se plissa comme de la boue cuite. Ivy resta muette. Elle n'osait même pas bouger. « Il te trouvera », avait affirmé Valian. Et voilà qu'il lui tombait dessus...

— Euh... si, justement j'ai besoin d'une bougie, fit-elle d'une voix chevrotante. Ce n'est pas pour moi, mais pour une connaissance. Un garçon qui a dit que vous aviez une dette envers lui.

Le vieillard pinça les lèvres et fronça les sourcils.

— Une dette ? (Il se gratta le cuir chevelu.) Qui t'envoie ?

Elle esquissa un sourire timide.

— Valian Kaye ?

L'homme lui postillonna au visage.

— Pah ! Je lui devrais une bougie, moi ? C'est une plaisanterie ? Ce gamin est sacrément gonflé. Il m'a déjà emprunté un tas de trucs pour un total de cote 15 ! Je lui dois une bougie, elle est bien bonne, celle-là !

Ivy réprima un haut-le-cœur en essuyant la salive sur sa joue. *Charmant.* Valian avait menti, mais il fallait quand même qu'elle trouve un moyen de rapporter cette bougie.

— Attendez. Je peux peut-être vous offrir un objet en échange ?

Elle fouilla dans les poches du blouson. Il devait bien y avoir un machin extraordinaire là-dedans…

— Aïe !

Quelque chose lui mordit le bout des doigts. Elle retira sa main d'un geste vif et regarda au fond de la poche. La doublure se tortillait.

Le peigne !

— Pourquoi pas ceci ?

Elle le sortit avec mille précautions, les dents enragées tournées vers l'extérieur.

Le vieux camelot l'inspecta à distance en se frottant le menton.

— Pas mal, pas mal. Mais à quoi ça me servirait ? (Il montra sa chemise dépenaillée.) J'ai pas de poches.

Elle se creusa la cervelle. Il la fixait d'un regard intense. Ses iris étaient d'un bleu sombre et changeant maintenant, comme les eaux d'un lagon.

— Ben… Vous pourriez l'attacher en haut de votre panneau pour empêcher les aspirateurs de vous foncer dessus ? suggéra-t-elle d'une voix pleine d'espoir.

Il baissa les yeux sur sa pancarte cassée et un sourire se dessina sur ses lèvres.

— Marché conclu, ma p'tite demoiselle !

Il lui présenta une main couverte d'un gant de jardinage gris tout effiloché. Ivy la serra en soupirant de soulagement. Lorsqu'il avisa ses doigts nus, il lança :

— Tu ferais mieux d'enfiler des gants avant d'entrer là-dedans.

Il désignait les Grandes Portes.

— Oui, merci, répondit-elle en écoutant d'une oreille distraite.

Pour l'instant, elle ne songeait qu'à rapporter à Valian ce qu'il lui avait demandé. L'homme lui fournit une bougie noire d'un aspect assez inhabituel. Elle la fourra dans sa poche en y jetant à peine un coup d'œil.

— Il te suffit de souffler sur la mèche, expliqua-t-il avant de partir. Attention, ça ne marche que si tu la touches. Si tu la lâches, tu redeviendras visible.

Une fois le vieillard disparu, Ivy remonta le flot des passants à contre-courant. Elle descendit le dernier tunnel qui la séparait de Valian ventre à terre. Elle avait la bougie ; maintenant elle devait s'assurer que Valian remplisse sa part du marché. Elle était déterminée à lui dire le fond de sa pensée quand elle le trouverait. Elle revenait sans son peigne – mais après tout, c'était bien fait pour lui ! Elle prit à droite au croisement en T et siffla :

— Valian ? Je l'ai !

Le couloir était désert.

Elle l'appela dans la colonne ascensionnelle – pas de réponse. Elle revint sur ses pas et regarda dans les deux autres passages.

— Valian ? murmura-t-elle.

Où était-il passé ? Elle repéra une tache sombre par terre et s'approcha. *Mon duffle-coat.*

La pièce tordue traînait dans la poussière à côté. Elle la ramassa pensivement et laissa la chaleur de l'objet extraordinaire l'envahir. Le garçon avait dû la trouver dans sa poche et il ne l'avait certainement pas déposée là par hasard.

En scrutant les environs, elle remarqua des éraflures au sol et cinq longues sortes de griffures sur une paroi.

Apparemment, Valian était tombé sur un os.

9

Ivy s'écroula sur le sol poussiéreux. Tout son courage l'abandonna. Et si Valian s'était fait arrêter ? À moins qu'il ne se soit bagarré avant de prendre la fuite. En tout cas, il semblait peu probable qu'il revienne. Elle allait devoir secourir Seb toute seule.

Elle passa ainsi quelques minutes à se morfondre, avant de se ressaisir. Reprenant le sac en cuir mou de Grand-Mère Sylvie, elle le renifla. Elle savait ce que sa grand-mère lui dirait si elle était là : « Lève-toi, Ivy. Seb n'a plus que toi pour l'aider. Allez, debout ! »

Elle enleva le blouson en cuir et le remplaça par son duffle-coat douillet. La laine sentait toujours le désodorisant à la vanille que sa mère vaporisait partout à la maison. Elle rangea la pièce tordue dans sa poche et essaya de se concentrer.

Réfléchis, Ivy. Réfléchis…

Elle récupéra la bougie extraordinaire. D'après la pancarte du vieux marchand, elle permettait à son propriétaire de se rendre invisible.

Ivy l'examina de près tandis qu'elle lui chauffait les paumes. Elle ressemblait à un bloc grossier de pudding noir avec une mèche courte d'où jaillissait une flamme claire comme du cristal.

Elle n'avait même pas remarqué qu'elle était déjà allumée lors de son achat. Elle la tourna lentement en veillant à ne pas se brûler. La flamme ne dansait pas comme celle d'une bougie normale. Au contraire, elle restait droite et compacte. Ivy la soupçonnait d'être froide – d'ailleurs, elle n'avait pas abîmé l'intérieur du blouson de Valian. Elle se remémora les instructions du vieil homme. *Je dois souffler dessus pour m'en servir, et toujours la garder à la main. Bon, d'accord. Essayons. Perdu pour perdu…*

Elle gonfla ses poumons… et souffla.

L'étincelle blanche vacilla et disparut. Une volute de fumée s'éleva de la mèche, s'enroula sur elle-même en chuintant et enveloppa Ivy. Les premières secondes, elle faillit paniquer en constatant qu'un voile trouble l'empêchait de voir autour d'elle. Mais le rideau gazeux se dissipa.

Le blouson de Valian sous le bras, elle tendit la bougie devant elle à la manière d'un talisman pour repousser les esprits malfaisants. Était-elle devenue invisible ?

Elle ne connaissait qu'un moyen de le savoir.

Elle resta prudemment cachée dans l'ombre du tunnel. Seules les pointes de ses bottes jaunes dépassaient. Son cœur battait la chamade. Devant elle, des milliers d'inconnus allaient et venaient dans un bourdonnement de ruche. Elle n'était pas la bienvenue parmi eux, elle le savait.

Elle se jeta en avant pendant qu'il lui restait encore une once de courage, puis elle commença à se frayer un chemin dans la foule en guettant les réactions autour d'elle. *Vérifier que je suis invisible – c'est bien le truc le plus dingue que j'aie jamais fait de ma vie.* Elle imagina la tête de Seb quand elle lui raconterait – enfin, si elle le retrouvait.

Une minute s'écoula. Puis une deuxième. Pas une personne n'avait encore croisé son regard. Rien d'exceptionnel à cela : elle était si petite que peu de gens la remarquaient – peu d'adultes, en tout cas. Pour le moment, rien ne lui permettait d'affirmer avec certitude que la bougie fonctionnait.

Un homme haranguait les passants près d'une montagne de malles en cuir cloutées. Les cheveux gominés, la moustache entortillée, il gesticulait en désignant trois tringles chargées de tenues surprenantes.

— *Ladies and gentlemen !* Venez admirer les dernières tendances farfeluches de la saison ! Approchez, n'ayez pas peur ! Elles font fureur à Paris et à New York ! Vous pouvez essayer – c'est sans obligation d'achat.

Il se pencha derrière une rangée de manteaux de fourrure épais et en sortit un miroir en pied. Ivy s'arrêta. Voilà le meilleur moyen de tester son invisibilité. Elle s'avança prudemment en distribuant des coups d'œil inquiets autour d'elle. Personne ne lui prêta la moindre attention. Alors elle se plaça devant le miroir et…

Et rien.

Pas d'Ivy. Pas de bougie. Ni de blouson en cuir ni de sac à main.

Elle agita sa main libre, sautilla sur place. L'infime traînée de fumée dégagée par la mèche troublait légèrement l'air, mais ça ne se voyait pas dans le reflet. Elle ne distinguait que le terminal animé derrière elle, ainsi qu'une femme coiffée d'un grand chapeau qui marchait d'un pas décidé en direction de la glace…

Bang !

Elle n'eut pas le temps de l'éviter. La dame lui rentra dedans. Les doigts serrés sur la bougie d'invisibilité, Ivy s'empressa de dégager le passage. La cliente, affublée d'une tenue composée de guêtres, de legging et d'un blouson en cuir rembourré, ouvrit de grands yeux étonnés.

— Qu'est-ce que… ? marmonna-t-elle, les sourcils froncés, tout en se redressant face au miroir.

Ivy n'osait plus respirer. La bougie la rendait invisible – au moins, maintenant, elle en était sûre –, mais pas intangible ! Un pas de travers, et elle se trahissait.

Elle décida donc de se tenir autant que possible à l'écart du monde. Elle fit le tour de la grotte en rasant les murs. Au bout d'un moment, elle tomba sur un groupe d'enfants réunis autour d'un homme assis sur une valise. Il avait de longs cheveux bruns, un grand nez et des sourcils broussailleux qui frétillaient continuellement tandis qu'il s'adressait à son public.

— La Guilde Déchue venait au cœur de la nuit, racontait-il d'une voix pleine de mystère. Six silhouettes masquées et assoiffées de sang.

Les enfants retinrent leur souffle, les yeux rivés au sol. Intriguée, Ivy se rapprocha.

L'homme, une main à plat devant lui, paume vers le bas, agitait ses longs doigts maigres au rythme de son récit.

— Elles ne venaient pas pour le sang des grandes personnes, continua-t-il. Non, il est trop amer pour elles.

À l'extrémité de chacun de ses doigts était attachée une courte ficelle blanche, comme celle qu'on utilise pour nouer un colis enveloppé dans du papier kraft. Ivy devina qu'il utilisait une astuce extraordinaire, car six minuscules personnages gigotaient par terre. Ces marionnettes sans fil semblaient faites de poussière, de feuilles et de gravillons. Elle cligna des yeux, stupéfaite. Les marionnettes tressautaient et se balançaient. Leurs mouvements et ceux des bouts de ficelle étaient parfaitement synchronisés, bien qu'ils ne soient pas en contact.

— C'était le sang sucré et innocent des enfants qui apaisait leur soif, poursuivait le conteur. Et savez-vous comment elles capturaient les petits enfants ? (D'une chiquenaude, il envoya les marionnettes vers les jeunes spectateurs ; elles se jetèrent en direction du premier rang, les bras tendus, comme des zombies.) Elles chantaient des chansons tard, très tard dans la nuit, lorsque les parents dormaient à poings fermés et rêvaient dans leur sommeil. Alors les enfants se levaient de leurs lits et sortaient dans la rue... C'est pourquoi la Guilde Déchue porte le nom d'une créature malfaisante dévoreuse d'enfants : la Mormô.

Les petits s'égaillèrent en poussant des cris de terreur pendant que l'homme riait tout bas. Il ôta les ficelles de ses doigts et les personnages masqués disparurent dans la poussière.

Ivy frissonna. Elle se remit en chemin sans tarder. Au début, elle croyait que le marionnettiste narrait un conte de fées un peu macabre, mais quelque chose lui disait maintenant que son histoire avait un fond de vérité. Elle chercha la pièce tordue dans sa poche. Le mot « Mormô » était écrit dessus, elle s'en souvenait – mais pourquoi ?

Elle contempla la multitude. Effrayée ou non, elle devait se concentrer sur les instructions de Valian. Les tenues farfeluches encombrantes et colorées lui donnaient le tournis. Elle réfléchit à une stratégie : si elle parvenait à se coller contre quelqu'un au moment de franchir les Grandes Portes, elle pouvait espérer passer inaperçue. À elle de sélectionner le bon candidat. Certains brocanteurs marchaient trop vite ou trop lentement ; d'autres s'arrêtaient à tout bout de champ pour bavarder ou se charger d'articles supplémentaires. Elle finit par fixer son choix sur un colosse avec un turban violet. Il portait sur l'épaule un grand carton plein de ballons de foot en cuir. Ni une ni deux, elle se glissa dessous.

Une douzaine d'intergardes surveillait l'accès aux Grandes Portes. Ivy examina leurs visages. Elle ne reconnut ni l'inspecteur Smokehart ni l'agent moustachu qui avait emmené Seb. Elle s'immobilisa lorsque l'amateur de foot marqua une pause pour tirer quelque chose de sa poche : une paire de gants jaunes en caoutchouc.

Surprise, elle regarda autour d'elle : tous les brocanteurs faisaient de même. Certains enfilaient des mitaines en grosse laine, d'autres des gants en cuir doublés de fourrure.

— Restez en file, s'il vous plaît ! cria un garde. Procédons dans l'ordre et la discipline !

Alors le vieux marchand de bougies avait raison : il fallait porter des gants à l'intérieur de Londinor. *Merci, bougie d'invisibilité*, pensa-t-elle. Elle doubla prudemment quelques personnes. Les files n'avançaient plus, elle voulait comprendre pourquoi.

Sous l'arche se trouvaient plusieurs tables ; et sur chacune de ces tables, une énorme sonnette en argent. Ivy n'en avait jamais vu d'aussi grosses. On pouvait sûrement les entendre à plus d'un kilomètre. Elle aperçut un dessin gravé sur chaque sonnette : celui d'une empreinte digitale.

Les gardes ordonnaient aux gens de les faire sonner avant de traverser les Grandes Portes. Le brouhaha était tel qu'Ivy n'entendait pas ce qu'ils disaient, mais elle en avait la conviction : les hommes en cape noire n'étaient pas là pour plaisanter. Passer en douce relevait de l'exploit.

Elle recula derrière Monsieur Turban, le ventre noué d'appréhension. Leur tour arriva.

— Vos gants, monsieur ? s'enquit l'intergarde.

Le colosse hocha la tête. Ivy avait le cœur au bord des lèvres. Il tendit la main vers la sonnette.

À la grande surprise de la fillette, elle ne tinta pas.

Elle se mit à *parler*.

— Thaddeus Kandinsky, dit-elle d'une voix chantante. Brocanteur spécialisé dans les équipements sportifs. Broc-en-bourg d'attache : Helsior, Norvège.

Ivy étouffa une exclamation. Elle tremblait comme une feuille. Ce n'était pourtant pas le moment de craquer.

— Parfait, monsieur. Vous pouvez entrer. Bonne visite.

L'intergarde se pencha et tendit à Thaddeus Kandinsky une petite brochure couverte de taches de thé.

— Tenez, cela pourra vous être utile.

Ivy lut le titre imprimé sur la couverture :

LONDINOR
Guide Farrow pour brocanteurs itinérants

Thaddeus Kandinsky fourra le guide dans sa poche et contourna le point de contrôle d'un pas lourd.

Elle ne le quitta pas d'une semelle. Ils s'engouffrèrent dans un énième tunnel dont on ne voyait pas la fin. Quelle cohue ! Thaddeus Kandinsky fut emporté par un mouvement de foule. Ivy luttait pour rester près de lui. Perchée sur la pointe des pieds, elle tentait de regarder où elle allait, sans grand succès. En revanche, elle remarqua un détail curieux sur les murs. Des consignes étaient gravées dans les parois du tunnel :

STATUTS ET RÈGLEMENTS

- Aucun article ne peut être vendu avant le lever de gant du jour de Noël, ni après la nuit des Rois. Toute transaction interdite donnera lieu à une enquête et les auteurs seront punis d'une AMENDE DE COTE 50.
- Il est interdit d'occuper l'emplacement, le logement ou la boutique habituellement réservés à un autre brocanteur sans avoir reçu au préalable l'autorisation écrite du brocanteur concerné, dûment approuvée par un intendant, sous peine d'une AMENDE DE COTE 30.

À mesure qu'elle parcourait la liste des interdictions, son angoisse montait. Dans quelques minutes, elle serait à Londinor, au cœur même de cet endroit incroyable. Elle essaya de s'imaginer ce qui l'attendait – peut-être qu'il y aurait des étals et des stands dans la rue, comme au marché de Portobello, ou des petites boutiques, comme à Covent Garden.

Non, c'est une brocante extraordinaire, se dit-elle. *Je dois penser « extraordinaire ».*

Elle jeta un coup d'œil au guide qui dépassait de la poche de Thaddeus Kandinsky. Et si le poste de l'Intergarde était indiqué dessus ? *Pardon, monsieur Kandinsky. J'espère que vous serez compréhensif.* Elle tira doucement sur la brochure. Le brocanteur ne se rendit compte de rien.

Après avoir glissé le guide dans son manteau, elle décampa. Ils venaient d'atteindre une vaste plate-forme en pierre d'où on pouvait apprécier une vue d'ensemble sur Londinor.

Ses jambes flageolèrent.

Londinor n'était pas un simple champ de foire.

C'était une *ville*.

Une mer de toits en pente, de flèches et de tours s'étendait aussi loin que portait le regard. Elle était parsemée de cheminées qui recrachaient un peu de tout – de la fumée, des bulles de savon et même des feux d'artifice. La grotte était si gigantesque qu'on ne voyait pas ses parois. Ivy s'approcha du bord du terre-plein à pas de loup et se pencha. Elle découvrit en contrebas un réseau de rues pavées et d'allées obscures. Elle perçut du mouvement et distingua quelques lumières.

Pas. Possible.

Ce n'était pas possible. Une ville entière cachée sous Londres ? Valian lui avait dit que les Extraordinaires protégeaient bien leurs secrets, mais à ce point-là ?

Les Extraordinaires qui débouchaient de la galerie descendaient à la queue leu leu au fond de la grotte. Ceux qui transportaient leurs articles sur des chariots ou des diables les déchargeaient sur des tapis volants, pendant que les autres empruntaient deux grands escaliers sculptés dans la roche, de chaque côté du tunnel. Ivy repéra deux brocanteurs en kilt et perruque de juge qui se dirigeaient vers les marches. Ils portaient entre eux une horloge de parquet à balancier. Elle s'avança sur la pointe des pieds et se glissa sous leur charge.

Une fois en bas, elle se retira dans un coin tranquille à l'ombre de l'escalier afin de rassembler ses esprits.

Bon, et maintenant… ?

Alors qu'elle commençait à réfléchir à un plan, elle entendit un grésillement.

Oh non !

La maigre volute de fumée qui s'élevait de la mèche de la bougie s'était éteinte. À la place, une flamme blanche reprenait vie en crachotant. Paradoxalement, le bâton de cire noire semblait avoir rétréci. Ivy secoua la bougie, souffla sur la flamme – rien à faire, elle restait allumée.

Elle dut reconnaître sa défaite. Elle détourna les yeux de la flamme et contempla Londinor en frémissant.

Tout le monde pouvait la voir.

10

Il fallait agir vite. Ôtant précipitamment son duffle-coat, elle faillit se prendre les pieds dans les manches avant de le retourner sur l'intérieur. L'avis de recherche décrivait un manteau bleu ; la doublure rouge brouillerait les pistes. Elle jeta la bougie d'invisibilité dans le sac à main de Grand-Mère Sylvie, tira le bas de son jean par-dessus ses bottes jaunes et remonta sa capuche sur ses cheveux.

Elle se dirigea vers les premiers bâtiments, des bicoques penchées avec des poutres en bois noueux et des toits en pente couverts de neige, qui ressemblaient aux maisons peintes sur les cartes de Noël d'autrefois. L'éclairage extraordinaire donnait l'illusion d'être sur le tournage d'un film. Ivy regarda alentour. Personne ne se souciait d'elle… pour l'instant, du moins.

Elle sortit le guide et l'ouvrit à la première page.

Elle fronça les sourcils et feuilleta le reste de la brochure : tout était écrit en charabia – ou alors dans une langue qu'elle ne connaissait pas. Il n'y avait pas un seul mot en anglais en dehors du titre. *Génial.* Ses épaules s'affaissèrent, et elle rangea le petit livret en soupirant. Il lui faudrait un autre moyen de s'orienter dans Londinor si elle voulait sauver Seb.

Pour accéder à la brocante, il fallait emprunter une grande rue pavée, flanquée de réverbères en fer forgé. Prudemment, elle s'approcha de celui dont elle était le plus près. Une guirlande de baies lui apportait une touche de couleur et une cloche pas plus grosse que le poing d'Ivy pendait à hauteur de ses yeux. Après avoir vérifié que personne ne l'observait, elle leva la main et la tapota doucement. Ses doigts se mirent à picoter.

Elle chauffe. C'est une cloche extraordinaire. Que va-t-il se passer ?

Contrairement aux sonnettes des Grandes Portes, ornées d'une gravure représentant une empreinte digitale, la cloche portait l'image d'une boussole. *Je me demande si…*

Elle saisit la petite longueur de corde qui dépassait et la secoua délicatement. Une voix résonna avec clarté :

— Vous êtes sur le Gantelet, à Londinor.

Ivy réfléchit un moment et décida de sonner à nouveau.

— Le Gantelet, Londinor, répéta la cloche.

— C'est tout ce que tu sais dire ? murmura la fillette.

La cloche resta silencieuse un long moment. Puis elle toussota.

— Je ne suis censée parler que si vous me sonnez, se défendit-elle d'un ton légèrement agacé.

Ivy chuchota une excuse et tira sur la corde une troisième fois.

— Je souhaite me rendre au poste de l'Intergarde. Pourriez-vous me l'indiquer ?

— Le plus proche se situe à l'autre bout de la caverne. À une heure de marche d'ici en direction du nord, sur Runner Street.

À une heure d'ici… ? se dit Ivy, démoralisée. Elle répéta l'adresse dans sa tête et retourna sur les pavés. Devant elle, le Gantelet semblait s'étirer à l'infini. Des bâtiments en pierre massifs se dressaient de chaque côté, leurs façades dangereusement inclinées. Les trottoirs regorgeaient de kiosques aux couleurs éclatantes dont les devantures débordaient jusque sur la chaussée. Des brocanteurs perchés sur des manches à balai, des paillassons ou des tapis volaient par-dessus les toits, tandis que le martèlement sourd de milliers de pas faisait trembler le sol. Même la batterie de Seb n'aurait pas réussi à se faire entendre dans ce tintamarre.

Ivy huma des effluves délicieux. L'air était chargé de parfums appétissants : marrons grillés, pain fraîchement sorti du four et fruits épicés. *Aie l'air normal*, se dit-elle. *N'attire pas l'attention*. Mais il lui était presque impossible de contenir son étonnement. Elle avait le sentiment de plonger dans les illustrations d'un livre sur l'époque victorienne… avec les objets extraordinaires en plus.

Quelques vendeurs chantaient pour attirer les chalands.

— Besoin de prendre de la hauteur ? À Bride Abattue ! Les meilleures ceintures de Londinor !

— Soldes sur les sacs long-courriers, mesdames et messieurs ! Moins deux points sur la cote !

Des enseignes de magasins se balançaient en grinçant : LES TAPIS VOLANTS D'AL-DIN, LES DÉCORATIONS EXTRAORDINAIRES DU VIEUX TANNENBAUM, TOUT POUR LES BEAUX-ARTS CHEZ ROY. G. BIV, PRESSE-AGRUMES LUMINEUX LES FEUX DE LA RAMPE. Elle s'arrêta près des fenêtres ouvertes d'une boutique et jeta un œil à l'intérieur. Un long ruban accroché en travers de la vitre se tortilla pour former des lettres :

Bienvenue chez Gil Gantier !

Propriétaire : Gilbert Grandiose ~ Ouvrier Gantier pour Toutes les Générations

Derrière le ruban s'ouvrait une pièce circulaire tapissée de tiroirs en verre sur mesure. Chacun présentait un gant en exposition. Il y en avait de toutes sortes – en daim violet, avec de la dentelle au poignet, boutonnés, en cuir, en coton, en caoutchouc…

Le magasin était faiblement éclairé par une demi-douzaine de bouteilles de lait transparentes. À l'évidence, elles étaient extraordinaires – d'abord, elles flottaient dans les airs, et en plus elles déversaient un gaz liquide et scintillant comme de la poussière d'étoile.

Debout au centre se tenait un homme avec des petits yeux enfoncés et une moustache blanche ridiculement volumineuse qui faisait presque le tour de ses oreilles. Il portait un tablier couvert de taches d'huile et un badge sur lequel on pouvait lire : « GILBERT, LE SEUL ET L'UNIQUE ! » Un groupe d'enfants aux mains nues sautillaient devant lui.

— Bien, dit Gilbert en bombant le torse. Quelqu'un peut-il m'expliquer à quoi servent les gants extraordinaires ?

Un garçon grassouillet coiffé d'un casque de centurion romain leva la main.

— Ma mère, elle dit qu'ils sont pareils que sa carte de crédit parce que chaque fois qu'elle achète ou qu'elle vend quelque chose ses gants s'en souviennent.

Gilbert jubilait.

— Excellente analogie, Louis. Les gants extraordinaires enregistrent toutes les transactions commerciales de leur propriétaire. C'est pourquoi les Extraordinaires doivent toujours se serrer la main quand ils viennent de conclure un marché. Autre chose ?

Une fille avec un ruban lilas dans les cheveux demanda la parole.

— Surtout, ils servent à dire aux intergardes où on se trouve. C'est pourquoi on doit les porter à l'intérieur des Grandes Portes, même si on n'a pas envie.

— Exact, acquiesça Gilbert. À partir du moment où on prend le gant, les intergardes sont capables de nous localiser *à tout instant*. C'est ainsi qu'ils attrapent les criminels. Les gants extraordinaires ont de multiples usages. Ils sont véritablement la clé de Londinor.

— Mais ça veut dire quoi, exactement, « prendre le gant » ? s'enquit Louis.

Une fillette en tutu rose pâle montra du doigt une paire de gants de soirée en soie.

— Est-ce que je peux choisir ceux-là ?

Gilbert réclama le silence.

— Prendre le gant est un événement très spécial. D'abord, vous devez avoir l'âge d'aller au collège. Ensuite, il faut être nommé par un des quatre grands intendants de Londinor. À travers ce geste, vous affirmez votre responsabilité et votre attachement aux règles du CAE. (Il tendit ses doigts gantés de daim vert pomme.) Lorsque vous enfilez vos gants extraordinaires pour la première fois, un lien se forme entre eux et vous. Vous les garderez jusqu'à la fin de votre vie. Ils vous accompagneront dans toutes vos affaires et – ajouta-t-il à mi-voix – gare à vous si vous concluez un marché malhonnête !

Il désigna une affiche encadrée au mur, à côté de vieux gants de boxe en cuir. Le message disait la chose suivante :

ATTENTION

Si vous enfreignez le CAE en vous livrant
au commerce illégal,
vos gants extraordinaires laisseront sur vous
une marque indélébile.

Une photo suivait le texte. On y voyait des mains jaunes et pourries, infestées d'asticots.

— L'homme en gris… murmura Ivy.

Elle plaqua aussitôt une paume sur sa bouche et recula d'un pas. Elle n'avait pas voulu prononcer ces mots à voix haute. Seulement… elle avait aperçu des mains exactement comme celles-ci ce matin même, à l'hôpital. Elle avait l'impression que cela remontait à une éternité.

Elle reprit son chemin en songeant à ce qu'elle venait d'apprendre. Une forme de logique commençait enfin à se dévoiler. L'homme en gris était un Extraordinaire – et un

Extraordinaire extrêmement louche, à en juger par cette affiche. Sa présence à l'hôpital ce matin-là ne pouvait pas être une coïncidence. Ivy avait peut-être vu juste dès le départ : il cherchait vraiment Grand-Mère Sylvie. Ce qui signifiait… que sa grand-mère était en danger.

Elle serra les poings et pressa le pas en direction du poste de l'Intergarde. Dès qu'elle aurait secouru Seb, ils retourneraient à l'hôpital. Le cœur battant, elle fendit la foule en slalomant entre les brocanteurs et en passant sous les bras des badauds. Elle priait pour atteindre le poste sans se faire repérer. Le flot des piétons ralentit à l'approche d'un carrefour. Ivy se retrouva coincée entre une charrette chargée de vieilles chaises et un kiosque à auvent jaune. Impossible d'avancer. Elle entendait des cris au loin.

Bloquée dans sa progression, elle se tourna vers le kiosque, apparemment déserté par son propriétaire. Il vendait des pièces de monnaie. Il y en avait des centaines – des petites en cuivre brillantes, d'autres en argent ternes, hexagonales ou rondes, toutes rangées dans des sachets en plastique accrochés à la charpente métallique. Elles étaient frappées à l'effigie de personnages inconnus d'Ivy. Alors qu'elle cherchait la pièce tordue dans sa poche, une masse de boucles rousses surgit derrière le stand.

— Es-tu intéressée par quelque chose, fillette ? Peut-être une jolie pièce de deux pence ? (La dame décrocha un sachet et en sortit une piécette en cuivre.) Tu peux y insérer l'image de ton amoureux si tu veux. (Elle fit une démonstration ; chaque fois qu'elle retournait la pièce, le visage changeait.) On peut mettre jusqu'à huit photos différentes sur celle-ci, tu vois ? C'est beaucoup mieux qu'un cadre photo classique.

Ivy cligna des yeux. *Huit photos différentes… ?*

Soudain, la foule se remit en marche. Ivy déclina timidement l'offre de la marchande et suivit le mouvement. Elle jouait avec la pièce au fond de sa poche, pensive. Il fallait absolument qu'elle l'examine de plus près. Peut-être découvrirait-elle des visages dessus, les visages de personnes bien réelles ? Elle n'avait pas vraiment fait attention jusqu'à présent.

Elle avisa un magasin qui semblait fermé – la vitrine était vide et la lourde porte en verre, close. *Bizarre, en pleine braderie…* Elle grimpa les trois marches du perron, se planta devant la porte et, après s'être assurée que personne ne la regardait, sortit enfin sa pièce.

C'était une pièce de six pence. Côté pile, elle montrait un visage couvert d'une capuche et partiellement dissimulé derrière un masque orné de défenses. Il devait s'agir d'un homme, la mâchoire étant trop large et carrée pour appartenir à une femme. Ivy retourna l'objet plusieurs fois, mais, dans l'obscurité, elle n'arrivait pas à distinguer les autres portraits. Elle se pencha en arrière et inclina la surface argentée de façon à capter la lumière.

Subitement, elle perdit l'équilibre et se cogna la tête contre la porte. La poignée céda, puis le battant tourna sur ses gonds en grinçant. Pour finir, Ivy se prit les pieds dans le blouson de Valian et s'étala de tout son long dans la boutique. La pièce lui échappa et roula au sol en tintant.

11

Ivy se releva en grimaçant – malheureusement, pas assez vite pour empêcher la porte de claquer derrière elle. Elle ferma les yeux et rentra la tête dans les épaules tandis que l'écho métallique lui écorchait les tympans. Quand le silence revint, elle rouvrit lentement les paupières.

La boutique était vide – ou plutôt déserte, se corrigea-t-elle. Car, en réalité, les étagères croulaient sous les cloches. Il y en avait de toutes sortes – des clochettes en laiton luisantes aux grelots en bois imitant des glands, en passant par des cloches en pierre sculptées aux formes étonnantes. Ivy n'aurait jamais cru qu'il puisse en exister autant, ni de si différentes. Elle supposa qu'elle avait en face d'elle la collection d'une vie entière.

Pressée de déguerpir, elle se dépêcha de chercher sa pièce de six pence. Un grand comptoir occupait une bonne partie du mur du fond. Elle repéra un reflet scintillant par terre, sous l'abattant. *La voilà !* Elle avança doucement sur la pointe des pieds en admirant la marchandise. Tous les articles étaient accompagnés d'une plaque de présentation. De minuscules sonnettes argentées côtoyaient d'énormes cloches de quart en bronze, lesquelles dominaient par leur masse des grelots pour colliers d'animaux ou instruments de musique. Certains modèles paraissaient très anciens. Ivy lut quelques plaques : « ALARME, 1901 » ; plus loin : « CLOCHE PORTE-BONHEUR, 1642 » ; ou encore : « CLOCHE DE VÉRITÉ, 405 ap. J.-C. »

Sur son passage, certains spécimens se mirent à se balancer au bout de leurs crochets en chuchotant :

— Qui est-elle ?

— Que porte-t-elle ?

Un carillon doré, baptisé « CLOCHES MUSICALES », s'agita sous son nez.

— Souhaitez-vous nous entendre chanter ? demandèrent les clochettes à l'unisson.

Elle secoua timidement la tête et s'éloigna en hâte. Une grosse sonnette en argent était posée sur le comptoir, si lisse et brillante que la fillette pouvait se mirer dedans. Elle avait une mine affreuse. Ses cheveux frisés et humides étaient tachés de boue et ses joues couvertes d'égratignures. Ses yeux tombèrent sur une pancarte griffonnée à la main :

LA MAISON DES CLOCHES D'ETHEL DREAD
SONNEZ SI VOUS VOULEZ ACHETER
– SINON DÉCAMPEZ

Elle déglutit. La propriétaire n'avait pas l'air commode – ce qui expliquait sans doute pourquoi la boutique était fermée. Elle se baissa en veillant à rester discrète et tendit la main vers la pièce.

La sonnette se réveilla brusquement.

— Ethel ! brailla-t-elle. Ethel, viens ici !

Ivy n'eut même pas le temps de songer à s'enfuir. Une porte s'ouvrit derrière le comptoir. Elle entendit une chaise crisser au sol, puis un grognement suivi de bruits de pas.

— J'arrive, j'arrive ! T'as intérêt à avoir une raison valable pour interrompre mon repas…

Une femme à l'air revêche émergea de l'arrière-boutique. Elle avait des yeux sombres et un nez tordu. Des mèches brunes crêpelées débordaient d'un foulard fleuri noué à l'arrière de son crâne. Elle portait des gants de moto en cuir sur les mains, des rangers poussiéreuses aux pieds et une combinaison bleu marine ample sur le reste du corps.

Ivy reconnut aussitôt son visage.

Non, c'est impossible…

— T'es qui, toi ? demanda la vendeuse avec un accent cockney à couper au couteau.

La photo que Grand-Mère Sylvie garde toujours dans son sac… C'était elle ! Ivy n'en revenait pas. Cette mâchoire, ces pommettes anguleuses, ce regard perçant… Aucun doute ! Elle avait vieilli, bien sûr, mais il s'agissait de la même personne : la femme de la fameuse photo, la mystérieuse amie dont sa grand-mère avait tout oublié.

La fillette restant muette, Ethel plissa les yeux.

— Qu'est-ce que tu fiches ici ?

Elle s'approcha et tira sur la capuche du duffle-coat. La tignasse rebelle d'Ivy jaillit comme un diable de sa boîte.

— Je… euh… bredouilla celle-ci en lorgnant la pièce de monnaie avec embarras.

— T'as fait tomber un truc là-dessous, je parie ? Attends, je vais te le ramasser.

Elle plia les genoux et prit l'objet entre ses doigts fins. Pendant qu'elle l'examinait, les cloches se mirent à chuchoter de plus belle. Puis Ethel porta une main à sa poitrine. Considérant Ivy avec une expression effarée, elle recula en titubant.

— Où l'as-tu prise ? Sais-tu seulement ce que c'est ? As-tu la moindre idée de ce qui risque de m'arriver si on trouve ça dans ma boutique ?

Ivy cherchait ses mots. Elle avait la sensation que des doigts glacés lui serraient la gorge.

— Je ne sais rien à propos de cette pièce, lâcha-t-elle dans un filet de voix. S'il vous plaît, je suis désolée. Je ne veux pas vous causer d'ennuis, mais je ne peux pas partir maintenant. Parce que, en fait… je vous ai déjà vue, en photo avec ma grand-mère. (Elle farfouilla dans le sac et aperçut le cliché en question rangé dans un coin.) Tenez…

Elle le lui tendit d'une main tremblante.

Ethel devint rouge comme une pivoine. Ivy connaissait l'image par cœur : Grand-Mère Sylvie avait un bras passé sur les épaules de son amie, et elles arboraient toutes les deux des tenues farfel…

Ivy cligna des yeux et reprit la photo en fronçant les sourcils.

— Mais… Que fabriquait Grand-Mère Sylvie dans un ensemble farfeluche ?

Ethel étudia Ivy, la mine soucieuse. Après un instant de réflexion, elle tapa dans ses mains.

— Baissez les stores ! ordonna-t-elle. On est fermés.

Les cloches suspendues au-dessus de la vitrine se balancèrent sur le côté, libérant un store vénitien. Il tomba jusqu'au sol en soulevant un nuage de poussière. Ethel pointa l'index vers la sonnette d'argent.

— Toi ! aboya-t-elle. Préviens-moi dès que quelqu'un ébauche un mouvement vers la porte. Quant à toi, petite, tu ferais mieux de récupérer cette pièce de six pence. Viens, on va discuter dans le fond.

Elles pénétrèrent dans la réserve. Tout un mur était occupé par des casiers contenant des cloches enveloppées dans de la mousse ou de la ouate, et un autre par des étagères supportant un sacré bric-à-brac. Ivy aperçut un trombone, une vieille corde à sauter, un jeu de quilles et un nounours dévoré par les mites. La pièce sentait aussi mauvais qu'un clapier de lapin. Et pour cause : en entendant ses bottes crisser par terre, elle baissa les yeux et constata qu'une couche de paille dorée jonchait le sol.

Ethel referma derrière elle.

— Tu devrais t'asseoir, dit-elle en tirant un tabouret de piano garni de velours.

Ivy accepta le siège avec joie. Elle ne sentait plus ses jambes. Ethel se laissa tomber sur une chaise. Elle désigna du menton la photo que la fillette tenait toujours entre le pouce et l'index.

— Tu me permets d'y jeter un œil ?

Pendant que la vieille dame replongeait dans ses souvenirs, Ivy en profita pour la dévisager. Ses yeux ridés avaient quelque chose de triste. Ses épaules légèrement voûtées et la ligne oblique de sa bouche renforçaient cette impression. Ivy s'arrêta un instant sur ses doigts calleux, puis sur ses iris gris et dur comme le silex.

— Comment avez-vous connu ma grand-mère ?

Elle avait encore du mal à admettre que cette femme sortait tout droit du passé de Grand-Mère. Elle se demanda comment ses parents auraient réagi à sa place.

— Sylvie est toujours en vie ?

Cette question brutale fit chanceler Ivy. Elle répondit d'un hochement de tête. Ethel soupira et sourit.

— J'en suis heureuse. C'était mon amie autrefois. Ma meilleure amie.

Elle attrapa un bol fumant sur une étagère et aspira bruyamment une cuillerée. Ivy balayait le fouillis du regard à travers la pénombre.

— Elle est déjà venue à Londinor ?

— Si elle est *venue* à Londinor ? Mais Sylvie a grandi ici, comme moi. Sa famille, les Wrench, descend d'une longue lignée extraordinaire, parmi les plus puissantes.

— Mon frère, moi et mes parents, on est sa seule famille ! Elle n'a jamais parlé des Wrench… Elle ne sait même pas que les Extraordinaires existent.

Ethel reposa sa cuiller.

— Écoute, ta mamie est une Extraordinaire, et toi aussi. Elle ne t'a rien expliqué ?

Ivy se contracta de la tête aux pieds.

— *Moi*, je suis une… ?

Après tout, cela concordait avec les révélations de Valian : être ou non un Extraordinaire était une question d'hérédité. Mais de là à penser que… elle-même…

Elle tenta de débrouiller ses idées. Il y avait tellement d'informations à assimiler d'un coup.

— Que s'est-il passé ?

Ethel touilla le contenu de son bol. Elle semblait avoir perdu l'appétit.

— Ça, personne ne le sait. Sylvie a disparu au cours de la nuit des Rois de l'an 1969, ainsi que ses trois frères et sa mère. Toute la famille Wrench – envolée ! Les intergardes les ont cherchés pendant des années sans tomber sur la moindre piste. C'est devenu un des plus grands mystères non résolus de l'histoire extraordinaire.

— La nuit des Rois 1969, vous êtes sûre ? Il y a eu une tempête de neige cette nuit-là. Grand-Mère Sylvie a eu un accident de voiture, et depuis elle souffre d'amnésie. Elle ne se rappelle plus rien de sa vie d'avant.

Ethel écarquilla les yeux, la cuiller en suspens.

— Vraiment ? murmura-t-elle. Mais… dans ce cas, qu'est-ce que tu fabriques avec cette pièce ?

Ivy rangea la vieille photo et ouvrit le poing. Le morceau de métal reposait à plat sur sa paume. Sa peau picotait et ses doigts tressaillaient – éprouverait-elle les mêmes sensations si elle n'était pas une Extraordinaire ?

— On l'a trouvée, mon frère et moi. Ce matin, chez Grand-Mère, on a vu une plume noire écrire sur le mur. (Elle ravala la boule qui s'était formée dans sa gorge pendant qu'elle revivait la scène.) Le message disait : « Nous pouvons te voir maintenant. »

Elle perçut un changement dans le regard d'Ethel. En voyant sa mâchoire se crisper, Ivy comprit que ce n'était pas bon signe.

— Il n'y a qu'une seule organisation qui utilise des plumes express noires : la Mormô.

— La Mormô… ?

Ivy se souvint des marionnettes de poussière qui effrayaient les enfants dans le terminal principal. Elle retourna sa pièce et découvrit un autre profil. Celui-ci, en plus de la capuche, portait un masque avec de grandes canines.

— J'ai lu ce mot sur la pièce. Qu'est-ce qu'il signifie ?

Ethel se tourna de trois quarts. Elle reposa son bol sur l'étagère et soupira.

— C'est une longue histoire, une histoire dont on ne parle plus guère de nos jours. Les Extraordinaires appartiennent à des guildes. Chacune a une responsabilité particulière et ses propres armoiries. Moi, par exemple, j'appartiens à la Très Honorable Guilde des Marchands de Cloches. La Mormô était une ancienne confrérie de scientifiques qui étudiait les objets extraordinaires. Leurs armoiries représentaient une vieille pièce de six pence tordue.

Ivy baissa les yeux sur sa paume.

— Oui, exactement comme celle-ci. Au début, les recherches de la Mormô ont aidé à construire Londinor et de nombreux autres broc-en-bourg, partout dans le monde. Ces scientifiques avaient découvert comment utiliser des passoires extraordinaires pour filtrer l'air, ou des tapis pour transporter les charges les plus lourdes. Ils sont devenus célèbres et le succès les a grisés. Bientôt, ils n'eurent plus qu'une obsession : percer les sombres mystères de l'essence même des objets extraordinaires, afin de mieux la contrôler. En d'autres termes, posséder les âmes humaines.

Un profond sentiment de malaise s'empara d'Ivy. Elle n'aimait pas beaucoup la tournure de cette conversation.

— Quand les projets de la Mormô furent révélés au grand jour, le CAE intégra une nouvelle règle interdisant à quiconque de bricoler la partie extraordinaire d'un objet. La Mormô fut contrainte de se dissoudre et, avec le temps, elle a fini par rejoindre les pages des livres d'histoire extraordinaire. Et puis subitement, il y a soixante ans, quand ta mamie et moi étions jeunes filles, elle a réapparu.

Ivy s'accrochait à son tabouret.

— Ah bon ? Comment ?

— Tout a commencé par une disparition d'enfant. Un p'tit gars pas plus vieux que toi a été enlevé au cœur de la nuit, dans sa chambre, au-dessus d'un magasin du Gantelet. Ses parents ont trouvé une pièce de six pence tordue sur son oreiller et une plume express noire qui planait au-dessus de son lit. Le message indiquait que le garçon avait été emmené pour « participer à des recherches ». Sur la pièce, on pouvait voir six visages masqués : les nouveaux membres de la Guilde Déchue. En l'espace de quelques semaines, plusieurs kidnappings ont été signalés dans tous les quartiers de Londinor. L'Intergarde, ne trouvant pas de lien entre les victimes, ne savait jamais où la Mormô allait frapper. Une campagne d'attaques s'est ensuivie – incendies volontaires, vols et, pour finir, meurtres. Sur chaque scène de crime, on retrouvait une pièce tordue. C'est devenu en quelque sorte la carte de visite de la Mormô.

Ivy repensa à la plume noire dans la cuisine de Grand-Mère Sylvie et ses mains se mirent à trembler. Elle lâcha la pièce de six pence par terre comme si elle risquait de se brûler.

— On ignorait tout des nouveaux membres de la Mormô. Ils utilisaient des noms de code pour dissimuler leurs identités : Curare, Jacobée, Aconit, Capuchon-de-Moine, Belladone et Ciguë – que des noms de poisons.

Ce détail macabre arracha un frisson à la fillette.

— On racontait qu'ils se rencontraient dans une loge secrète – totalement inaccessible, sauf par des moyens extraordinaires. La peur s'est répandue dans les rues comme la peste. Au bout d'un moment, les gens avaient tellement la trouille qu'ils n'osaient plus prononcer le mot « Mormô » – ils disaient simplement la « Guilde Déchue ».

— Qu'est-ce qui les a finalement arrêtés ?

Ethel baissa la tête.

— La violence a culminé lors de la nuit des Rois. Une énorme bataille a éclaté. La Mormô avait rallié… disons, une espèce d'armée. Ils ont failli gagner, mais, à la dernière minute, la situation s'est renversée. Cinq des six membres ont réussi à s'enfuir, mais le dernier a été attrapé et démasqué. Après ça, on n'a plus jamais entendu parler des cinq autres.

Ethel observa un long silence, afin de laisser à Ivy le temps d'absorber ces informations. Puis elle ramassa la pièce et la reposa sur les genoux de la petite fille.

— Mais la présence de cet objet chez Sylv' ne peut signifier qu'une chose.

— La Mormô est de retour… souffla Ivy.

Soudain, un cri strident leur parvint depuis le magasin.

— Ethel !?

Ivy sursauta. *La sonnette du comptoir !*

— Il y a un brigadier de l'Intergarde qui arrive, Ethel ! Ethel ? Tu m'entends ?

La marchande de cloches se leva d'un bond et posa une main sur l'épaule d'Ivy.

— Range-moi ça, chuchota-t-elle. Et cache-toi. Je ferai tout ce que je peux pour t'aider.

Puis elle se dirigea vers la porte en hurlant :

— Ah ça oui, je t'entends, nom de Dieu ! Et la moitié de la rue avec, comme d'habitude !

Elle éteignit la lumière et claqua la porte derrière elle. Pour la deuxième fois ce matin-là, Ivy fut plongée dans le noir complet.

12

Elle se jeta à quatre pattes et chercha son chemin à tâtons. Elle longea ce qui dans son souvenir correspondait à une rangée de cloches, avant de progresser dans la paille et la poussière jusqu'au coin le plus éloigné de la porte – le tout en se pinçant le nez pour ne pas éternuer.

Elle entendait des voix étouffées dans la boutique, mais elle ne saisit que quelques bribes de la conversation :

— Mademoiselle Dread… intrus… extraordinaires… n'ont pas pris le gant. Un mandat d'arrêt a été émis à leur encontre. Une fille et un garçon. Voici les détails…

Ethel ne se priva pas de râler. Le brigadier continua :

— Nous devons fouiller les lieux. On ne sait jamais… clandestinement…

Ivy se figea. *Comment ça, fouiller les lieux ? Mais…* Elle était dans une pièce inconnue, et dans le noir complet – elle ne risquait pas de trouver une cachette ! Complètement affolée, elle continua de ramper. Son cœur battait à tout rompre. Il lui semblait que la réserve n'en finissait pas. Peut-être trouverait-elle une porte au fond, une trappe ou un panneau caché dans le mur ?

Elle repéra un rai de lumière au niveau du sol. Elle s'en approcha et balaya la paille : il y avait un trou de la taille de son pouce dans une des lames du plancher. *Qui dit lumière dit sortie*, pensa-t-elle. Elle tira sur la planche. Celle-ci gémit, mais ne céda pas.

Elle leva le bras et tâtonna le long d'une étagère. Il lui fallait un outil pour faire levier et décoller la planche. Plusieurs vagues de chaleur successives lui picotèrent les doigts tandis qu'elle palpait des bibelots extraordinaires non identifiables. Et puis elle toucha quelque chose de frais. *Tiens ! Un objet normal.*

Il était long, lourd, et couvert d'un tissu rêche. Elle le descendit pour l'examiner dans le rayon de soleil. Il s'agissait d'un vieux morceau de toile taché, attaché avec de la ficelle, qui renfermait un petit pinceau et un marteau rouillé. Si la ficelle semblait extraordinaire, les deux outils étaient à peine tièdes.

Elle enfonça le marteau dans la fente entre les deux planches de bois et appuya dessus avec le pied. La lame se libéra dans un craquement sonore. Ivy se hâta d'arracher la suivante de manière à former une ouverture assez grande pour la laisser passer. Elle se pencha dans le trou et sonda les ombres du sous-sol.

Pas sûr qu'elle soit plus en sécurité là-dessous – d'un autre côté, si l'intergarde la débusquait, elle ne donnait pas cher de sa peau. Elle lâcha d'abord le sac de Grand-Mère Sylvie et le blouson de Valian, puis elle s'empara des outils en se promettant de les rendre à leur propriétaire au plus vite. Pas question d'abandonner des preuves derrière elle. Elle les jeta en bas et sauta.

Elle atterrit sur une surface dure. Ses semelles de caoutchouc amortirent le choc. Elle semblait se trouver dans les fondations de la Maison des Cloches – un L en béton délimité par des murs en brique nue. La lumière de la rue entrait par une trappe dont l'abattant oscillait sur ses gonds.

Une issue ! Elle remit les lames de plancher en place au-dessus de sa tête. L'espace était bas de plafond ; heureusement, elle n'était pas bien grande. Elle remballa les outils, fourra le paquet dans le blouson de Valian et cala le tout sous son bras. Ensuite, elle se mit à quatre pattes et fonça vers la sortie.

Alors qu'elle s'apprêtait à regagner l'extérieur, elle entendit un appel au secours.

— Aider, s'il te plaît ! Là oh là ! Aider, s'il te plaît !

C'était une voix fluette et étouffée, avec un zézaiement prononcé. Y avait-il un petit garçon enfermé quelque part ?

Ivy regarda autour d'elle. Les cris de détresse reprirent de plus belle :

— À toi plaise me trouver ! La boue est coincée dans moi !

Cette personne devait être drôlement émue pour parler de façon aussi incohérente. Ivy examina le sol. La dalle de béton s'arrêtait un peu avant le mur et elle aperçut en effet une bande de terre humide.

— Oui, ici par !

Ses hurlements frénétiques ressemblaient maintenant à des coups de sifflet. Ivy eut beau scruter la boue, elle ne voyait rien. D'un autre côté, elle ne savait même pas ce qu'elle cherchait. Elle finit par y mettre les mains. La terre était chaude.

Il doit y avoir un objet extraordinaire embourbé par là… pensa-t-elle en grattant.

— Hi hi ! Chatouillis toi fais !

Elle se mit à creuser. En quelques secondes, elle avait dégagé un objet en métal de la taille d'un donut.

Elle le ramassa délicatement et l'essuya sur sa manche. Tout rond, il présentait une encoche sur le dessus et une manette miniature qui dépassait sur le côté. Elle la poussa pour voir.

— Au revoir bonjour ! lança-t-il en vibrant.

Elle fronça les sourcils et recommença. Il y eut un petit rire.

— J'ai compris… Tu es une sonnette de vélo !

— Ha ha ! Oui, trouvé toi. Tu t'appelles Scratch. Et moi ?

Elle s'efforça de démêler le sens de ses phrases.

— Euh, moi, c'est Ivy. Tu veux dire que toi, tu t'appelles Scratch ?

La sonnette tinta.

— Je ne veux pas dire ce que je dis, bien sûr. Scratch a un petit problème de sens dessous dessus. Ivy ravi de te rencontrer.

Un problème de sens dessous dessus ? Elle caressa l'encoche avec son pouce.

Peut-être les séquelles d'un accident l'empêchaient-elles de parler correctement ?

Le plancher grinça : quelqu'un marchait dans la boutique. Elle se tourna précipitamment vers la trappe.

— Je dois filer, dit-elle à Scratch. Désolée.

— Pars, attends ! Ivy supplie Scratch emmener ! Rester ici moi pas.

— Chuuut… On va t'entendre !

Les fourmillements s'accentuèrent dans le creux de sa paume, comme si elle pouvait sentir le désespoir de la sonnette.

— Bon, d'accord, tu viens avec moi, décida-t-elle en la glissant dans sa poche. Mais ne fais pas de bruit.

13

Elle sortit derrière la Maison des Cloches, dans une allée étroite qui sentait le bouillon de poulet et la lessive en poudre. Des sacs-poubelle étaient empilés à côté de chaque porte et des vêtements farfeluches pendaient en travers du chemin, accrochés à des cordes à linge.

Ivy ne décela aucun mouvement, ni à droite ni à gauche. Elle était en sécurité pour l'instant.

Elle prit une minute pour penser à ce qu'Ethel lui avait confié. Elle ne savait pas si elle devait se réjouir ou se désoler d'être une Extraordinaire. Elle se sentait surtout hébétée par ces révélations. Ses parents lui manquaient plus que jamais.

Elle remisa ces réflexions au fond de son esprit et tenta de se concentrer sur sa mission. Le poste de l'Intergarde pouvait être dans n'importe quelle direction. Scratch connaissait peut-être la route ? Elle sortit la sonnette de sa poche.

— Scratch, tu sais où se trouve le poste de l'Intergarde le plus proche ?

— Aider sauveuse Ivy bien sûr. Mais… pourquoi aller vouloir là-bas ?

Il avait décidément un langage bien à lui – elle l'aurait décrit comme un mélange de contraires et de phrases sans queue ni tête.

— Mon frère y est enfermé, expliqua-t-elle. Je dois le libérer.

— Oh, répondit-il en frémissant. Poste je sais où, mais entrer pas dedans ni dehors.

— Tu sais comment y aller, mais pas comment entrer ni sortir ? devina-t-elle.

Scratch tinta.

— D'accord.

Elle sourit, satisfaite de ses qualités d'interprète. Elle rajusta le sac de Grand-Mère Sylvie sur son épaule. À cette heure-ci, les rues devaient grouiller de gardes à sa recherche. Elle n'irait pas loin avant de se faire arrêter.

— Ce qu'il me faudrait, marmonna-t-elle, c'est une nouvelle bougie d'invisibilité.

— Une pourquoi nouvelle ? fit Scratch. Encore même bougie peut servir et encore.

— Quoi ?

Elle ouvrit le sac à main. Lorsqu'elle examina la bougie noire, elle constata que la cire avait repoussé. Elle avait déjà regagné la moitié des centimètres perdus plus tôt dans la journée ! Elle sentit l'espoir renaître dans son cœur.

— Alors, c'est par où ? demanda-t-elle en soufflant sur la flamme.

— Tourner à la rue de l'angle, puis à gauche.

Il faut tourner au coin et prendre à droite, traduisit mentalement Ivy.

— Merci, Scratch.

Ils quittèrent les venelles pour retourner dans la rue principale du Gantelet. Plusieurs marchands de couverts faisaient la démonstration des propriétés incroyables de leurs produits. Au lieu de s'arrêter pour regarder ce dont une louche extraordinaire était capable, Ivy serra la bougie d'invisibilité contre sa poitrine et partit à l'assaut de la foule en tâchant d'éviter les coups de pied et les coups de coude. Un peu plus loin, une grande flaque d'ombre noyait les pavés. Elle leva les yeux et découvrit un obélisque blanc qui se dressait fièrement au milieu de la rue. Elle se hissa sur la pointe des pieds pour lire la plaque en cuivre :

MÉMORIAL DE LA GRANDE GROTTE
À LA MÉMOIRE DE NOS FRÈRES BROCANTEURS
DU GANTELET ASSASSINÉS
PENDANT LA GRANDE BATAILLE
CONTRE LA GUILDE DÉCHUE
AU COURS DE LA NUIT DES ROIS 1969

Une trentaine de noms, au moins, étaient gravés. Elle ravala sa salive. Grand-Mère Sylvie avait disparu pendant la Grande Bataille. Ce ne pouvait pas être une simple coïncidence. Elle repensa à la plume noire et à la pièce tordue. Si la Mormô était à l'origine du message « Nous pouvons te voir maintenant », cela signifiait que ses membres n'avaient pas cessé de traquer sa grand-mère pendant toutes ces années.

Scratch trembla dans sa poche.

— Ivy pas presque loin maintenant. Coin à prendre.

Elle suivit ses indications et marqua une pause. La rue débouchait sur une cour en marbre noir remplie de… de pierres tombales ?

Elle en étudia une. Un avis public était gravé dessus :

LES AIGUILLES EXTRAORDINAIRES
ONT DES YEUX.
INTERROGEZ LES AGENTS AU SUJET
DES AIGUILLES-ESPIONNES ;
À TOUS LES COUPS, ELLES ÉPINGLENT
LES SUSPECTS !

Le suivant disait :

RESPECTEZ LES HORAIRES DE LA BRADERIE :
DU LEVER DU SOLEIL À MINUIT.
LES CONTREVENANTS SERONT ARRÊTÉS
ET TRADUITS DEVANT LA JUSTICE.

Ivy frissonna. Le silence qui régnait ici était inquiétant. Elle contempla les bâtiments environnants, avec leurs murs de granit lisses et leurs vitres teintées aux fenêtres. L'architecte de cette place devait être obsédé par l'obscurité. Elle ne voyait qu'une seule porte, en fer et signalée par une pancarte pendue à un crochet.

— C'est ici ? demanda-t-elle, la gorge nouée.

Scratch tremblota sans articuler le moindre son. Ivy ne pouvait pas lui reprocher d'avoir la frousse.

Elle trottina sur le marbre froid. Parvenue devant la porte du poste, elle s'arrêta pour lire la pancarte :

POSTE DE LA PREMIÈRE BRIGADE
DE L'INTERGARDE
COMMANDANTE : LADY SELENA GRIMES,
INTENDANTE QM

Ivy rassembla son courage. Elle croyait entendre les voix de ses parents dans sa tête : « Allez, soldat, tu peux y arriver. Nous sommes avec toi. » Elle serra fort la bretelle du sac de Grand-Mère Sylvie et poussa la porte.

Un sentiment d'horreur l'envahit quand elle pénétra dans le hall. Quel endroit sordide ! En plus des intergardes habillés de noir, il y avait un vase en forme de crâne rempli de fleurs sans têtes et une collection de grandes urnes en pierre ornées des lettres RIP. Des tentures sombres et épaisses pendaient aux fenêtres. Des photos couleur sépia représentant des ossements étaient accrochées à une cimaise en acajou sur les murs. L'air saturé de fumée sentait les produits chimiques, le whisky et l'encaustique.

Ivy s'avança en tremblant. Heureusement, les gardes étaient trop occupés pour remarquer que la porte en fer se refermait toute seule.

Un bureau d'accueil en pierre noire – qui ressemblait à s'y méprendre à un tombeau – trônait au fond de la pièce. Un chérubin en marbre de la même couleur tenait délicatement une cloche d'argent. Des brigadiers s'agitaient en faisant bruisser leurs longues capes sombres, une plume dans une main, une brosse de toilettes dans l'autre.

Scratch grelottait de peur tandis qu'Ivy traversait le hall. *Je suis invisible*, se répétait-elle. *Je suis invisible.* Le mur du fond était percé de trois portes. La plus à droite indiquait CELLULES sur sa vitre en verre fumé. La fillette jeta un coup d'œil par-dessus son épaule, s'assura que personne ne regardait dans cette direction et tendit la main vers la poignée.

Elle allait l'actionner, quand elle entendit les gonds grincer. Ni une ni deux, elle fit un bond en arrière. La porte s'ouvrit avec fracas. Ivy se plaqua contre le mur et ne bougea plus.

Une dame élancée, avec des épaules tombantes et un long cou de cygne, fit son entrée. Elle portait ses cheveux bruns en tresse sur l'épaule. Sa longue robe en soie grise balayait le sol et elle avait en travers de la poitrine une large bande d'étoffe violette qui rappelait les écharpes des empereurs romains.

— Il doit y avoir une erreur, dit-elle calmement.

— Je vous affirme que c'est bien elle.

Ivy reconnut aussitôt la voix de son interlocuteur. Une sueur froide lui couvrit le dos lorsque l'inspecteur Smokehart s'arrêta pile devant elle. Il désignait une affiche encadrée derrière le bureau.

— La carte ne commet jamais d'erreurs.

Ivy scruta l'image avec curiosité. Elle scintillait comme la nacre d'un coquillage. D'abord elle montra une côte déchiquetée de falaises blanches, puis un patchwork de champs et de collines ondoyantes, et enfin un enchevêtrement de routes bordées de bâtiments en béton. La carte était *animée*.

Smokehart se tourna vers la femme. Avec ses yeux bleus en amande, ses cils épais et ses pommettes hautes, elle avait des airs de star de cinéma. Elle tenait au bout d'une fine laisse en cuir un petit chien au poil sable qui reniflait le sol.

— J'ai vérifié dans les dossiers, insista Smokehart. Sylvie Wrench a pris le gant quand elle avait onze ans. Elle est restée visible sur toutes les cartes extraordinaires à compter de cette date, jusqu'à la nuit des Rois 1969. Là, elle a tout simplement disparu de la surface de la planète. Nous n'avions pas pu la localiser depuis plus de quarante ans. Et voilà que, ce matin, elle est mystérieusement redevenue visible.

La femme baissa la tête, songeuse.

— Avec votre autorisation, continua Smokehart, je vais rouvrir l'enquête sur la nuit des Rois. Tout le monde sait ce qui est arrivé au père de Sylvie Wrench, Octavius, mais le reste de la famille nous a filé sous le nez. Si nous parvenons à reconstituer fidèlement les faits, nous découvrirons peut-être où se cachent les trois frères et la mère. Alors nous pourrons enfin les traduire en justice. C'est la première fois que nous tenons…

Elle l'interrompit d'un geste autoritaire.

— Devons-nous vraiment rouvrir les plaies du passé ? De nombreux Extraordinaires ont perdu des amis et des membres de leur famille cette nuit-là, en luttant contre la Guilde Déchue. Je ne crois pas que raviver les anciennes douleurs soit une bonne idée.

— Selena, écoutez-moi. Nous pourrions marquer l'histoire…

— Inspecteur, lâcha-t-elle sèchement. Quand vous ai-je donné l'autorisation de m'appeler autrement que Lady Grimes ? Je suis une *intendante*, ne l'oubliez pas.

Le visage pâle de Smokehart vira au cramoisi et se couvrit de petits points rouges. Ivy se rappela qu'il avait eu exactement la même réaction pendant leur course-poursuite sous la pluie.

— Pardonnez-moi, Lady Grimes, mais si vous pouviez seulement…

Selena Grimes leva de nouveau la main.

— Vous dites que Mme Wrench est confinée dans un hôpital, n'est-ce pas ?

Il grinça des dents.

— Oui. Elle est apparue sur la carte pendant le trajet en ambulance. J'ai retrouvé son adresse. Ensuite j'ai fouillé sa maison avec l'aide d'un agent et nous sommes allés l'interroger à l'hôpital. Malheureusement, la pauvre femme ne sait rien. Sa mémoire a été effacée comme une ardoise, de façon délibérée ou non.

Les narines d'Ivy se dilatèrent. Grand-Mère Sylvie avait dû être terrifiée !

— Dans ce cas, elle ne risque pas de s'enfuir, résuma Selena Grimes. Mettez-la sous surveillance vingt-quatre heures sur vingt-quatre et interrogez-la de nouveau d'ici quelques jours. Peut-être que sa perte de mémoire n'est que temporaire. Il n'y a aucune raison d'alarmer tout Londinor, à moins de disposer d'informations et de preuves solides.

Smokehart grimaça.

— Cette femme s'est cachée pendant des années – en ce qui me concerne, je trouve que c'est un élément suffisamment grave pour faire d'elle une suspecte. J'ai mis son petit-fils sous les verrous. Il nous fournira peut-être des renseignements précieux. Je vais de ce pas commencer l'interrogatoire.

La poitrine d'Ivy se serra. *Seb…*

Un tic nerveux déforma la bouche de Selena Grimes.

— Inspecteur. Si j'admire votre dévouement envers la justice, le CAE ne vous autorise nullement à retenir prisonniers des innocents. Si ce garçon est le petit-fils de Mme Wrench, alors il est un Extraordinaire ; autrement dit, il est des nôtres. Vous devez le relâcher immédiatement et lui permettre de circuler librement dans Londinor. (Sa robe vaporeuse tourbillonna lorsqu'elle pivota sur les talons.) C'est mon dernier mot. Oh, et veillez à ce que l'affaire ne s'ébruite pas dans la presse… Allez, viens, mon toutou, susurra-t-elle en jetant un regard plein de tendresse à son chien.

Smokehart la suivit des yeux à travers le hall. Ses épaules se raidirent lorsque la porte se referma derrière elle dans un bruit sourd.

Ivy poussa un soupir de soulagement. Elle ne savait pas trop quoi penser de cette conversation, mais une chose était sûre : Smokehart avait le dos tourné, la voie était libre. Elle s'introduisit dans le couloir des cellules, entièrement carrelé de dalles en ardoise. Il y régnait une atmosphère lugubre. Des portes en verre encastrées dans le mur de gauche révélaient les noms et rangs de plusieurs responsables de l'Intergarde. L'inspecteur Smokehart possédait, semble-t-il, la plus grande pièce; puis venait un brigadier

Crapot, suivi du brigadier Pike et de l'agent Stormfront. À droite se succédaient les cellules. Une plume marron flottait à hauteur des yeux devant chacune.

Ivy s'approcha avec méfiance.

— Prudente rester toi, murmura Scratch.

Elle le serra légèrement pour le remercier de son conseil, puis elle déchiffra le message de la première plume :

PRISONNIER N° 4
Nom : Lil « cote 2 »
Crime : escroquerie
Statut : en attente de jugement

Il y avait un petit panneau de verre en haut de la porte. Ivy regarda à travers et vit une pièce carrée éclairée par un néon. Une femme aux cheveux roux en bataille se curait les ongles, allongée sur un banc en plastique. Elle portait une tenue de foot et un béret en tartan.

Les deux cellules suivantes semblaient vides. La quatrième était baignée d'une étrange lumière verte qui donna le tournis à Ivy.

— Fosse à goule, chuchota Scratch. Cachot pour bouseux réservés. Perdre dedans la mémoire, et Londinor pour jamais oublié.

Donc si un bouseux était enfermé dans cette « fosse à goule », il perdait la mémoire ? Ivy en eut la chair de poule. Waouh, les Extraordinaires ne reculaient devant rien pour préserver leurs secrets. Comme elle continuait d'avancer, une autre plume se mit à écrire :

PRISONNIER N° 2
Nom : Valian Kaye
Crime : soupçonné d'avoir volé une cloche à Ethel Dread
Statut : enquête en cours

La fillette retint son souffle. *Valian.* Il était assis sur son banc, les lèvres pincées, et frottait ses bras nus comme s'il essayait de se réchauffer. Avait-il réellement dérobé une cloche à Ethel ? En tout cas, il n'était pas en prison par hasard. Il le méritait sûrement…

Elle secoua la tête. Elle n'avait pas le temps de se pencher sur le sort de Valian. Elle était venue ici pour son frère. Quand elle l'aperçut justement dans la cellule suivante, son pouls s'accéléra.

Seb.

Il était pelotonné dans un coin, les genoux ramenés sous le menton, les fils de ses écouteurs autour du cou. Il avait descendu sa capuche grise jusque sur ses sourcils, mais Ivy distinguait ses cernes foncés et l'entaille qui lui barrait la joue. *Il a vraiment une sale tête*, pensa-t-elle en caressant la vitre.

La plume griffait l'air à côté d'elle.

PRISONNIER N° 3
Nom : inconnu (petit-fils de Sylvie Wrench)
Crime :
Situation : en attente d'interrogatoire

La porte n'avait pas de poignée, mais Ivy remarqua une petite ouverture qui ressemblait à un trou de serrure. Elle prit la bougie d'invisibilité dans sa main gauche et s'agenouilla pour l'inspecter de plus près. *Il y a forcément un moyen d'entrer.*

Elle fit un rapide inventaire de ses outils. Le sac de Grand-Mère Sylvie contenait quelques bouts de papier, un paquet de Kleenex, un foulard en soie et un porte-monnaie rempli de pièces. Les poches du blouson de Valian étaient vides, à l'exception du ballot de toile sale emprunté à la Maison des Cloches.

Elle tâta le tissu en se demandant si ces objets pouvaient lui être utiles. Dans les films, les personnages se servent d'épingles à cheveux ou de fil de fer pour crocheter les serrures. Évidemment, elle n'avait jamais essayé.

Elle joua avec la ficelle extraordinaire. Elle dégageait une chaleur particulièrement intense. Ivy avait la sensation que des aiguilles chauffées pénétraient sous sa peau.

Où avait-elle déjà vu quelqu'un utiliser un bout de ficelle extraordinaire… ? *Le marionnettiste !*

Décidant d'imiter les gestes du vieux conteur, elle dénoua le paquet et enroula la ficelle autour de son majeur. Aussitôt, celle-ci se mit à bouger de son propre chef. Elle se tortillait dans le vide comme un ver de terre. Ivy l'approcha de la serrure. Elle se glissa à l'intérieur. Alors la fillette remua légèrement le doigt. La ficelle, aussi rigide que du fil de fer, tourna et déverrouilla la serrure. *Clic !*

La porte s'entrouvrit en gémissant. Ivy se remit debout. *Ça a marché !* Elle n'en croyait pas ses yeux. Elle vérifia qu'elle était toujours seule dans le couloir, avant de ranger le bout de ficelle et de pousser le lourd battant.

Seb se leva d'un bond et ôta ses écouteurs de ses oreilles.

— Seb !

Il rejeta sa capuche en arrière et fronça les sourcils.

— *Ivy ?* Où es-tu ? C'est une ruse ?

Elle abandonna la bougie d'invisibilité au fond du sac à main de Grand-Mère Sylvie. La flamme se ralluma en grésillant. Pendant quelques secondes, l'air scintilla dans la cellule, puis Seb cligna des yeux.

— Ivy ! (Il l'attrapa et la serra dans ses bras de toutes ses forces. Son sweat sentait la transpiration.) Je n'en reviens pas que tu sois… ! Comment as-tu… ?

Elle le repoussa.

— Je n'ai pas le temps de t'expliquer maintenant ; il faut qu'on s'en aille.

Il se rembrunit.

— Ouais, je sais. (Il glissa un œil dans le couloir.) Tu es toute seule ?

— Plus ou moins… Viens, il ne faut pas traîner.

Au moment où ils allaient sortir, un claquement de talons résonna sur les dalles d'ardoise. Ils se recroquevillèrent derrière la porte entrebâillée. Ivy entraperçut une ondulation de cape noire.

Retenant leur respiration, ils attendirent que les bruits de pas s'évanouissent, patientèrent encore une minute, puis ils se glissèrent hors de la cellule. Personne.

— Maintenant, il faut trouver l'issue de secours, murmura Ivy.

Son frère sur les talons, elle remonta le couloir dans la direction opposée à celle de l'accueil. Arrivée au bout, elle hésita. Une flèche indiquait la présence d'un DÉPÔT D'ARMES. Les mots étaient suivis d'un dessin représentant une brosse de toilettes. Elle décida de partir de l'autre côté.

— Mmmm hhmm mmmff, fit une voix étouffée.

— Ivy… chuchota Seb. Tu es au courant que ta poche bouge ?

Elle s'arrêta et sortit la sonnette.

— Qu'est-ce qu'il y a, Scratch ?

— Les chevaux ! Écuries par la sortie, s'enflamma-t-il. Vu Scratch de dehors.

Seb en resta bouche bée.

— Ivy, est-ce que ce truc… ?

Elle le saisit par le sweat.

— Aucune importance. Cherche les écuries – *vite !*

Ils vérifièrent les portes les unes après les autres. Mais il y avait beaucoup trop de couloirs à explorer et le temps pressait. Alors Ivy renifla et entraîna son frère dans un passage situé à leur gauche : l'air semblait plus frais par là. Des bruits sourds leur parvenaient à travers la cloison, bientôt suivis d'un hennissement.

— On ne doit plus être loin, dit-elle. Là !

Elle faillit crier de joie lorsque ses yeux tombèrent sur une double porte vitrée. Elle donnait sur une pièce sombre avec un plafond haut et une rangée de stalles de chaque côté. Des fers à cheval argentés brillaient au mur. Au-dessus, une pancarte disait : FERS À CHEVAL PORTE-BONHEUR. À l'autre bout, une arche s'ouvrait sur une rue éclairée par des réverbères.

— Je vois la sortie !

Seb se raidit contre son épaule.

— Attends. Et si la porte était équipée d'une alarme ?

Une grosse conque était accrochée sur le mur, juste au-dessus.

— De toute façon, il va falloir foncer. Ne t'inquiète pas, je sais où aller une fois dehors. Chez Ethel. Je te montrerai…

Elle poussa la barre en acier. La porte couina mais resta en place. Seb l'aida. Il appuya si fort que son visage s'empourpra. Mais ça ne changea rien.

— Elle doit être coincée.

— Oh, on va se faire prendre si on ne trouve pas vite une solution !

— Gants extraordinaires ont vous besoin, suggéra Scratch.

Seb recula.

— Sérieux, ça ne te gêne pas que ce machin parle ? Moi, ça me fout les jetons.

Ivy l'ignora. *Des gants extraordinaires…* Elle se remémora la leçon du gantier Gilbert Grandiose dans son magasin : « Ils sont véritablement la clé de Londinor. » Apparemment, il fallait prendre cette phrase au pied de la lettre : les gants ouvraient des portes…

— Il a raison, décréta-t-elle. Il nous faut un gant extraordinaire.

— Ne me dis pas que tu piges ce qu'il raconte ?

Elle le dévisagea sans répondre.

— O.K. Bon, où on peut s'en procurer ? demanda-t-il.

Ivy avait une petite idée. Quand elle en fit part à son frère, il s'exclama :

— Hors de question ! Jamais de la vie ! C'est à cause de ce type que nous sommes ici. On ne peut pas lui faire confiance.

Peut-être, mais ils n'avaient pas le choix.

Valian se leva lentement de son banc.

— Vous plaisantez. Vous ? Vous avez réussi à vous infiltrer ici ?

Ivy ne put s'empêcher de le narguer avec un sourire satisfait – qui s'effaça après quelques secondes.

— Le temps presse ! On a besoin de toi pour ouvrir la porte de l'écurie.

Seb acquiesça en grognant, l'air franchement mécontent.

Valian récupéra son blouson en cuir et quitta sa cellule d'un pas nonchalant. Ivy se demanda s'ils avaient bien fait de le libérer – et surtout s'ils n'allaient pas très vite le regretter.

Au moins, son plan fonctionna : de retour aux écuries, la porte s'ouvrit facilement au contact de la main gantée de Valian.

Ils déguerpirent dans la rue et prirent la direction de la maison d'Ethel. Ils l'avaient échappé belle.

14

Ils s'écroulèrent comme des quilles sur le seuil de la Maison des Cloches.

— Valian ! hurla Ethel dès qu'elle l'aperçut. Ivy ! Sebastian… ?

Ivy poussa Valian qui l'écrasait et se mit péniblement debout. Elle était surprise qu'il les ait suivis jusqu'au bout après ce qu'elle avait appris au poste.

Seb se leva à son tour. Hors d'haleine, il écarta les cheveux qui lui tombaient dans les yeux. Ivy se demanda si c'était la course folle ou plutôt les visions insolites de la rue qui lui avaient coupé le souffle. Les intergardes ne lui avaient sûrement pas proposé de visite guidée de Londinor avant de le jeter en cellule. Elle avait beaucoup de choses à lui raconter après cette journée riche en rebondissements.

— Comment cette dame connaît nos noms ? chuchota-t-il à sa sœur, en regardant Ethel d'un air méfiant.

Ivy plissa les yeux.

— Je ne sais pas…

Elle était certaine de ne pas les avoir dévoilés à Ethel avant l'irruption du brigadier.

— J'ai localisé Sylvie en utilisant une de mes cartes, expliqua cette dernière en verrouillant la porte d'entrée. Je lui ai parlé il y a une demi-heure.

— Vous avez parlé à Grand-Mère ? s'étonna Seb.

Tout s'éclaire, pensa Ivy. Inquiète pour sa grand-mère, elle demanda :

— Comment va-t-elle ?

Ethel soupira.

— Elle est drôlement secouée ! Elle eu de la visite ce matin, une personne étrange qui a essayé de lui extorquer des informations. (Elle les inspecta de haut en bas, épousseta l'épaule d'Ivy et loucha sur les égratignures de Seb.) La réapparition de votre mamie a provoqué un branle-bas général. La Mormô est à pied d'œuvre. Un tas de gens pourraient être en danger. Je dois voir Sylvie et tâcher de comprendre ce qui se passe. Vous deux, vous venez avec moi. Ce serait trop risqué de vous perdre de vue.

— Nous allons retrouver Grand-Mère Sylvie ? s'écria Ivy, soulagée.

Jamais sa grand-mère ne lui avait autant manqué. Et puis ses parents seraient peut-être enfin rentrés.

Seb semblait décontenancé. Il toisa Ethel.

— Euh… au cas où vous l'auriez oublié, je viens de passer trois heures enfermé en cellule, grommela-t-il. Qui êtes-vous et comment connaissez-vous Grand-Mère ?

La marchande de cloches posa une main sur l'épaule d'Ivy.

— Et si vous alliez discuter dans la pièce du fond, tous les deux ? Moi, j'ai des choses à régler avec celui-là, ajouta-t-elle en jetant un regard sévère à Valian.

Ivy fut ravie de l'occasion de bavarder au calme avec son frère. Elle reposa la toile, le marteau, la ficelle et le pinceau sur les étagères de l'arrière-boutique, puis elle sortit la photo de leur grand-mère.

— Tu te souviens de ça ?

Seb écarquilla les yeux.

— Whooo... (Il se laissa tomber sur le tabouret de piano.) Pas possible. C'est elle. C'est Ethel.

Sa sœur s'assit face à lui et lui répéta tout ce qu'elle avait appris. Seb enfouit son visage entre ses mains.

— Je ne sais pas si... Enfin, tu crois vraiment que les objets extraordinaires contiennent une part de... ?

Il se tapota la poitrine pour bien se faire comprendre. Ivy lui passa Scratch.

— Ça paraît fou, mais oui, c'est vrai. Comment expliquer que cette sonnette parle sinon ? Toutes les cloches et les sonnettes extraordinaires peuvent parler. À mon avis, Scratch a un langage bizarre parce qu'il a eu un accident.

Seb retourna délicatement la sonnette, en la tenant à bout de bras comme si elle risquait d'exploser à tout moment. Scratch gloussa.

— Tu crois qu'il peut voir quelque chose ? Il n'a même pas d'yeux.

— Scratch t'entendre peut, ronronna l'objet. Et te voir peut aussi. Les yeux n'ont pas besoin.

Seb tressaillit.

— Euh... tiens, reprends-le, dit-il en lâchant Scratch sur les genoux de sa sœur.

Elle le rangea dans le sac à main en riant. Seb n'arrêtait pas de lui jeter des regards en coin : il était clair que les mêmes questions leur trottaient dans la tête à tous les deux. En attendant d'obtenir des réponses, elle était contente de profiter d'un moment de silence en sa compagnie. Elle s'aperçut qu'il lui avait manqué. Jamais elle ne l'avouerait, évidemment. Mais c'était la vérité.

Des éclats de voix en provenance du magasin gâchèrent ces quelques instants de tranquillité.

— Comment ça, « à toute heure du jour et de la nuit » ? aboya Valian. Je ne vais pas les suivre partout.

— Oh que si ! tonna Ethel. Ils ne connaissent rien aux affaires. Ils vont se faire bouffer tout crus ici. Tu es un dénicheur. Tu connais le terrain comme ta poche. Il faut quelqu'un pour les protéger.

Valian soupira. Ivy l'entendit faire les cent pas.

— Si j'accepte, vous retirez votre plainte ? Immédiatement ?

— Envolée. Par contre, je veux que tu me rendes la cloche.

Il y eut une longue pause. Ivy regarda Seb. Lui non plus ne se fiait pas à ce voleur de Valian.

— Si tu me serres la main, dit Ethel, alors l'affaire est conclue. Ton gant en est témoin.

— Je sais, grogna Valian. Qu'on en finisse.

Quand les enfants Sparrow revinrent de la réserve, l'atmosphère dans la boutique était glaciale. Valian contemplait la rue par la fenêtre, les bras croisés. Ethel, assise derrière son comptoir, triturait une plume, les yeux dans le vide.

— On a de la compagnie, annonça Valian.

— Oui – contente de vous revoir ! s'exclama Ethel. Tout est réglé ?

Ivy haussa les épaules avec un air évasif pendant que Seb marmonnait dans sa barbe.

— Non, non, dit Valian. Je ne parlais pas d'eux.

La porte s'ouvrit brusquement pour laisser entrer un nuage noir. La sonnette du comptoir hurla :

— Inspecteur Smokehart de la première brigade de…

Ethel la fit taire en l'étouffant sous sa main. Ivy recula. *Smokehart.*

— Au nom de tous les morts, à quoi pensez-vous, mademoiselle Dread ?

Sa voix tonitruante fit trembler toutes les cloches de la maison. Elles se mirent à chuchoter fébrilement.

— Vous accueillez des criminels ? continua-t-il. Et vous mentez à l'Intergarde ? Ce sont deux sérieux motifs d'inculpation.

Il avança en frappant son poing dans sa paume, suivi de près par deux agents.

Smokehart toisa les jeunes Sparrow d'un œil mauvais, puis il pointa un long index ganté vers Valian.

— Et toi, tu as dû les aider à s'évader. Tu aggraves ton cas, mon garçon.

Valian fit un pas vers l'inspecteur, mais les agents s'interposèrent. Ethel se leva de sa chaise. Malgré sa silhouette frêle, elle semblait terriblement imposante dès qu'elle prenait la parole.

— Vous n'en ferez rien ! J'ai renoncé à mes poursuites contre lui. C'était une erreur. Il ne me manque aucune cloche.

Elle quitta le comptoir et marcha droit sur Smokehart.

— Personne dans cette pièce n'a commis le moindre délit, inspecteur, insista-t-elle. Je vous prie, étant donné que vous êtes ici sur une propriété privée, de bien vouloir partir !

Sur ces mots, elle lui enfonça un index dans les côtes. Les cloches alignées sur les murs retinrent leur souffle.

Smokehart se raidit et son visage se couvrit de petits points rouges. Ivy commençait à s'habituer à cette curieuse réaction.

— Mademoiselle Dread, dit-il, il y a des limites à ne pas dépasser. Vous ne voudriez pas vous mettre hors la loi…

Ethel se dressa de toute sa hauteur.

— Soit vous prouvez que vos accusations sont justifiées, rétorqua-t-elle, soit vous décampez – sinon, j'écrirai à Lady Grimes à votre sujet.

Il serra les poings si fort qu'Ivy entendit ses gants en cuir couiner.

— Que les choses soient bien claires entre nous, asséna-t-il. J'irai au fond de cette affaire. Je découvrirai ce qui est arrivé à Sylvie Wrench et au reste de sa misérable famille lors de la nuit des Rois. Et je ne tolérerai pas que quiconque parmi vous se mette en travers de mon chemin !

Il sortit comme une tornade, accompagné de ses agents.

Quand il fut dehors, Ethel se détendit et poussa un gros soupir. Valian ouvrit la bouche.

— Tes commentaires, tu peux te les garder, aboya-t-elle.

— C'est quoi, son problème ? murmura Ivy, les yeux rivés sur la porte.

Ethel secoua la tête.

— Smokehart aime la loi par-dessus tout. Et l'amour rend aveugle. Pour lui, le bien et le mal n'existent pas ;

il n'y a que deux catégories de personnes : celles qui respectent la loi et celles qui l'enfreignent. Allez, venez tous. Il est l'heure d'aller à Bletchy Scrubb.

Valian enfonça les poings dans ses poches.

— C'est où, ça, Bletchy Scrubb ?

Seb lui flanqua une tape dans le dos.

— Dans le monde normal ! déclara-t-il gaiement. Tu sais, l'endroit où les tapis restent par terre et où les gants servent juste à se réchauffer les mains.

15

— Oh non, pas ça, gémit Seb.

Ethel venait d'ouvrir un grand sac par terre. Ivy trouvait qu'il ressemblait étrangement à de la moquette, avec son tissu pelucheux à motif fleuri, mais elle ne dit rien de peur de vexer Ethel.

La perspective de revoir bientôt sa grand-mère lui réchauffait le cœur – mais de là à envisager avec plaisir une nouvelle vadrouille-en-sac, il ne fallait pas exagérer. Elle n'oublierait pas de sitôt la sensation de confusion qu'elle avait éprouvée dans la valise de Valian. Et puis elle ne tenait pas à rétrécir.

— Il n'y a pas un autre moyen de sortir d'ici ?

Ethel jeta une étole en pashmina sur son épaule.

— Si, mais ça ne marchera pas pour *vous*. Les Extraordinaires ont le droit de voyager sur des tapis ou des aspirateurs, à condition d'avoir pris le gant depuis au moins un an et d'avoir passé le permis.

Elle poussa Ivy en avant.

— Mais pourquoi ? geignit la fillette.

Ethel leva les yeux au ciel.

— Tu voudrais qu'un bouseux vous voie en train de survoler Londres sur un aspirateur extraordinaire ? Vous n'avez pas l'entraînement nécessaire pour utiliser les objets extraordinaires en dehors des broc-en-bourg. C'est le boulot de la Division Spéciale, la branche de l'Intergarde chargée de cacher Londinor au commun des mortels. Pour leur propre bien, naturellement. Imaginez que n'importe qui se mette à utiliser des objets extraordinaires à tout bout de champ. (Elle mit une main dans le dos d'Ivy.) Maintenant, assez de questions. Zou !

L'hôpital de Bletchy Scrubb brillait comme une maison de poupée géante dans le ciel noir. Ivy aperçut un médecin qui tapait à l'ordinateur dans la lueur blafarde d'un néon, une infirmière pressée, un couloir bondé d'employés. Il y avait peu de voitures dans le parking des visiteurs à cette heure-là. Ivy s'épousseta tandis qu'Ethel frottait le dos de Seb en légers massages circulaires pour essayer de chasser la nausée. Valian sortit du sac en dernier et le referma derrière lui.

— Inspire profondément, disait Ethel. Tu verras, ça ira mieux dans un instant.

Seb la regardait avec la mine chiffonnée et les lèvres pincées. Heureusement, il ne voyait pas Valian qui souriait derrière son épaule.

Tandis qu'ils marchaient vers l'entrée principale, Ivy observait les environs. Des gens entraient et sortaient ; certains fumaient en petits groupes, pelotonnés les uns contre les autres ; d'autres se dirigeaient vers le parking. Elle pensait à l'homme en gris.

— Je suis sûre qu'il y avait un Extraordinaire ici ce matin, dit-elle aux autres. Il se comportait bizarrement et ses mains étaient toutes racornies et pourries. (Elle surprit Ethel en train de jeter un coup d'œil anxieux à Valian.) Ça veut dire qu'il s'est livré à du commerce illégal, hein ?

Ethel fit la moue.

— Et pas qu'une fois, pour que sa peau soit aussi abîmée ! Les… les membres de la Mormô étaient connus pour s'abîmer les mains exprès. Ils considéraient cela comme une marque de loyauté entre eux.

Alors l'homme en gris appartenait à la Mormô ? Que voulait-il à Grand-Mère Sylvie ? Ivy n'avait pas vu son visage à cause de son chapeau, mais elle se rappelait qu'il bougeait vite, et de façon très discrète. Ses moindres gestes étaient calculés.

Ethel sortit un bout de papier.

— Voyons… Elle est dans l'aile 6B. Par où faut-il aller ?

Pendant qu'Ethel se renseignait auprès d'une infirmière, Ivy murmura à Seb :

— Je crois que l'homme en gris fait partie de la Mormô. Si c'était lui qui avait volé le dossier médical de Grand-Mère ? Il aurait trouvé son adresse dedans et… après, il serait allé chez elle fouiller la maison pendant qu'on était dans le bus ?

Seb avait son téléphone portable à la main. Il le rangea dans sa poche et se frotta la nuque. Pendant une seconde,

Ivy crut qu'il allait encore la traiter de parano – mais pas cette fois.

Alors qu'Ethel revenait avec des instructions précises, Ivy chercha autour d'elle des indices qui pourraient trahir la présence d'Extraordinaires. Elle aperçut une dame âgée qui vidait une petite valise dans une chambre. Elle la surveilla en s'attendant presque à la voir grimper à l'intérieur. Seb dut le remarquer, parce qu'il lui donna un coup de coude.

— Hé ! On est dans le monde des Ordinaires maintenant, tu te rappelles ? Tout est normal ici.

Elle sentit une pointe de déception. *Normal… Ce n'est pas forcément mieux.* Se servir d'une bougie d'invisibilité était plutôt cool. Sa vie aurait été complètement différente si sa grand-mère n'avait pas perdu la mémoire. Elle aurait connu Londinor toute petite et grandi en ayant conscience du monde merveilleux qui l'entourait.

Ils trouvèrent Grand-Mère Sylvie assise sur son lit, dans une chambre individuelle. Ses cheveux presque blancs lui tombaient sur les épaules et ses joues soyeuses étaient toutes pâles.

— Ivy, dit-elle d'une voix rauque. Sebastian.

Elle ouvrit les bras en souriant.

Elle semblait très affaiblie, comme si elle souffrait de maladie. Ce fut un choc pour Ivy. Un de ses bras était plâtré ; sur l'autre, un bout d'adhésif maintenait en place un fin tuyau.

— Je suis désolée, leur dit-elle. Tellement désolée. Tout est ma faute.

Ivy la serra contre elle en veillant à ne pas lui faire mal. Les yeux brouillés par les larmes, elle s'écarta pour laisser la place à son frère. Celui-ci jeta un petit coup d'œil à Valian, puis se pencha pour déposer une bise sur la joue de sa grand-mère.

— Vous n'êtes pas blessés, au moins ?

Ivy s'empressa d'essuyer une larme sur sa joue avant que Grand-Mère Sylvie ne la voie pleurer.

— Non, ça va, affirma-t-elle.

Elle ne voulait pas la culpabiliser davantage. Seb se contenta de hausser les épaules.

— Et toi ? s'enquit Ivy. Tu n'as que le poignet cassé ?

— Oui, ma hanche est seulement amochée, Dieu merci.

Debout au pied du lit, Ethel se racla la gorge.

— Sylv' ?

Elle ôta son foulard fleuri et libéra sa tignasse brune. Ivy n'avait pas de peine à imaginer la jeune femme provocante et espiègle qu'elle devait être autrefois ; elle comprenait pourquoi Grand-Mère Sylvie l'avait choisie pour amie.

Cette dernière battit des cils. On aurait dit qu'elle venait de voir un fantôme. Submergée par l'émotion, elle murmura :

— Je ne me souviens pas de ton visage. Pardon, Ethel. Je ne reconnais que ta voix.

Ethel, agrippée au barreau du lit, hocha lentement la tête. Malgré son chagrin, elle répondit d'un ton jovial :

— Ce n'est pas grave. Tout ne va pas te revenir d'un coup.

Grand-Mère Sylvie se massa les tempes.

— J'aimerais bien pourtant ; tout est si flou. Quand je me suis réveillée après la chirurgie, la tête me tournait un peu. Un tas d'images étranges me revenaient – des mots, des visages, des noms… Je n'y comprenais rien. J'ai pensé que c'étaient des hallucinations provoquées par les calmants. Jusqu'au coup de fil d'Ethel. Depuis, je sais que ce sont des bribes de souvenirs.

Comme ce devait être étrange de retrouver des souvenirs de Londinor après quarante ans. Ivy n'osait pas imaginer ce qu'elle devait ressentir.

— Je guéris de mon amnésie – mais très lentement. Pour l'essentiel, ma vie d'avant est encore un grand blanc. Quelques souvenirs plus forts que d'autres s'imposent. Par exemple, il y a un motif particulier qui me hante, même si je n'arrive pas à en démêler la signification. D'abord, je vois une femme avec des yeux bleus tristes, ensuite j'entends un filet d'eau couler, puis des portes qui grincent. Enfin, j'entre dans une vieille maison immense pleine de visages sombres.

Ivy eut une idée. Elle fouilla dans le sac à main de sa grand-mère. Peut-être la photo aiderait-elle à stimuler sa mémoire ?

Lorsqu'elle ouvrit la poche intérieure, ses poils se hérissèrent : sa main venait de tomber sur un objet anormalement chaud. Les joues en feu, elle sortit un demi-cercle de métal fin, aussi brûlant que si quelqu'un l'avait oublié pendant plusieurs heures sous une lampe.

— Ton bracelet, Grand-Mère ! s'écria-t-elle. Il est extraordinaire. (Tous les regards se tournèrent vers elle.) Quoi ? Qu'est-ce que j'ai dit ?

— Donne-le-moi, ordonna Ethel d'un ton suspicieux.

Elle l'inspecta brièvement, avant de le tendre à Valian.

— Tu as déjà vu un truc comme ça ?

Seb toussota.

— Au fait, Grand-Mère, voici Valian, dit-il en désignant le garçon avec le pouce. Il est avec Ethel.

Pendant que celui-ci examinait le bijou à son tour, Ivy réfléchit à voix haute.

— Tout à l'heure, au poste de l'Intergarde, j'ai surpris une conversation entre Smokehart et cette femme… euh, Selena quelque chose… J'ai oublié.

Valian haussa les sourcils.

— Selena *quelque chose* ? Ha ! T'as pas intérêt à l'appeler comme ça à Londinor ! Elle s'appelle Selena Grimes. Elle fait partie des quatre intendants de Londinor. En gros, ce sont les personnes les plus puissantes dans un broc-en-bourg.

— Pas la peine d'en faire tout un plat, râla Seb. Continue, Ivy.

— D'après Smokehart, Grand-Mère est réapparue sur la carte extraordinaire pendant son voyage en ambulance. Et si ça correspondait au moment où le bracelet a été coupé ?

Sa grand-mère se redressa, les yeux brillants.

— Bien sûr ! C'est la seule chose qui soit sortie complètement indemne de mon accident, alors je l'ai toujours gardé sur moi. Je n'avais aucune idée de son origine.

Pauvre Grand-Mère Sylvie… Elle allait de révélation en révélation. Elle se rendait compte maintenant que son bijou préféré avait des pouvoirs insoupçonnés. Comment le vivait-elle ? Quelque part, c'était un peu comme être trahi par son meilleur ami.

Valian tournait le bracelet cassé entre ses doigts.

— Ce pourrait être une sorte d'effaceur de mémoire. Les intergardes utilisent des sifflets extraordinaires pour effacer les souvenirs des gens, mais leur effet est permanent. Le bracelet pourrait agir différemment : il ne serait efficace que si on le porte.

— Il effaçait tes souvenirs, intervint Ethel, mais apparemment il t'effaçait aussi, *toi*, Sylv'. C'était sans doute sa principale utilité. Personne ne peut disparaître des cartes après avoir pris le gant. *Personne.* Tu as été la première à y arriver.

— Avec le reste de notre famille… ajouta Ivy.

Elle avait encore du mal à considérer les Wrench comme *sa* famille – et pourtant… Elle se demanda comment allaient réagir ses parents, surtout son père. Il avait des oncles, maintenant.

— Ils ont tous disparu pendant la nuit des Rois, Grand-Mère – ta mère, ton père et tes trois frères.

Ethel et Valian s'agitaient. Ils paraissaient mal à l'aise. En savaient-ils plus qu'ils ne voulaient l'avouer ? Elle s'apprêtait à les interroger, quand Seb éleva la voix. Il fixait l'écran de son portable.

— Mais où sont-ils ? Je n'arrête pas de vérifier depuis qu'on est ici : toujours pas de texto ni de message de papa et maman. C'est pas normal ! Papa avait pas dit qu'il serait arrivé à cette heure-ci ?

Ivy consulta l'horloge sur le mur. Il était huit heures et demie.

— Si… il devrait être là. Et je croyais que maman arriverait avant lui. Ils n'ont pas laissé de message aux infirmières ?

Grand-Mère Sylvie haussa les épaules.

— Pas que je sache.

L'anxiété devint palpable dans la chambre. Ivy fixait ses pieds en envisageant toutes les hypothèses. Seb la regardait, l'air affolé.

— Tu ne crois pas que…

Il n'eut pas le temps de finir sa phrase qu'une plume noire surgie de nulle part se mettait à flotter devant son visage. Il voulut la chasser d'un revers de main, mais elle vola jusqu'au milieu du lit et commença à écrire :

Tu as ce que nous voulons à tout prix.
Nous détenons ceux à qui tu as donné la vie.
Tu as deux jours pour nous donner ce que nous voulons.
Tic tac, l'horloge tourne.

La plume s'évapora dans un rond de fumée. À sa place apparut un réveil qui chuta à la verticale et rebondit sur le lit.

Pendant de longues secondes, Ivy resta immobile, frappée d'effroi. Puis elle se tourna vers Ethel. La marchande était livide. Elle toucha le réveil du bout du doigt et le retourna, révélant des cloches tachées de rouille, un verre poussiéreux et un cadran jauni à chiffres romains. Les aiguilles noires, aussi fines que des pattes d'araignée, indiquaient que minuit était passé de quelques minutes.

— Des aiguilles noires… murmura Valian.

— Qui… qui a fait ça… ? hoqueta Ivy.

Seb s'empara du réveil.

— Ivy, je vois maman dedans… et papa.

Elle le lui prit des mains. La chaleur inonda ses doigts. Elle entendit des voix apeurées et des cris de douleur. Elle lutta contre l'envie de le lâcher. Il la brûlait. Aucun objet extraordinaire ne lui avait jamais fait aussi mal.

Grand-Mère Sylvie s'inquiéta.

— Ivy, fais attention… Ethel, ce n'est pas un objet dangereux au moins ?

La fillette scruta le cadran. Elle vit d'abord son reflet – ses joues parsemées de taches de rousseur, ses grands yeux vert clair et ses cils fournis. Une voix chuchotait son nom : « Ivy… Ivy… »

Peu à peu, les visages de ses parents se superposèrent au sien. Les cernes s'accentuaient à toute vitesse sous leurs paupières et leur peau se flétrissait comme s'ils mouraient de faim. Elle subissait la même transformation – le blanc de ses yeux jaunissait, ses cheveux épais se fanaient et tombaient par poignées. Ses mains se mirent à trembler.

— Que se passe-t-il ?

Ethel se pencha au-dessus du lit.

— Repose-le, Ivy. C'est destiné à te faire peur.

— Elles m'étouffent ! cria Seb. Les aiguilles – elles m'étranglent ! Papa et maman aussi ! On est tous en train de mourir !

Il s'écarta du lit en titubant. Mais Ivy ne pouvait détourner le regard. Sa peau s'était maintenant complètement décomposée et ses globes oculaires avaient disparu, remplacés par deux trous noirs grouillants d'asticots. L'aiguille des minutes s'était changée en chaîne et serrait le cou décharné de leur père, pendant que l'aiguille des heures étranglait leur mère, réduite à l'état de squelette.

Ivy jeta le réveil sur le lit. La sensation de brûlure disparut immédiatement, ainsi que les bruits abominables dont l'écho continuait de la hanter. Elle avait l'impression d'avoir vu un film d'horreur.

Le souffle court, elle se tourna vers Ethel et Valian.

— C'était quoi, *ça* ? Qu'est-ce qui vient de se passer ? Où sont papa et maman ?

Ethel attrapa le réveil par une de ses cloches rouillées et le tint devant elle avec une grimace de dégoût.

— Les réveils extraordinaires sont des diseurs de bonne aventure. Selon le prix, ils peuvent tout prédire, du temps qu'il fait à l'âge où tu perdras la vue. Mais ceux qui ont des aiguilles noires sont très particuliers…

Ivy frémit. Elle avait un très mauvais pressentiment.

— Les Extraordinaires les surnomment les « aiguilles du destin », expliqua Valian d'un ton grave. Elles indiquent le temps qu'il reste avant la mort de quelqu'un.

Seb secoua la tête.

— Tu veux dire que nos parents… ? Il doit y avoir une erreur. Ça arrive que les réveils se trompent ?

Ethel se frotta le menton.

— Qu'ils se trompent ? Non. Tant que les aiguilles restent noires, ton sort est scellé. Mais ils lisent le futur. Si tu changes le cours des choses, le réveil en tiendra compte.

Comme sa grand-mère tremblait sous ses couvertures, Ivy posa une main sur son bras : elle avait la chair de poule.

— Qui l'a envoyé ? demanda la vieille dame.

Ivy connaissait déjà la réponse : elle tenait en un unique mot lourd de menace.

— La Mormô. Les plumes noires, la pièce, le message dans la cuisine – tout ça, c'est eux. Ils sont de retour.

Ethel baissa les yeux. Valian avait un air lugubre.

— Attendez, dit Seb. Je croyais que plus personne n'en avait entendu parler depuis 1969.

— C'est vrai, répondit Valian. Tout le monde les croyait partis pour de bon.

— Mais ce n'était qu'un fol espoir, souffla Ethel en contemplant le ciel étoilé par la fenêtre. Quelque part dans le monde, un des membres de la Guilde Déchue devait attendre ton retour, Sylv'. J'avoue que je n'ai pas la moindre idée de ce qu'ils cherchent. Une chose est claire, cependant : ta réapparition les a encouragés à se reformer.

16

Valian allait et venait au bout du lit de Grand-Mère Sylvie. Seb, complètement vidé, s'était effondré dans un fauteuil, tandis qu'Ivy se blottissait contre sa grand-mère.

— Si la Mormô s'est reconstituée, dit sombrement Ethel, de nombreuses personnes sont en danger, et pas seulement à Londinor. Il y a des années, la rumeur prétendait qu'ils voulaient utiliser la technologie extraordinaire pour contrôler le monde ordinaire. L'enlèvement de vos parents n'est qu'un avant-goût de ce dont ils sont capables. Nous devons agir.

— Oui, il faut les retrouver tous les cinq, acquiesça Valian. Au fond de moi, j'ai toujours su que leur groupe ne s'était pas vraiment dissous. Ils étaient là, tapis dans l'ombre.

Une lueur inquiétante traversa son regard.

— Moi, ce que je veux, c'est retrouver nos parents, s'emporta Seb. (Il jeta un regard désespéré à Ethel.) Vous ne pouvez pas… vous savez… utiliser un objet extraordinaire ?

Elle soupira.

— Ce n'est pas si simple, mon chou. J'en ai peur.

Il se prit la tête à deux mains. L'ado rebelle avait laissé la place à un garçon paniqué et au bord du désespoir. Ivy comprenait très bien ce qu'il ressentait. Elle essaya d'ordonner ses idées.

— La plume noire a écrit : « Tu as ce que nous voulons à tout prix. » À votre avis, qu'est-ce que ça peut être ?

— Ça pourrait être n'importe quoi, fit Ethel en haussant les épaules. La Mormô est une organisation secrète. Les rumeurs et les spéculations allaient bon train, mais on n'a jamais rien su de leurs vrais projets.

Grand-Mère Sylvie soupira.

— Quant à moi, je ne surprendrai personne en disant que je ne me souviens pas de quoi il s'agit.

Ethel prit le réveil extraordinaire.

— À en juger par cet engin de malheur, tu as jusqu'au premier coup de minuit de la Saint-Sylvestre pour essayer de te rappeler, dit-elle, sans trace d'ironie ni de méchanceté.

Deux jours pour changer le futur, pensa Ivy. C'était court.

— Réfléchissons à un plan, continua Ethel. Pas la peine de nous morfondre ici à tenter de résoudre cette énigme. Nous avons besoin de réponses et nous savons où les chercher.

Elle se redressa, les poings sur les hanches. Pour la deuxième fois ce jour-là, Ivy eut l'impression d'avoir affaire à une femme redoutable ; une vraie guerrière au visage marqué par les combats.

— Ivy, Seb ? Vous rentrez à Londinor avec moi. J'ai de vieux amis là-bas – des gens en qui j'ai confiance –, vous pourrez rester chez eux.

— Je ne suis pas sûr que ce soit une bonne idée, protesta Seb. On n'est pas à notre place là-bas. Est-ce qu'on ne court pas moins de risques ici ?

— Pas de discussion, insista Ethel. Si vos parents ont été enlevés par la Mormô, vous ne les sauverez pas en restant dans cette chambre d'hôpital. De plus, qui vous protégera ici ?

Ivy se pelotonna contre Grand-Mère Sylvie. Elle ne voulait pas la quitter si tôt, vraiment pas. Mais Ethel avait raison. Ils n'allaient pas lambiner pendant deux jours à l'hôpital en attendant que Grand-Mère Sylvie finisse par se souvenir de quelque chose. Ses parents allaient mourir s'ils n'agissaient pas. La vieille dame fronça les sourcils.

— Ethel… je ne sais pas…

— Tu es en sécurité ici, Sylv'. L'Intergarde est déjà venue t'interroger et elle est repartie bredouille. La Mormô ne reviendra plus t'embêter avant la fin du compte à rebours.

Grand-Mère Sylvie posa une main sur l'épaule d'Ivy.

— Si seulement je pouvais me souvenir… (Elle renifla et s'essuya les yeux.) Qu'est-ce que j'ai fait ? Oh, mais qu'est-ce que j'ai fait ?

Ivy avait le moral dans les chaussettes. Ethel et Valian se regardaient d'un air maussade ; difficile de savoir à quoi ils pensaient, mais à rien de très réjouissant, apparemment. Pour sauver leurs parents, Seb et elle devaient découvrir ce que voulait la Mormô. L'ennui, c'est qu'ils n'avaient pas le plus petit indice pour démarrer leur enquête.

En général, quand elle se sentait contrariée ou inquiète, il lui suffisait de jeter un coup d'œil à son père ou à sa mère – et tous ses soucis s'envolaient. Elle chercha les yeux de son frère.

Seb était avachi dans le fauteuil, la tête basse. Deux taches sombres s'étaient formées sur son jean. Il pleurait.

17

Ivy s'étira en gémissant. Elle avait mal partout après sa chute à vélo de la veille, et le matelas défoncé sur lequel elle venait de se réveiller n'avait rien arrangé. Elle prit le temps de contempler la chambre. Ses yeux se posèrent sur une fenêtre décorée de rideaux à pois jaunes, puis sur une cheminée encastrée entre deux armoires dont la peinture bleu dragée s'écaillait.

Seul le manteau de la cheminée était tapissé. L'aubergiste avait choisi un papier blanc épais nervuré de centaines de lignes de pliage. Soudain, un coin du lé se détacha du mur et se plia pour former un triangle. Un second bout de papier se décolla et se rabattit. Bientôt, toute la longueur de tapisserie se mit en mouvement. Un jour, Ivy avait vu un garçon qui faisait de l'origami, mais ses gestes n'étaient ni aussi rapides ni aussi complexes. En quelques secondes, le papier peint s'était transformé en un bouquet de grandes orchidées blanches dont le vase trônait sur la tablette de la cheminée.

— Waouh… murmura Ivy.

Dire qu'elle était impressionnée serait un euphémisme.

— Alors, t'es réveillée ? fit Seb.

— Oui, répondit-elle en bâillant.

Ils occupaient des lits superposés. Ivy se rappelait vaguement avoir grimpé des marches en bois grinçantes avant d'entrer dans la chambre, escortée par Ethel et un gentil monsieur aux yeux bleus et aux traits si mous qu'il lui avait fait penser à un bonhomme en pâte à modeler.

— Une heure que je suis réveillé et que j'écoute de la musique… continua Seb. Impossible de me rendormir. Et pas juste parce que j'ai l'impression d'être couché sur un sac de billes. Je n'arrête pas de penser à maman et papa…

Ivy sentit son cœur se serrer. Pendant une seconde – une toute petite seconde –, elle avait réussi à oublier la Mormô et l'enlèvement de ses parents. Elle se tourna et vit son duffle-coat accroché au dos d'une chaise près du lit ; le sac à main de Grand-Mère Sylvie était posé sur le siège rembourré, ainsi que Scratch et le réveil extraordinaire.

Elle laissa sa tête retomber sur l'oreiller tandis que les images horribles des visages décomposés de ses parents tournoyaient devant ses yeux.

Le cadre du lit grinça. Son frère bascula ses jambes sur le côté, puis il sauta sur le plancher ciré.

— J'ai réfléchi, dit-il. Ce truc que réclame la Mormô… c'est forcément quelque chose que Grand-Mère avait avant son accident. À mon avis, on devrait faire des recherches sur sa vie à Londinor.

— Ethel était sa meilleure amie, lui rappela Ivy, et même elle, elle ne sait pas de quoi ils parlent…

— Alors on va devoir creuser un peu, décida Seb. Il doit bien y avoir d'autres marchands ici qui la connaissaient.

Elle dévisagea son frère. Il lui faisait presque pitié avec ses yeux injectés de sang, ses cernes violacés et ses boucles blondes emmêlées.

— Nous sommes le seul espoir de papa et maman, Ivy. (Il attrapa une serviette étendue au bout du lit.) Je vais me laver le visage. Dès que tu es prête, on y va.

Il fila dans la petite salle de bains attenante. Pendant qu'il se préparait, elle resta assise à méditer sur les événements de la veille – tout s'était passé si vite. Elle prit Scratch dans ses mains. Ses paumes la chatouillèrent agréablement.

— Scratch, murmura-t-elle, je voudrais te demander quelque chose.

— Ivy jour, dit-il dans un tintement étouffé, comme s'il bâillait. Tes questions poser Scratch.

— Est-ce que les objets extraordinaires ont parfois… chaud ? Est-ce que leur température augmente ?

— L'objet ça dépend. Normal non.

Ivy se mordit la lèvre.

— C'est que… chaque fois que je touche un truc extraordinaire, il me donne chaud. La sensation remonte dans mes doigts, ça me chatouille… Et même, si je me concentre fort… j'entends des voix qui viennent de l'intérieur…

Scratch resta parfaitement immobile.

— Ivy. La raison connaît Scratch.

Il devint brûlant et se mit à vibrer. Elle perçut sa peur.

— Qu'y a-t-il ? Tout va bien, Scratch. Tu peux me le dire.

— Ivy s'appelle une… une *chuchoteuse*.

— Une quoi ?

— Une chuchoteuse ! Chuchoter don de sentir âme à l'intérieur enfermée.

Ce fut au tour d'Ivy de trembler. Elle était submergée par cette nouvelle révélation. À en juger par la réaction de Scratch, chuchoter devait être un don très dangereux – un don qu'elle n'avait pas demandé.

— Tu sais autre chose à ce sujet ? Par exemple, est-ce que je peux… l'éteindre ?

— Sûrement fort être le chuchotement d'Ivy, voix entendre parce que seulement si fortes. Mais… Scratch comprendre pas assez : aux enfants chuchoter impossible.

Ivy tenta de décoder ses propos. Il parlait vite, et sa nervosité le rendait encore plus compliqué à suivre.

— Normalement, les chuchoteurs sont des adultes ?

— Oui. Transmettre dans famille. Mauvaises choses aux chuchoteurs longtemps il y a arriver.

— Des mauvaises choses ?

— Chuchoteurs travailler forcer. Histoire chasser chuchoteurs. Chuchoteurs mieux silencieux.

Ivy retint son souffle. Son don tenait plus de la malédiction que du cadeau. Elle devrait veiller à ne pas en parler à n'importe qui. Elle allait poursuivre l'interrogatoire, quand Seb revint dans la chambre.

— La salle de bains est libre, dit-il, la serviette jetée sur l'épaule.

Il portait un sweat à capuche et un jean propres. Même ses baskets avaient été récurées. Ethel avait dû retourner chez Grand-Mère Sylvie pendant la nuit.

— J'espère que tu t'es vraiment lavé, dit Ivy en plissant le nez.

Ça ne lui arrivait pas souvent à la maison. Sa chambre puait toujours la transpiration.

— Et moi, j'espère que tu seras assez grande pour atteindre le lavabo sans marchepied, microbe.

Valian les attendait sur le palier. Sa silhouette mince se détachait à contre-jour sur la fenêtre du deuxième étage. Il ressemblait à un ninja. Ivy lui trouva une mine renfrognée.

— Encore toi ? grogna Seb. T'as personne d'autre à embêter ?

— Il n'a pas le choix, dit sa sœur en se dirigeant vers l'escalier.

— Si tu te figures que je n'ai rien de mieux à faire que de vous babysitter, tu te plantes, marmonna Valian. Mais j'ai serré le gant d'Ethel, alors je suis forcé de jouer le garde du corps jusqu'à la fin de la braderie. « À toute heure du jour et de la nuit », elle a précisé. Génial.

— Et tu crois que ça nous fait plaisir ? répliqua Seb.

Ivy, elle aussi, était contrariée par sa présence. Valian allait les gêner dans leurs recherches. Elle n'avait pas du tout aimé la façon dont ses yeux s'étaient illuminés la veille, quand ils discutaient de la Mormô… En y repensant, ce souvenir lui donnait la chair de poule.

Elle descendit les deux étages, les poings enfoncés dans les poches vides de son manteau. Elle avait laissé le sac encombrant de Grand-Mère Sylvie et le reste de ses affaires dans la chambre. Elle avait failli emmener Scratch, puis elle s'était ravisée : il serait plus en sécurité à l'auberge.

En bas, le décor raviva ses souvenirs de la nuit précédente : elle reconnut la moquette élimée, les canapés en cuir usés, les aquarelles décolorées par le soleil. L'établissement ressemblait à un hôtel de station balnéaire miteux. Quelques travaux n'auraient pas été superflus. Valian fit un grand geste et annonça, ironique :

— Bienvenue à l'Auberge de la Lune Chou. Les meilleures chambres de tout le pays !

Ils entrèrent dans une grande salle à manger remplie de tintements de verres et d'éclats de rire. De délicats flocons en papier pendaient au plafond et des couronnes de baies décoraient les murs. Des odeurs de bacon et de haricots à la sauce tomate flottaient dans l'air. De longues tables en bois accueillaient toutes sortes de convives en farfeluche. Derrière un comptoir, au fond, l'homme au visage en pâte à modeler astiquait l'argenterie.

— C'est l'aubergiste, M. Littlefair, les informa Valian. Un vieil ami d'Ethel.

Ils s'approchèrent du bar. Ivy marqua un temps d'arrêt en apercevant toutes sortes de bouteilles et de fioles contenant divers liquides colorés. Certains fumaient, d'autres faisaient des bulles. Mais ce n'était pas le plus surprenant. Juste au-dessus, à la place des chopes et des verres à vin, étaient accrochées des dizaines de paires de lunettes.

— Pourquoi est-ce que…

Seb lui rentra dedans sans prévenir.

— Attention ! cria-t-il.

Il essayait de chasser quelque chose avec la main. En levant les yeux, Ivy découvrit la croûte d'une tarte meringuée qui voltigeait autour de sa tête.

— Vous mangez des trucs qui volent ? grommela Seb. Ça vous donne pas des indigestions ?

— Ça, c'est un succulent Nuage meringué au citron, répondit Valian. Une spécialité de Londinor. Tu devrais goûter.

Il désigna la table la plus proche. Elle était occupée par une famille nombreuse qui se distinguait par des uniformes de gardiens de zoo assortis. La table était recouverte de bols de céréales et de porridge à la cannelle, de piles de toasts et de petits pots de confiture.

— Le petit déjeuner est offert avec la chambre, alors vous feriez mieux de manger. Je vois une table libre dans le fond.

Ivy jeta un coup d'œil à son frère. Elle n'avait pas faim, mais ils pourraient toujours interroger les autres clients au sujet de Grand-Mère Sylvie.

Le plus jeune des enfants en tenue de gardien de zoo marchait à peine. Il portait autour du cou une fraise style Renaissance qui faisait aussi office de bavoir. En le voyant s'amuser à jeter une substance brillante et grumeleuse sur ses frères et sœurs, Ivy se dit que pour certains Londinor faisait réellement partie du quotidien.

Quelques plats attirèrent son attention pendant qu'elle se dirigeait vers la table repérée par Valian – des muffins sur lesquels poussaient des fraises, par exemple, ou des pots de miel qui bourdonnaient comme des ruches.

— Je ne m'attendais pas à ce que la nourriture aussi soit extraordinaire, admit-elle.

— Elle ne l'est pas, dit Valian. Mais les ustensiles employés en cuisine, eux, si. Les louches, les terrines, les fours, les plaques chauffantes… Ils mettent un peu de piquant dans les recettes normales. (Il prit une serviette en papier sur une table, la déplia d'un coup sec et l'étala dans sa paume.) La Division Spéciale n'arrête pas de sanctionner des Extraordinaires qui cuisinent avec ce genre d'ustensiles en dehors des broc-en-bourg. C'est illégal, mais tellement tentant.

Il picora un peu sur toutes les tables et garnit tranquillement sa serviette, comme s'il se préparait un buffet.

Ivy observa les autres clients. Près de la porte, un groupe d'hommes en maillot de foot, bottes de pêcheur et chapeau à plume entrechoquaient des flûtes à champagne emplies d'un liquide vert et pétillant. Face à eux, installés sur des bancs, deux marchands avec une casquette de base-ball et en robe d'enfant de chœur partageaient une bouteille pleine d'un liquide sombre et fumant. Ivy se demanda à quoi ressemblait la vie de tous ces gens quand ils n'étaient pas à Londinor.

— Où habitent les Extraordinaires le reste de l'année ?

Valian attrapa une tranche de toast et la déposa délicatement au sommet de sa pile.

— Dans les mêmes villes que les bouseux. Si ça se trouve, ton voisin est un Extraordinaire et tu ne le sauras jamais. Les Extraordinaires apprennent à vivre dans le secret et à cacher leurs collections. La Division Spéciale surveille l'utilisation des objets en dehors des broc-en-bourg. Londinor n'ouvre que trois fois par an ; la plupart des brocanteurs que tu croises ici ont des boulots normaux le reste de l'année. Certains marchands passent des mois à enrichir leur collection ou alors ils s'arrangent pour que quelqu'un s'en occupe à leur place. Moi, par exemple, je suis un dénicheur. C'est mon job. Les gens me paient pour que je leur rapporte des trucs.

Seb sourit.

— Oh, bien sûr. J'aurais dû me douter que tu étais le pilier de la communauté extraordinaire.

Valian prit la mouche.

— Tu piges rien. Les Extraordinaires ont un rôle vital à jouer sur terre. C'est à eux de protéger le commun des mortels des objets extraordinaires. Parfois, la Division Spéciale doit intervenir et effacer la mémoire de tout le monde ; parfois, elle se contente d'étouffer des affaires. Il y a tout un équilibre subtil à préserver.

Seb soupira.

— Allez, Ivy. Asseyons-nous.

Il passa une jambe par-dessus le banc et s'attabla pour manger. Une vieille dame aux cheveux blancs était assise un peu plus loin. Elle se rapprocha discrètement pendant que Valian retournait du côté du bar. Elle plut immédiatement à Ivy. Avec ses lunettes, son ample robe bleu pastel et son bonnet de paille, elle semblait tout droit sortie d'un livre illustré pour enfants.

— Bonjour, mes petits, roucoula-t-elle.

Elle voulut attraper l'anse de sa tasse de thé, mais visa à côté – ce qui ne manqua pas de faire rire Seb. Ivy lui flanqua un coup de coude dans les côtes et le fusilla du regard.

— Bonjour, répondit-elle poliment.

— Vous êtes arrivés hier soir, je crois ? Je suis votre voisine du deuxième étage. Je m'appelle Violette.

Ses yeux bleu vif semblaient voilés derrière les carreaux épais de ses lunettes. Elle ne devait pas voir grand-chose.

— Les personnes qui ratent l'ouverture du broc-en-bourg se font rares. Il paraît qu'on organise une sorte de vente flash aujourd'hui à l'Entrepôt du Camelot. J'imagine que vous êtes venus pour l'occasion ?

Ivy toussa, gênée. Il n'était évidemment pas question pour eux de révéler à n'importe qui pourquoi ils étaient *réellement* là.

Une fille en tutu rose et gilet usé s'approcha de la table, une plume à la main.

— Qu'est-ce que je vous sers ?

Ivy regarda Seb.

— Euh… on peut juste prendre une boisson ? demanda-t-il.

— Bien sûr. Un Cent-en-un, ça vous va ?

Ivy haussa les épaules.

— Pourquoi pas.

Elle leur fit un clin d'œil et posa deux paires de lunettes devant eux avant de tourner les talons.

Ivy fixa sa paire, déconcertée, tandis que Seb passait une main dans ses cheveux.

— Cette journée est de plus en plus bizarre, et je sens que c'est pas fini, marmonna-t-il.

Violette sourit gentiment.

— C'est votre première fois avec ce genre de verres, hein ? Dépliez-les. N'ayez pas peur.

Seb, de méchante humeur, écarta prudemment les branches de ses lunettes – en l'occurrence, des demi-lunes avec une monture dorée. Brusquement, elles bondirent sur la table et se transformèrent en coupe : les verres tournèrent sur eux-mêmes pour former un grand cornet, tandis que la monture se changeait en anse. Seb faillit tomber du banc.

— Woh !

Sa sœur avait quant à elle reçu des lunettes de soleil. À son tour, elle les ouvrit délicatement et… se retrouva avec une coupe en verre fumé.

La serveuse au tutu revint avec un grand pichet en porcelaine. Elle remplit leurs verres d'un liquide transparent et pétillant.

Ivy n'était pas très rassurée.

— Bon ben… quand faut y aller…

Elle but une gorgée. Au début, la boisson lui sembla fraîche, sucrée et pétillante comme un jus de pomme ; puis elle devint sirupeuse et mousseuse, avec un petit arrière-goût de sablé au beurre ; ensuite, prenant une texture plus fondante, elle tiédit et libéra des arômes acides de rhubarbe.

— C'est incroyable. On dirait qu'il y a trois saveurs en une ! s'exclama-t-elle.

Son frère hocha la tête, un demi-sourire aux lèvres.

— En fait, il y en a cent, expliqua Violette. D'où le nom. Cent goûts différents, cent façons de se faire plaisir.

Seb fit claquer sa langue.

— Le mien est super doux. On dirait de la barbe à papa liquide.

Ragaillardie, Ivy leva le coude et laissa les saveurs rouler sous la voûte de son palais.

— Moi, mon Cent-en-un a un goût de tarte à la pomme – ou de crumble pomme-rhubarbe…

Elle se sentait guillerette et légère, aussi légère que les bulles qui remontaient à la surface de son cocktail. Seb éclata de rire en la regardant du coin de l'œil et elle se mit à pouffer, le nez dans sa coupe.

Mais sa joie fut de courte durée. Tout à coup elle se rappela pourquoi ils étaient là : *maman et papa*. Comment pouvait-elle s'amuser alors qu'ils couraient un danger mortel ? Elle eut soudain envie de pleurer en les imaginant enfermés quelque part. Elle espérait qu'ils étaient ensemble, au moins.

Violette semblait disposée à bavarder. Autant commencer l'enquête dès maintenant.

— Euh… et vous, qu'est-ce que vous vendez ? lui demanda Ivy.

— Moi ? fit la vieille dame en rosissant. Vous voulez vraiment savoir ?

Bien sûr, Seb secoua la tête, mais Ivy l'ignora.

— Oui, ça m'intéresse.

Violette se rengorgea.

— Je suis vendeuse de boutons. Les Boutons en Vrac de Violette Binocle – vous me trouverez sur le Gantelet, juste après Dragon Lane. Les boutons font un tas de choses. Je les adore, je les ai toujours aimés. C'est ma passion. (Elle plongea la main dans sa poche et en sortit un bouton en plastique vert avocat légèrement cannelé.) Ils soignent les maux, principalement. Il y a un bouton pour tout, de nos jours. Il suffit de le garder sur soi et hop ! les problèmes disparaissent. J'utilise celui-ci depuis plusieurs jours pour traiter un petit élancement dans mon genou gauche.

Seb luttait pour rester impassible. Ivy ne savait pas trop s'il se retenait d'éclater de rire ou de s'étouffer à cause du choc.

— Les Extraordinaires ne les utilisent plus beaucoup, poursuivit Violette. Je suppose que les gens les trouvent dépassés, ou… comment disent-ils ? Non conventionnels ? (Elle chercha dans ses affaires et trouva un second bouton. Celui-ci était couleur ivoire, avec trois trous et un reste de fil rose encore attaché.) En voilà un qui fait des merveilles pour restaurer la santé. On peut les utiliser autant de fois qu'ils ont de trous, donc trois fois dans le cas présent. Tiens, je te l'offre.

— Oh, non, bafouilla Ivy, vous n'êtes pas obligée de…

— Allons, ne dis pas de bêtises. Garde-le. C'est pour te remercier de m'avoir écoutée radoter.

Ivy sourit et prit le bouton avec reconnaissance, avant de le ranger dans la poche de son jean. Le doux visage de Violette était sillonné de nombreuses rides. Elle se demanda quel âge elle pouvait avoir.

— Je m'appelle Ivy, au fait. Et voici mon frère, Seb. Nous ne sommes pas venus pour cette vente flash. Nous sommes ici pour essayer d'en découvrir un peu plus sur le passé de notre grand-mère. Elle était brocanteuse à Londinor, il y a des années.

Violette parvint à attraper sa tasse et sirota une gorgée de thé.

— Je peux peut-être vous aider ?

Seb se pencha en avant.

— Oui. Elle s'appelait Sylvie Wrench. Vous en avez entendu parler ?

— Sylvie ! s'exclama Violette, ravie. Ben ça alors ! Elle est de retour ? Elle va bien ?

— Oui... plus ou moins, répondit Ivy.

— Figurez-vous qu'on n'aurait jamais dû être amies, elle et moi. Octavius Wrench, son père, n'appréciait pas que ses enfants côtoient ses employés. C'était mal vu.

Ivy se raidit.

— Attendez... Vous avez travaillé pour notre arrière-grand-père ? Les Wrench vendaient des boutons ?

— Ha ! Octavius Wrench intéressé par les boutons ? Pensez-vous ! Oh non, non. Je n'ai commencé à vendre des boutons que bien plus tard. À l'époque où j'ai pris le gant, je suis devenue dénicheuse ; c'était le meilleur moyen de lancer sa carrière de ce temps-là. La plupart des dénicheurs travaillaient pour les grosses sociétés ; moi, j'ai choisi les Wrench, parce qu'ils payaient bien et qu'ils vous laissaient garder tout ce dont ils ne voulaient pas. Et justement, Octavius n'a jamais voulu de boutons – il estimait qu'ils ne servaient à rien.

— Vous vous rappelez la dernière fois que vous avez vu notre grand-mère ? s'enquit Seb.

— Bien sûr ! Je ne risque pas d'oublier : j'ai dû raconter cet épisode des dizaines de fois aux intergardes. C'était en 1969, la nuit des Rois... quelques heures avant la Grande Bataille. Je venais de déposer ma dernière cargaison d'objets au manoir Wrench. Sylvie et moi, nous nous sommes croisées au moment où je repartais. (Elle frissonna, et ses lunettes glissèrent sur le bout de son nez.) Un endroit sinistre, cette maison ; chaque fois que je la voyais, j'en perdais mes bobines, si vous voyez ce que je veux dire. Je suis plutôt contente qu'elle ait disparu, pour être honnête.

Ivy crut mal entendre.

— Pardon, euh… « disparu » ?

— Oh oui. Les Wrench étaient incroyablement secrets. Ils ne faisaient confiance à personne. Ils avaient bâti leur manoir avec des briques extraordinaires. Les briques extraordinaires aiment se déplacer, voyez-vous, donc la maison ne restait jamais au même endroit. Pour y accéder, il fallait être accompagné d'un membre de la famille et connaître l'entrée secrète. Je devais me faire escorter avec les yeux bandés quand j'allais déposer mon butin. Sylvie s'en chargeait parfois – c'est comme ça que nous sommes devenues amies.

— Vous savez pourquoi notre grand-mère a disparu cette nuit-là ?

Violette secoua la tête en jetant des regards méfiants autour d'elle.

— Je n'ai pas d'informations à ce sujet, murmura-t-elle. Je suis juste contente d'apprendre qu'elle va bien.

Ivy se tourna vers son frère en ouvrant de grands yeux.

— Et le manoir ? On trouverait sûrement des réponses là-bas.

— Plus personne ne l'a aperçu depuis cette fameuse nuit des Rois, insista Violette. Les intergardes l'ont cherché pendant des années. Même eux ont fini par abandonner.

Voilà qui expliquait en partie la rancœur de Smokehart, songea Ivy.

— D'un autre côté, il était conçu pour que les membres de la famille puissent s'y rendre facilement, ajouta Violette. En théorie, ça pourrait encore fonctionner pour vous deux. Pourquoi vous n'interrogez pas Sylvie à ce propos ?

— Elle a tout oublié, expliqua Seb.

Non, pas tout, se dit Ivy. *Du moins, plus maintenant.* Peu à peu, des bribes de souvenirs resurgissaient dans la mémoire de leur grand-mère : une femme avec des yeux bleus tristes, le bruit de l'eau…

— Y a-t-il une carte de Londinor que nous pourrions consulter ? demanda-t-elle. Je crois que j'ai une idée.

— Il y a un plan des rues affiché sur le mur du Bureau des plumes express, au centre-ville. En revanche, j'ignore de quand il date.

Ivy se mit debout.

— Viens, Seb. Il n'y a pas une minute à perdre.

— Attendez. Avant que vous ne partiez… (Violette baissa la voix.) Sylvie était une bonne amie à moi, mais sachez que peu de gens vous diront la même chose ici. Un événement a mis les intergardes sur les dents et des rumeurs circulent au sujet de la Guilde… Des rumeurs terribles, de nature à réduire au silence même les plus audacieux d'entre nous…

18

— La cloche a dit de tourner à gauche, leur rappela Ivy.

Seb marchait à grands pas à côté d'elle, tandis que Valian traînait derrière eux. Telle une mauvaise odeur persistante, chaque fois qu'ils croyaient s'en débarrasser, il finissait par réapparaître.

Ils arrivèrent à une place pavée. Des brocanteurs, assis autour de tables de café, sirotaient tranquillement des boissons pétillantes – des Cent-en-un, supposa Ivy. Au centre se dressait une tour de brique rouge dont la silhouette grêle culminait à plus de trente mètres de hauteur. Ses murs étaient percés de minuscules fenêtres.

— Je crois qu'on y est : le Bureau des plumes express.

Seb tendit le cou.

— On dirait qu'il va s'écrouler.

Les ardoises du toit tremblaient et glissaient les unes sur les autres. Des centaines de plumes de toutes les couleurs s'envolaient d'une cheminée.

— Le Bureau est super vieux, dit Valian. Comme le pauvre gars qui le dirige, Albert Merribus – c'est son nom.

Il doit être maître plumier depuis près d'un demi-siècle. Venez, la carte est de l'autre côté.

Ivy entendait les briques craquer et crisser, comme si elles bougeaient. Elle vit un Extraordinaire s'approcher d'une fenêtre et plonger la main à l'intérieur. Il attrapa une plume, et s'en servit aussitôt pour griffonner quelque chose sur le ciel. Quand il eut terminé de rédiger son message, la plume disparut dans le trou.

Ivy repassa mentalement les indices fournis par Grand-Mère Sylvie. Elle devrait examiner la carte très attentivement, mais cela pouvait marcher. Il le fallait. Sinon ses parents… Non, elle refusait d'y penser pour l'instant. Des voix haut perchées brisèrent le fil de ses réflexions.

— Allez, balance ! Je parie que tu peux pas atteindre le troisième trou à droite.

— Ah ouais ? Mate ça !

Pendant qu'ils contournaient la tour, un groupe d'enfants jouait avec une sorte de projectile.

Un garçon visa et lança le jouet en cloche vers la tour. Un reflet brillant fendit l'air et le mystérieux objet heurta le mur dans un bruit de succion, éclatant sous l'impact en une matière visqueuse d'un jaune verdâtre.

— Ha ! Je te l'avais bien dit. T'as entendu ça, Merribus ! cria-t-il, les mains en cornet autour de la bouche. T'es en sécurité, pour cette fois !

Ivy vit rouge. Personnellement, elle n'avait jamais eu affaire à ce genre de petites terreurs. Personne n'était assez fou pour s'en prendre à la sœur de Seb – qui avait les plus gros biceps de tout le collège. Mais le vieux maître plumier ne méritait pas d'être traité comme ça.

— C'est minable, ce que vous faites ! hurla-t-elle, incapable de tenir sa langue. Arrêtez ça !

Un garçon commença à se moquer d'elle, mais lorsque Seb et Valian vinrent se placer de chaque côté de la fillette, il prit ses jambes à son cou. Ses copains détalèrent derrière lui.

Ivy secoua la tête et se tourna de nouveau vers le mur. Impossible de louper la carte – même si elle ne correspondait pas du tout à l'image qu'elle s'en faisait.

— Donc… elle est en détritus recyclés, constata Seb. Très écoresponsable.

Ivy la regarda de plus près, ébahie. En effet, la carte était un immense collage de brindilles sèches, de sachets de thé, de bouts de papier et d'éclats de verre, le tout punaisé ou attaché avec de la ficelle. Les noms de rues avaient été tracés par-dessus à la peinture noire. Les briques derrière semblaient très usées, comme après des années de frottement.

— La carte évolue, expliqua Valian. À force de se déplacer, les objets finissent par abîmer le mur. Tout bouge à Londinor, même là-dessus.

Ivy recula pour essayer de se repérer. Une longue ligne droite traversait la grotte principale.

— Le Gantelet est ici, dit-elle en la montrant du doigt, donc la maison d'Ethel doit être par là… (Elle se haussa sur la pointe des pieds pour indiquer un point placé environ deux mètres au-dessus de sa tête.) Seb, cherche de l'eau – un lac, un étang, n'importe quoi.

Il examina le plan avec elle.

— Tu veux bien m'expliquer pourquoi ?

— À cause de ce que Grand-Mère a dit. Elle se souvient d'une vieille maison lugubre pleine de visages – ça doit être le manoir. Mais avant, elle a parlé d'un bruit d'eau. Peut-être que les deux sont liés ?

Il scruta le haut de la carte en passant derrière sa sœur.

— Je ne vois rien qui ressemble à un lac. Il y a une sorte de mare, là, et cette vieille bouilloire pourrait représenter une fontaine. Cette ville est gigantesque. On aurait plus de chances de trouver une aiguille dans une botte de foin que le manoir Wrench à Londinor.

— Le manoir Wrench ? fit une voix caverneuse. Ha !

Ivy resta interdite pendant quelques secondes. La voix venait d'une fenêtre à environ un mètre d'eux. Elle s'en approcha prudemment.

— Euh, bonjour ? (Elle posa les mains sur les briques instables et regarda dans le petit trou.) Vous savez quelque chose au sujet du manoir Wrench ?

Elle entrevit un bureau en désordre. Des plumes de duvet et des bouts de papier flottaient partout. Le sol était couvert de taches d'encre et le secrétaire en bois encombré de mugs oubliés. La pièce sentait les sachets de thé et le fromage moisi.

— Il y a quelqu'un ?

— J'ai quelque chose à te dire sur le manoir Wrench…

Une crinière blanche apparut soudain à la fenêtre. Ivy fit un bond en arrière. Le maître des lieux avait un menton grisonnant, des joues marquées par la variole et un regard bleu farouche.

— Pas la peine de vous décarcasser à le chercher, grogna Albert Merribus. Il sera découvert quand il aura envie d'être découvert. Y en a marre de tous ces jeunes chasseurs de gloire qui se figurent pouvoir le trouver… La seule chose qu'on sache, c'est qu'il doit être au nord, vu que c'est là que vont les plumes.

Un grondement de tonnerre retentit derrière Ivy.

— UN PROBLÈME, MERRIBUS ?

Elle fit volte-face et faillit se cogner contre l'inspecteur Smokehart. Seb, les yeux écarquillés, battait en retraite. Valian, lui, avait carrément disparu.

— Est-ce que ces deux-là vous embêtent ? demanda l'inspecteur.

Ivy voyait son visage parsemé de taches de rousseur se refléter dans ses lunettes noires.

Merribus marmonna quelques mots dans sa barbe.

— Faites-moi confiance, Albert, continua Smokehart. Cette jeune fille est Ivy *Wrench*. Elle ne mérite pas votre indulgence, alors ne me cachez rien.

Ivy serra les poings. Cet homme n'était pas si différent des jeunes brutes qui s'en prenaient au maître plumier un peu plus tôt.

— C'est Ivy *Sparrow*, rétorqua-t-elle.

— Merci de vous inquiéter, inspecteur, mais je n'ai rien à signaler, finit par lâcher Merribus. (Il se gratta le menton en dévisageant Ivy. Elle remarqua qu'il portait des gants en feutre marine.) Ils cherchent une adresse qui n'existe pas, voilà tout. Ils perdent leur temps et ils me font perdre le mien. Alors maintenant, bonne journée à vous !

Là-dessus, Merribus et ses cheveux en pétard retournèrent se cacher dans la tour.

Les lèvres fines de Smokehart esquissèrent un rictus.

— Je vous ai à l'œil, dit-il d'un ton menaçant. Tous les deux !

19

Ivy donnait des petits coups de pied dans les pavés. Seb marchait près d'elle, les mains enfoncées dans la poche ventrale de son sweat à capuche. La mare qu'il avait cru repérer sur la carte indiquait en réalité l'emplacement de toilettes publiques. Au fond, ils n'étaient pas si surpris : toutes les cloches de rue leur avaient répété qu'il n'existait pas de mare à Londinor.

— Qu'est-ce qu'on fait si la fontaine n'est pas au bout de la rue ? demanda-t-il. Maman et papa…

Il ne put terminer sa phrase. Ivy tentait de ne pas paniquer. *Deux jours.* C'était tout ce qu'il leur restait. Le tic-tac du réveil extraordinaire résonnait dans sa tête.

En percevant des bruits de pas derrière elle, elle se retourna. *Valian.* Elle le fusilla du regard. Pourquoi avait-il disparu quand Smokehart était arrivé ? Elle regrettait qu'Ethel lui ait serré la main.

— La dernière cloche a affirmé qu'elle se trouvait juste ici, à gauche, marmonna-t-elle.

Elle croisait les doigts. Au moins les cloches avaient entendu parler d'une fontaine.

Ils empruntèrent une rue animée. Des boutiques en tout genre se succédaient – certaines étaient spécialisées dans les plumeaux extraordinaires, d'autres dans les appareils photo en forme de boules à neige. Il n'y avait de source d'eau nulle part.

— Elle doit pourtant être là quelque part, déclara Seb d'un ton déterminé. Divisons-nous. Ivy, tu viens avec moi. Toi, Valian, tu pars de l'autre côté.

Le garçon haussa les épaules et s'éloigna.

Ivy étudia les façades. Elle ne savait pas très bien ce qu'elle cherchait. Les seules fontaines qu'elle connaissait étaient des monuments énormes, comme celle de Trafalgar Square.

— Et si c'était juste une vasque, comme il y en a dans les jardins ?

Seb s'immobilisa brusquement. Il tendit l'index vers un passage entre deux magasins.

— Là ! Viens !

Ivy le suivit en trottinant. Il s'arrêta au pied d'un mur plongé dans l'ombre.

— À ton avis, c'est quoi, ça ? demanda-t-il.

Elle plissa les yeux et découvrit un grand panneau de métal cintré incrusté dans la maçonnerie. Un enchevêtrement de mauvaises herbes le dissimulait à moitié. Elle supposa à sa couleur vert pâle qu'il était en cuivre, comme la statue de la Liberté. À son pied, il y avait une cuvette semi-circulaire avec un bec ébréché au-dessus.

— Une fontaine, observa-t-elle en écartant les plantes grimpantes. Mais elle est à sec. Elle n'a pas dû être utilisée depuis des années.

Elle entreprit de tester son don de chuchoteuse et posa la main sur la fontaine. Le cuivre avait la température d'une brise d'été et, si elle occultait tous les bruits autour d'elle et qu'elle se concentrait, elle entendait des murmures.

— Elle est extraordinaire. J'en suis sûre.

Seb la regarda bizarrement.

— D'accord…

Elle ignora son expression et retira la terre et les feuilles sèches qui encombraient la cuvette. Un drôle de cadran solaire apparut au fond, avec des initiales pour les quatre points cardinaux.

— Qu'est-ce qu'on a, comme indices ? On reprend depuis le début.

Son frère soupira.

— Grand-Mère Sylvie se rappelle avoir entendu de l'eau, et puis elle a vu la maison…

Ivy toucha le N majuscule.

— Les plumes volent vers le nord. C'est ce qu'a dit Merribus.

— Mais cette fontaine est sèche. Elle n'a pas été utilisée depuis une éternité.

Elle n'a pas été utilisée… pensa Ivy. *Bien sûr !*

— Il nous faut de l'eau ! Seb, va voir si tu peux en trouver dans la rue. Juste un peu, ça suffira.

Quelques minutes plus tard, il revint avec un seau noir dégoûtant. Valian l'accompagnait.

— Il paraît que ce n'est plus la peine de chercher, grinça celui-ci. Vous avez déniché une fontaine ?

Ivy soupira et s'empara du seau. Puis elle vérifia des deux côtés de l'allée qu'il n'y avait personne. Rassurée, elle fit un vœu et versa lentement le contenu du seau dans la vasque.

Ils attendirent en silence, mais ils ne notèrent aucun changement.

— Bon, dommage, dit Seb en remontant les manches de son sweat. Tu crois qu'on devrait essayer autre chose ?

Il plongea les doigts dans l'eau et souleva des vaguelettes. Le son se répercuta sur le mur d'en face.

— Attends, il se passe un truc, affirma Ivy.

Elle sentit un courant d'air l'envelopper, comme si un camion roulait à côté. Un grondement monta des profondeurs de la terre. Elle jeta un coup d'œil à gauche, un autre à droite.

— Vous avez entendu ça ?

Seb hocha la tête. Ils baissèrent les yeux. Le sol tremblait entre les pavés.

— Ça vient de la fontaine, leur dit Valian, les yeux rivés sur le métal vert pâle.

Tout à coup, le mur de brique, pris de violentes secousses, souffla un nuage de poussière vers le ciel. La cuvette en métal s'écarta en grinçant. Ivy s'accrocha au bras de son frère pour ne pas tomber.

— Qu'est-ce qui se passe ?

— Ivy, regarde ! s'écria-t-il en pointant l'index vers la partie cintrée.

Le cuivre luisait, comme chauffé au rouge. Peu à peu, de longues barres en fer se détachèrent, puis deux montants en fonte émergèrent des briques. Un portail ancien couvert de toiles d'araignée apparut, surmonté de lettres en fer forgé : WRENCH.

WRENCH'S

Ivy recula. Les yeux de Valian brillaient.

— C'est dingue, souffla-t-il. Pas possible. Vous avez vraiment trouvé le manoir Wrench. C'est sûrement parce que vous êtes de la famille ; sinon, je ne vois pas pourquoi il s'ouvrirait pour vous.

Seb frotta ses yeux pleins de poussière.

— Ne nous emballons pas : c'est juste une grille. Il n'y a pas de maison derrière. Regardez : on voit encore le mur de brique.

Valian afficha un sourire espiègle.

— Pourquoi vous n'essayez pas de l'ouvrir ?

Il fit une courbette pour montrer à Seb qu'il lui laissait cet honneur. Celui-ci leva les yeux au ciel.

— D'accord.

Il posa les deux mains sur les barreaux et poussa. Le portail céda. Ivy aperçut une ligne floue de l'autre côté. À mesure que les vantaux s'éloignaient l'un de l'autre, elle grossit et prit l'aspect d'un sentier boueux.

— Valian avait raison ! s'exclama la fillette.

Le sentier était jonché de feuilles mortes et bordé des deux côtés par de hautes herbes. Au loin, Ivy distinguait une structure sombre qui se découpait sur un ciel crépusculaire. Un frisson la saisit. C'était comme si le portail les séparait d'un autre monde.

Valian toucha prudemment la grille avec ses mains gantées.

— Je n'en reviens pas. Personne n'est entré ici depuis la nuit des Rois 1969.

Il allait s'avancer sur le sentier, quand Seb le retint par la manche.

— Attends – on ne sait pas ce qu'il y a là-bas. Regarde : on dirait la résidence secondaire de Dracula.

— On s'en fiche. Il y aura plus d'indices dans ce manoir que vous n'en trouverez dans tout Londinor. Il vous reste moins de deux jours pour sauver vos parents, vous vous rappelez ?

Leurs parents… Où étaient-ils ? Ivy savait que son frère et elle devraient prendre des risques s'ils voulaient les sauver. *On vient te chercher, maman*, se dit-elle. *Tiens bon, papa. On arrive.*

20

L'air était frais. Ivy resserra les pans de son manteau et leva les yeux sur la pleine lune. Ils n'étaient donc plus sous terre, à Londinor. Le manoir pouvait se trouver à Londres – ou n'importe où dans le monde. Elle respira une odeur de pin vivifiante et devina que les lignes sombres au loin marquaient les contours d'une forêt.

Bâti au sommet d'une colline, le manoir comptait quatre étages. Des personnages en pierre ornaient les coins des mansardes et les fenêtres à petits carreaux scintillaient sous la lune. Une clôture du même métal que le portail faisait le tour de la propriété. Au-delà, on ne distinguait absolument rien.

Valian remontait la colline à grands pas, comme s'il avait un train à prendre. Son excitation troublait Ivy. Elle regarda Seb et se demanda si lui aussi s'inquiétait de connaître les véritables motifs de Valian – et de ce qu'ils allaient trouver à l'intérieur de la maison d'enfance de Grand-Mère Sylvie.

La porte d'entrée était peinte en noire, évidemment. Seb examina la petite fenêtre en verre coloré percée en haut.

— Ce vitrail représente un corbeau en train de décapiter un serpent, dit-il. Accueillant.

Valian essaya la poignée de la porte, mais il ne put la faire bouger. Seb tenta d'ouvrir à son tour et ne rencontra aucune difficulté. La porte tourna sur ses gonds en gémissant.

À l'intérieur, ils trouvèrent un vestibule garni d'un tapis épais, dominé par deux galeries et un escalier majestueux. Le plafond haut était orné de moulures. Des presse-citron extraordinaires émirent une lumière intense sitôt qu'ils eurent pénétré dans la pièce. Des peintures à l'huile aux teintes sombres se succédaient sur les murs. Certaines représentaient la demeure elle-même, tandis que d'autres étaient des portraits de ladies et de gentlemen richement habillés. Ivy tourna sur elle-même et sentit leurs yeux jaunes rivés sur elle. *Une maison avec des visages*, pensa-t-elle. *C'est exactement ce que Grand-Mère Sylvie nous a décrit.*

L'air sentait le renfermé. Ivy s'aventura près d'un des portraits. Quarante années de poussière accumulée dissimulaient les traits des sujets, alors elle tira sur sa manche et se mit sur la pointe des pieds pour l'ôter. Seb la mit en garde :

— Attention. Il n'y a pas marqué : « Faites comme chez vous. »

— Non, c'est sûr, admit Ivy.

Pourtant, c'était la maison de Grand-Mère, avant. Tandis qu'elle dépoussiérait le tableau, six nouvelles paires d'yeux la dévisagèrent. Un de ces regards lui était familier.

— La voilà. C'est Grand-Mère Sylvie.

Elle devait avoir à peu près l'âge d'Ivy quand le portrait avait été exécuté. Ses cheveux dorés lui arrivaient à l'épaule. Elle avait des reflets ambrés dans les yeux et des fossettes marquées aux joues.

Seb nettoya le bas du cadre et lut à voix haute :

— « Famille Wrench, 1960. » Neuf ans avant leur disparition.

Six noms étaient inscrits sur le cartel. Il y avait les trois frères de Grand-Mère Sylvie : Cartimore, un petit blond potelé aux joues rebondies ; Silas, un enfant maladif aux cheveux noir corbeau ; et Norton, un garnement décoiffé avec deux dents en moins. Ivy frémit en étudiant leurs yeux ternes et leurs expressions pincées.

La mère de Grand-Mère Sylvie, Helena, semblait effacée au second plan. Elle avait des cheveux châtains frisés et de grands yeux en amande, comme sa fille, sauf que les siens étaient bleus. Son regard hanté et solitaire emplit Ivy de mélancolie.

« Des yeux bleus tristes… » Voilà à qui songeait Grand-Mère Sylvie…

Au centre du portrait se dressait Octavius, le père, peint sous des traits durs et impérieux, avec une mâchoire large et des pommettes saillantes. Il arborait une moustache noire gominée au-dessus de ses lèvres fines.

— Alors c'est notre famille… Je n'imagine pas trop papa et maman les inviter pour les fêtes de Noël, plaisanta Seb.

Ivy acquiesça. Elle essaya de mémoriser leurs visages pour pouvoir les décrire à Grand-Mère Sylvie. Elle se demanda comment celle-ci se portait à l'hôpital, et espéra qu'elle n'avait pas reçu d'autre visite de la Mormô.

— Eh, regarde !

Son frère désignait une commode sous le portrait de groupe. De gros flocons de poussière recouvraient un téléphone à cadran, un cendrier en verre et une pile de journaux. Il prit celui qui était sur le dessus, le secoua pour le débarrasser de la saleté et lut la date : le 4 janvier 1969.

Le 4 janvier…

— C'est la veille de la nuit des Rois, souffla Ivy.

Le journal s'appelait le *Barrow Post*. Elle jeta un œil au prix : *cote 0,2*. Elle en déduisit que c'était un journal extraordinaire. Elle déchiffra la une à voix haute dans le silence du vestibule :

— « Les candidats s'engagent à prendre des mesures énergiques contre la Guilde Déchue. Deux d'entre eux se sont détachés au cours de cette dernière ligne droite avant l'élection de demain. Les favoris pour le poste d'intendant de la Grande Grotte – Octavius Wrench et M. Punch – se sont exprimés sous la croix de la place du Marché. Wrench a promis d'en finir avec la corruption au sein de l'Intergarde en faisant intervenir ses enquêteurs privés. »

Seb leva les yeux sur le portrait.

— Octavius se présentait à l'élection pour le poste d'intendant. J'imagine qu'il a perdu. Tu ne m'as pas dit que c'était M. Punch, l'intendant, maintenant ?

Alors qu'elle allait répondre, Ivy repéra Valian qui rejoignait discrètement la galerie du premier étage.

— Tu n'es pas censé être notre garde du corps ? cria-t-elle.

Il se retourna, le rouge aux joues.

— Je pensais qu'on avait peut-être intérêt à se séparer pour fouiller la maison et chercher des indices. Ça ira plus vite.

Ivy et son frère échangèrent un coup d'œil entendu.

— Laisse-le filer, murmura Seb. On sera plus tranquilles sans ce pot de colle.

Quand Valian eut disparu en haut de l'escalier, Seb replia le numéro du *Barrow Post* et le fourra dans la poche de son sweat. Ivy entreprit de fouiller la commode. Elle tomba sur une paire de chaussures en cuir, une brosse à cheveux en crin, quelques lettres cachetées adressées à maître Norton – mais rien de très intéressant, hormis peut-être…

Elle regarda le tiroir du bas. Contrairement aux autres, il avait une serrure. Elle tira dessus – en vain. *Si seulement j'avais encore cette ficelle extraordinaire.*

— C'est fermé à clé. Tu crois que tu peux forcer la serrure ?

Seb remonta ses manches et se mit à genoux.

— Peut-être bien.

Il jeta un œil sous la commode. Puis il donna un grand coup par-dessous en même temps qu'il tirait sur la poignée de toutes ses forces. Le tiroir s'ouvrit et libéra une enveloppe en papier crème. Dès qu'Ivy la prit, son énergie lui picota les doigts. Elle parcourut les pattes de mouche tracées à l'encre noire :

Destinataire :
Bureau privé d'Octavius Wrench, manoir Wrench

Un tampon avait légèrement bavé dans l'angle supérieur droit. Il indiquait « PRIORITAIRE ».

— Elle est extraordinaire, affirma Ivy.

Seb suspendit son geste.

— Comment tu le sais ? Tu m'as déjà fait le coup à la fontaine. J'ai loupé un épisode ?

Elle rangea une mèche de cheveux derrière son oreille. Il fallait qu'elle le lui dise ; c'était son frère. Elle le considéra d'un air grave.

— Tu me promets de pas me traiter comme un monstre ?

Il fronça les sourcils.

— Euh, d'accord…

— Chaque fois que je touche un truc extraordinaire, je peux le sentir. D'abord ma peau devient chaude et j'ai des fourmis, et après… après, j'entends des murmures qui viennent de l'objet.

— Quoi ? Comment… ?

Avant qu'il n'aille plus loin, elle lui rapporta tout ce que Scratch lui avait expliqué ce matin-là.

— Une chuchoteuse, répéta-t-il quand elle eut terminé. D'accord. (Il lui fit un petit sourire.) Je savais que j'étais pas au bout de mes surprises. Bon, d'un autre côté… je suis pas un expert, mais quand on entend des voix dans sa tête…

Elle tapa du pied.

— Seb ! Elles ne sont pas dans ma tête ! Tu avais promis !

Il leva les mains.

— O.K., O.K… Alors, si cette enveloppe est extraordinaire, à ton avis, elle fait quoi ?

— Je n'en sais rien. (Elle la retourna : elle n'était pas cachetée.) On devrait lire ce qu'il y a à l'intérieur. Elle renferme peut-être un indice sur ce qui s'est passé pendant la nuit des Rois.

Elle glissa ses doigts sous le rabat et l'ouvrit.

Soudain, la pièce se mit à tanguer.

— Seb !

— Ivy ?!

Le vestibule, son escalier majestueux et ses peintures à l'huile disparurent dans un tourbillon. Ivy tournait comme une toupie. Elle n'osait même pas tendre les bras, de peur de se cogner quelque part.

Au bout de quelques secondes, la tornade cessa et une nouvelle pièce se dévoila. Ivy tomba à genoux et ferma les paupières en attendant que les vertiges passent. Son estomac faisait des sauts de cabri. Seb posa une main sur son épaule.

— Ivy ? Il faut que tu voies ça.

Lentement elle rouvrit les paupières et se mit debout en vacillant.

Ils avaient atterri dans une pièce luxueuse. Les murs étaient tapissés de bibliothèques en acajou et d'armoires vitrées. Plusieurs bouteilles de lait en suspension déversaient une lumière pâle et argentée.

Seb fit quelques pas.

— Où sommes-nous ?

Il fit courir ses doigts sur le dossier d'un fauteuil de bureau en cuir vert clouté. Ils se couvrirent de moutons gris.

La couche de poussière et les toiles d'araignée étaient si épaisses qu'Ivy arrivait à peine à identifier les objets. Elle distingua une carafe en cristal avec ses verres assortis et une défense en ivoire exposée dans une vitrine. Personne n'était venu ici depuis très longtemps.

Un unique portrait, accroché entre deux bibliothèques, ornait les murs. Elle reconnut sans peine le père de Grand-Mère Sylvie.

Elle baissa les yeux sur l'enveloppe.

— « Bureau privé d'Octavius Wrench ». Tu crois qu'on y est ?

— Sûrement. Tous les livres parlent de l'histoire de Londinor ou des objets extraordinaires. C'est bizarre, il n'y a pas de porte. Cette enveloppe doit être le seul moyen d'entrer ou de sortir. Peut-être que si tu la rouvres, elle va nous reconduire au vestibule…

Ivy examina la lettre avec un air grave. Seb avait sans doute raison.

— Voyons si on trouve des indices avant de partir, suggéra-t-elle. On est peut-être sur une piste.

Il hocha la tête et se tourna vers les bibliothèques.

Ivy fit quelques pas sur ses jambes flageolantes et agrippa le dos d'une chaise. Les murs lui semblaient toujours tourner… ou alors c'était une illusion du papier peint – une tapisserie épaisse vert émeraude, imprimée d'un motif de feuilles de vigne. Elle suivit les contours d'une feuille du bout des doigts. Il y eut un *pop !* et une tige verte jaillit du papier. Elle fit un bond en arrière.

— Seb ! Par ici !

Une détonation retentit, comme si cent bouchons de champagne sautaient en même temps. Des tas de lianes sorties du mur se déroulèrent dans la pièce en se tortillant.

Seb haussa un sourcil.

— Cool. Encore mieux que le papier peint origami de notre chambre à l'auberge.

Les lianes formèrent un grand panneau rectangulaire avec un bouton ovale. Après quelques secondes, elles s'immobilisèrent et *clic !* le panneau s'entrouvrit.

— Encore une porte, grogna Ivy, bien décidée à y réfléchir à deux fois avant de franchir le seuil.

Seb caressa une feuille.

— Ça m'a l'air sans danger. Voyons où ça mène.

— Attends… !

Trop tard.

Un nuage de poussière rougeâtre s'éleva. Ivy plaqua une main sur sa bouche.

— Seb !

— Je vais bien, répondit-il entre deux quintes de toux. Tu peux venir.

Elle poussa une chaise et l'utilisa pour caler la porte avant de suivre son frère sans enthousiasme.

— On est où ?

Ils avaient émergé dans une petite salle circulaire. Elle semblait vide.

— Je ne sais pas, dit Seb. Mais il y a plein de nouvelles portes.

Ivy pleurait à cause de la poussière. À travers ses yeux embués, elle s'aperçut que la pièce n'était pas circulaire en réalité. Elle compta les cloisons.

— Six, dit-elle. Six murs, et six portes.

JACOBÉE
CURARE
ACONIT
CIGUË

L'écho de sa voix la fit sursauter. Les deux premières portes étaient en pierre, la troisième en acier inoxydable ; ensuite venait un vieux battant en bois très abîmé. La cinquième porte semblait avoir été taillée dans de la roche scintillante. Chacune était surmontée d'un même motif : une pièce de monnaie grande comme une assiette. *La pièce de six pence tordue.*

— La Mormô, souffla Ivy en frémissant.

Les épaules de Seb se contractèrent.

— Qu'est-ce que tu as dit ?

Elle voyait maintenant des indices partout, comme des araignées tapies dans l'ombre – six portes, pour les six membres de la Guilde Déchue.

— Leurs noms de code sont gravés au-dessus des portes, dit-elle avec un effroi grandissant. « Belladone, Capuchon-de-Moine, Jacobée, Aconit, Curare, Ciguë… » Seb, Ethel m'a parlé de cet endroit. On l'appelle la Loge secrète. C'est ici que la Mormô se rencontrait.

Elle se demanda en frissonnant combien de conversations malveillantes avaient eu lieu ici au siècle précédent.

Elle s'arrêta en face de la porte d'où ils étaient sortis. Elle la tira légèrement, juste pour pouvoir l'examiner. Elle était en pierre et le profil qui apparaissait sur la pièce reproduite en haut était identique à celui qui se dessinait en relief sur la pièce laissée chez Grand-Mère Sylvie – un visage facilement identifiable grâce à sa mâchoire carrée et à son masque pourvu de défenses pointues. Le dernier nom de code était gravé au burin dans les briques, juste au-dessus : « Curare ».

Seb retint son souffle.

— Euh… tu penses à la même chose que moi ?

Ivy hocha lentement la tête, sonnée.

— Je ne vois pas d'autre explication au fait qu'Octavius Wrench ait dans son bureau une porte dérobée menant à la Loge secrète.

— Il était membre de la Mormô… Le père de Grand-Mère était un membre de la Mormô. (Seb se mit à faire les cent pas.) Je ne pige pas. Tu crois qu'elle le savait ? Que quelqu'un d'autre le savait ?

Des images sombres hantaient l'esprit d'Ivy : six silhouettes à capuche émergeaient des ténèbres, chacune avec un masque différent… Elle agrippa le bras de son frère.

— Seb, il faut qu'on déguerpisse.

— Ouais, t'as raison.

Il retourna dans le bureau et écarta la chaise. Sa sœur jeta un dernier coup d'œil dans la pièce avant de le suivre. Ses bottes avaient laissé des empreintes dans la poussière. Et en y regardant de plus près, elle nota que le tapis régulier de moutons gris était perturbé à deux endroits précis. On discernait un arc de cercle dégagé au pied de deux portes. L'une, celle qui était en acier, appartenait à Aconit ; l'autre, celle en bois, à Jacobée. Elles avaient donc été ouvertes récemment. Ivy rangea cette information dans un coin de sa tête pendant que Seb l'appelait d'un ton pressant.

— Viens ! Grouille-toi !

Tout à coup, un hurlement se répandit dans la Loge secrète et dans le bureau d'Octavius Wrench. Ivy sentit ses poils se dresser.

— C'était quoi ? chuchota-t-elle.

Ça ne ressemblait pas à un cri humain, mais à celui d'un animal – un animal très en colère. Un second hurlement lui vrilla les tympans. Elle essaya de deviner d'où il venait.

Son frère lui tira sur la manche.

— Là !

Un rai de lumière verte venait de s'allumer sous la porte d'Aconit. Ivy entendait des grattements derrière. Une odeur de chien mouillé lui picota les narines. Sa bouche s'assécha.

— Je ne sais pas ce qu'il y a derrière cette porte, dit-elle, mais je crois bien que la même créature était chez Grand-Mère Sylvie hier matin.

Seb l'attrapa par le bras et ils détalèrent.

21

Ivy trébucha sur le tapis épais en courant dans le bureau. Elle saisit le sweat de Seb d'une main et ouvrit l'enveloppe extraordinaire de l'autre. La pièce se mit à tourner. Les bibliothèques en acajou et les bouteilles de lait argenté disparurent – puis le vestibule sombre du manoir Wrench se matérialisa autour d'eux.

Pliée en deux, elle aspira de grandes goulées d'air. Ils étaient passés *très* près d'une catastrophe. Ils avaient failli se laisser surprendre. Elle contempla le vestibule, étonnamment soulagée d'être de retour ici. Valian manquait à l'appel. Elle se demanda ce qu'il mijotait.

Son frère et elle n'échangèrent pas un mot. On n'entendait que leur souffle rauque dans le silence du manoir, jusqu'à ce que…

— Par mes canines, je parie que vous pensiez que je ne pouvais pas vous suivre jusqu'ici !

Ivy fit volte-face.

Un *loup géant* les observait. Sa fourrure noire et lustrée était piquée de mouchetures argentées. Un collier pour chien incrusté de diamants pendait à son cou. Il lécha ses babines épaisses et parcheminées. Une petite pupille blanche palpitait au fond de ses yeux rouges de démon.

— Je me demande ce que vous faites tous les deux dans la demeure familiale… ronronna-t-il.

Un frisson glacé courut entre les omoplates d'Ivy. *Il peut parler. Le loup peut parler.*

— Est-ce que vous l'avez caché *ici* ?

Sa voix expressive et rocailleuse évoquait celle d'un grand tragédien qui aurait attrapé une angine.

Ivy serra ses poings tremblants.

— L-laisse-nous tranquilles, bredouilla-t-elle.

Seb se plaça devant elle.

— Ouste ! Va-t'en ! Va-t'en – pars !

Le loup haussa un sourcil touffu.

— « Ouste » ?

Il renversa la tête en arrière et ouvrit des mâchoires impressionnantes. Il riait aux éclats, révélant des rangées de dents tranchantes comme des lames de rasoir.

— Ivy…

Seb trébucha à son tour sur le tapis.

Elle jetait des regards désespérés dans le vestibule. Ils étaient coincés. Le loup se dressait entre eux et la porte d'entrée. La seule solution consistait à remonter l'escalier à toutes jambes, en espérant qu'il ne réussirait pas à les rattraper.

Il fouetta l'air de sa longue queue.

— Je vais vous le demander une dernière fois, petits enfants. Où l'avez-vous caché ?

Ivy hurla. Elle ne put se retenir. Cette créature était monstrueuse. Elle ne savait pas à quoi elle s'attendait en venant ici, mais sûrement pas à ça.

Les oreilles du loup se dressèrent telles de grandes antennes velues.

— Oh, pauvre petite… Tu pleures parce que le grand méchant loup t'a posé une question ? Que dit le conte… ? Le grand méchant loup soufflera sur ta maison et la détruira si… (Il secoua la tête.) Non, non, ce n'est pas celui-là. Pourquoi pas : le grand méchant loup dévorera mère-grand si… ? Non, toujours pas… Ah, oui, j'y suis : le grand méchant loup t'écorchera vivante si tu ne lui dis pas tout de suite où tu as caché ce qui appartient à sa maîtresse.

Il montra les crocs. Ivy, terrifiée, sentit sa gorge se serrer. Elle voulait bouger – elle savait qu'elle avait intérêt à bouger –, mais elle ne pouvait pas. Si elle se retournait, le loup lui sauterait dessus. Il mesurait deux fois sa taille, il possédait des muscles saillants et de longues griffes – bien sûr qu'il la rattraperait. Elle se rappela le moment où elle avait comparé les empreintes de patte avec sa main dans la cuisine de Grand-Mère Sylvie. À l'évidence, elle venait de trouver leur propriétaire.

Un fracas retentit dans la galerie à l'étage. La bête leva les yeux tandis qu'une silhouette sombre traversait le palier à toute allure.

Valian.

Ivy reconnut sa silhouette agile. En revanche, son visage était inhabituellement rouge et bouffi. Il avait remonté les manches de son blouson jusqu'aux coudes. Il se jeta du haut de l'escalier et atterrit en position accroupie. Il faisait tournoyer un grand élastique marron au bout de ses doigts.

— Ivy, Seb ! La porte !

La fillette hésita. Comment l'atteindre sans se faire dévorer… ?

Valian relâcha l'élastique. Il partit vers le loup comme une flèche, en changeant de forme plusieurs fois au cours de son vol. D'abord il dessina un cercle, et une paire de cymbales en cuivre apparut au centre. Ensuite il se mua en une longue forme recourbée de laquelle naquit un trombone. Et ainsi de suite, les instruments jaillirent les uns après les autres – tambours, trompettes, violons. Tous se mirent à pleuvoir sur le loup dans un tintamarre épouvantable. Les cymbales lui sonnèrent le crâne, les baguettes de tambour lui martelèrent le dos. Il distribuait des coups

de patte et des coups de crocs pour se défendre. Il finirait par gagner, ce n'était qu'une question de secondes. Ivy se demanda si son frère et elle auraient le temps de fuir.

Seb devait penser la même chose, car il cria :

— Ivy, fonce !

Il la poussa dans le dos, et elle se mit enfin en mouvement. Valian et Seb atteignirent la porte d'entrée les premiers et l'ouvrirent afin qu'elle puisse la franchir sans s'arrêter.

Ils descendirent la colline ventre à terre et se dirigèrent droit sur le portail sans regarder derrière eux. Le claquement sec des bottes d'Ivy sur le sentier résonnait dans la nuit.

Valian ouvrit la grille de fer et ils se retrouvèrent face au mur de brique. Seb se retourna pour fermer le portail en hâte. Ivy crut entrevoir un museau noir et humide s'évanouir derrière les barreaux, tel un fantôme, mais ce n'était peut-être qu'une illusion.

Les montants en fonte vibrèrent tandis qu'ils se fondaient dans les briques. Quelques secondes plus tard, la fontaine s'était reformée.

Les trois enfants étaient hors d'haleine. Ivy se redressa et regarda autour d'elle. La vasque de la fontaine était à nouveau pleine de feuilles sèches. Le décor ressemblait en tout point à celui qu'ils avaient découvert, à un détail près : la ruelle se trouvait dans une partie différente de Londinor.

Elle tenta de rassembler ses esprits.

Le père de Grand-Mère Sylvie, Octavius, était Curare, un membre de la Mormô...

Elle ignorait si cela aurait des conséquences sur le sort de leurs parents.

Un loup géant et doué de parole a pénétré chez Grand-Mère Sylvie...

Ce qui signifiait qu'il travaillait pour la Mormô. Ivy se demanda s'il les avait suivis.

Valian préparait un coup dans le manoir... Il était essoufflé avant même de nous rejoindre.

Elle n'arrivait pas à cerner ce garçon. Tantôt il les sauvait, tantôt il les abandonnait face au danger. Et il n'arrêtait pas de disparaître. C'était encore ce qu'il savait faire de mieux.

Elle avait beaucoup de questions et peu de réponses. Et en attendant, les fines aiguilles noires du réveil extraordinaire continuaient de tourner.

22

Un grand calme régnait à l'Auberge de la Lune Chou à leur retour. La salle à manger sentait le liquide vaisselle au citron et le thé. Quelques employés étaient en train de lessiver les sols ou d'essuyer les tables.

Épuisée, Ivy se laissa tomber sur une chaise. Pendant que Seb et Valian s'asseyaient face à elle, l'aubergiste, M. Littlefair, s'approcha.

— Alors, qu'est-ce que je vous sers ? demanda-t-il d'un ton jovial. Vous m'avez l'air d'avoir soif.

Ivy hésita à commander un autre Cent-en-un. Elle opta finalement pour un verre d'eau. Seb prit un Coca et Valian se décida pour un Rince Bourdon.

Ivy croisa les bras.

— Est-ce qu'on pourrait avoir un peu d'intimité, s'il te plaît, Valian ?

— Ouais, renchérit Seb. Va te pendre aux basques de quelqu'un d'autre.

À leur grande surprise, il ne se fit pas prier – au contraire. Dès qu'ils furent seuls, Ivy se rapprocha de son frère.

— Je ne lui fais pas confiance. Il mijotait quelque chose dans le manoir, j'en suis sûre.

Les yeux de Seb suivirent Valian à travers la pièce.

— Pourquoi est-ce qu'Ethel l'a choisi, *lui*, pour veiller sur nous ? On ne sait rien de lui. Où il habite ? Où est sa famille ? J'ai l'impression qu'il n'a même pas d'amis, ça en dit long.

Ivy opina du chef. Ses pensées revinrent au manoir.

— Ce que nous avons appris aujourd'hui à propos d'Octavius Wrench… murmura-t-elle sans oser formuler la terrible vérité à voix haute, c'est vraiment abominable. Il n'y a rien à en tirer en plus. Je ne vois pas comment ça peut nous aider à sauver papa et maman.

Il fronça les sourcils.

— Peut-être que Grand-Mère lui a volé quelque chose… et qu'il veut le récupérer.

Elle secoua la tête.

— Ce n'est pas possible. Il n'était déjà pas tout jeune en 1969, comment veux-tu qu'il soit encore vivant ? (Elle réfléchit un moment.) Tu as toujours le journal ?

Il fourra la main dans sa poche.

— Ouais… répondit-il, presque étonné de constater que le journal avait quitté le manoir avec lui.

Elle l'étala sur la table et il se déplaça afin de lire la suite de l'article commencé avec elle :

Celui qui remportera l'élection aura devant lui une tâche ardue. Au cours des six derniers mois, 97 % des agressions subies par les Extraordinaires dans les broc-en-bourg furent le fait de membres de la communauté des morts. Les selkies à eux seuls sont responsables de la moitié des attaques, suivis de près par les goules. Sur toutes les scènes de crime est apparue une pièce de six pence tordue, véritable signature de la Guilde Déchue. Nombreux sont ceux qui de nos jours questionnent la nature des relations entre les morts et la Guilde Déchue. Que leur offre cette dernière en échange des services rendus ? Leur allégeance soulève bien des interrogations et la rumeur enfle quant à un possible soulèvement. Jusqu'à présent, seuls trois membres de la communauté morte ont été poursuivis en justice. L'Intergarde affirme manquer de témoins et de preuves.

Le manifeste d'Octavius Wrench promet des sanctions plus strictes en cas de connivence avec les diverses sortes de morts. Il a déclaré aujourd'hui : « Les criminels seront arrêtés par tous les moyens nécessaires. Les membres des morts qui continuent de désobéir à nos lois seront éliminés. »

L'actuel intendant, et candidat à sa réélection, M. Punch, n'a pas manqué de réagir : « Certes, des forces du mal sont à l'œuvre à Londinor, mais nous ne les vaincrons pas en inspirant la peur. Nous devons renforcer la coopération au sein de nos communautés et travailler ensemble à rendre le broc-en-bourg plus sûr. Nos plus anciennes traditions reposent sur la communication et la confiance mutuelle. Si chacun d'entre nous reste fidèle à ces principes, la paix l'emportera. »

Les sondages suggèrent que Wrench a une petite longueur d'avance sur M. Punch, mais la journée de demain sera décisive.

Ivy ravala sa salive.

— Tu as lu le passage à la fin ?

— Attends, je vais moins vite que toi.

M. Littlefair posa deux paires de lunettes sur la table. Elles se transformèrent instantanément en chope, qu'il remplit respectivement avec de l'eau et du Coca.

— Merci, dit Seb. (Il attrapa son verre et but une longue rasade tandis que l'aubergiste retournait derrière son comptoir.) Je ne comprends pas. Octavius s'est présenté à l'élection pour combattre la Mormô alors qu'il en faisait partie ? Et puis c'est quoi, toutes ces histoires à propos des sortes de morts ?

Ivy se demanda comment ils allaient annoncer à Grand-Mère Sylvie que son père avait enlevé des enfants et tué des innocents. Cela lui briserait le cœur. Elle-même avait un peu honte, pourtant elle n'avait jamais connu son arrière-grand-père.

— J'imagine qu'il avait soif de pouvoir.

Ethel avait décrit la Mormô comme une organisation secrète, calculatrice et sans pitié. Ses membres trompaient leur monde. Ils s'étaient probablement infiltrés partout à Londinor.

— Tu crois que tout ça a un rapport avec la fuite de Grand-Mère pendant la nuit des Rois ? chuchota Seb. Elle s'est rendu compte qu'Octavius faisait partie de la Mormô et elle a eu tellement peur qu'elle a décidé de partir ?

Ivy prit sa chope.

— Ce n'est pas son genre.

La Grand-Mère Sylvie qu'elle connaissait ne fuyait devant rien. Elle disait toujours qu'il fallait affronter les problèmes sans jamais se retourner.

— Quelque chose nous échappe…

Elle but une gorgée d'eau et balaya la pièce du regard pensivement. Violette Binocle était là, assise sur une banquette, en train de déguster une part de gâteau noyée sous un nappage orange. Un groupe de personnes étonnamment grandes fit irruption et se dirigea vers une table au centre de la salle à manger. Les femmes portaient de longues

robes en taffetas, tandis que les hommes avaient enfilé des pantalons ou des tuniques qui tombaient jusqu'au sol. Ils glissaient par terre comme s'ils avançaient sur des roulettes.

— Seb… murmura Ivy, troublée. Regarde-les. C'est moi ou il y a quelque chose qui n'est pas… ?

Ils ôtèrent leurs différents pardessus, manteaux et chapeaux, et lorsqu'une femme souleva par mégarde l'ourlet de sa jupe, Ivy constata qu'elle… flottait.

Il n'y avait rien entre elle et le sol. Rien de rien. Seulement de l'air.

Ivy n'arrivait pas à détourner les yeux. Un homme avec des cheveux noirs et bouclés posa une sorte de chapeau de mousquetaire sur la chaise qui se trouvait face à lui. Mais au lieu de se pencher *par-dessus* la table, il la traversa.

— Tu as vu ça ? s'étrangla-t-elle en serrant le bras de son frère.

Seb était médusé.

— Ouais. Je ne sais pas quel truc extraordinaire il utilise, mais je veux le même. Imagine : on pourrait carrément traverser les murs !

Violette Binocle les salua de l'autre bout de la pièce. Elle se leva et traversa la salle d'un pas traînant, son assiette à dessert à la main.

— Essayez de respirer à fond, leur conseilla-t-elle. C'est toujours un choc la première fois qu'on comprend qu'ils sont morts.

Quand elle s'assit à côté de Seb, sa jupe volumineuse se gonfla d'air jusqu'à ressembler à un marshmallow.

— Morts ? répéta-t-il en écartant la jupe de son visage. *Quoi ?!*

Ivy les observa. L'aubergiste avait déjà pris leurs commandes, et à présent ils bavardaient en attendant leurs boissons.

— Qu'est-ce que vous entendez par « morts » ? demanda-t-elle.

Violette sourit nerveusement.

— Eh bien, Londinor n'accueille pas seulement des brocanteurs *vivants* ; le broc-en-bourg ouvre également ses portes aux morts. Quand un objet extraordinaire se crée, il capture une *partie* d'une âme ; l'autre partie prend la forme d'une créature morte comme celles que vous voyez là. Il en existe des centaines de sortes différentes. (Elle baissa ses gros carreaux pour étudier les silhouettes élancées.) En l'occurrence, je crois que nous avons affaire à des goules. On les reconnaît facilement à leurs vêtements longs qui *comblent le vide.*

Ivy se raidit sur sa chaise. Personne d'autre dans la salle ne semblait se soucier de la présence des goules ; d'ailleurs, celles-ci paraissaient plutôt sympathiques.

Ils ne peuvent pas être morts, se dit-elle, butée. *Ils se promènent partout.*

— Oh oui, je sais que ça fiche un peu les jetons, reprit Violette. Croyez-moi, la première fois que j'ai entendu parler des morts, je n'arrêtais pas de regarder par-dessus mon épaule. Je m'imaginais que des créatures allaient jaillir des ombres pour me sauter dessus. Mais la réalité est différente. Aujourd'hui, les morts et les vivants cohabitent tranquillement. Quand j'étais petite, je trouvais cela très excitant d'apprendre plein de détails sur les morts, sur les nouvelles sortes identifiées et leurs pouvoirs particuliers.

Une nouvelle liste était publiée chaque année dans le *Guide Farrow pour brocanteurs itinérants*.

Seb, qui semblait pâlichon, leva sa chope vide.

— Excusez-moi ? cria-t-il.

M. Littlefair accourut.

— Est-ce que je pourrais avoir un Cent-en-un, s'il vous plaît ? Je crois que j'aurais bien besoin d'un remontant. (Il passa une main tremblante dans ses cheveux et regarda sa sœur.) Je n'aurais jamais cru qu'un jour je prononcerais ces mots-là sérieusement, mais… *je vois des morts*. Il me faut une dose de sucre pour encaisser le coup.

Ivy sourit faiblement ; elle comprenait exactement ce qu'il ressentait. *Je vais m'en remettre*, se dit-elle. Elle s'était accoutumée aux objets extraordinaires ; elle s'habituerait… à voir des morts se promener dans la rue. Elle reprit le journal.

— Quelles étaient les relations entre les morts et la Mormô ? s'enquit-elle à brûle-pourpoint.

— La M… ? (Violette referma la bouche.) Tu veux parler de la Guilde Déchue ? chuchota-t-elle.

— Oui, si vous voulez. Les morts ont quelque chose à voir avec elle ?

La vieille dame baissa la tête ; ses lunettes glissèrent le long de l'arête de son nez.

— Oui. De nombreuses sortes de morts travaillaient pour la Guilde Déchue quand elle était au faîte de sa puissance. À l'époque, les attaques se succédaient. Au cours de la nuit des Rois de 1969, les morts se sont battus aux côtés de la Guilde Déchue. Plus personne n'en parle. C'était il y a longtemps. Les morts se comportent comme des citoyens respectables depuis des décennies maintenant ; ils s'efforcent de laisser les erreurs du passé derrière eux.

Ivy se rappela qu'Ethel avait mentionné une sorte d'armée levée par la Mormô. Elle faisait référence à une armée de morts sans doute. Elle s'imagina une troupe de zombies marchant droit sur elle en titubant et frémit. Pas étonnant que tout le monde ait envie de croire à la disparition définitive de la Mormô.

En entendant des bulles siffler, elle se retourna et vit Valian debout derrière elle. Il tenait une chope pleine d'un liquide noir et mousseux parfumé à l'anis.

— Je me suis dit que je devais vous manquer…

Il s'invita à leur table. Seb se jeta sur son Cent-en-un et le descendit d'une traite tout en fusillant Valian du regard.

— Vous savez, les morts sont comme les vivants – il y a du bon et du mauvais, déclara-t-il.

Génial, pensa Ivy. *Il a écouté la conversation.*

— Souvent, on les engage pour commettre des trucs illicites, parce qu'ils se fichent un peu des règles. Et puis allez imposer la loi à des créatures qui bougent plus vite que la lumière, disparaissent en un éclair ou sont capables de voler…

Ivy repensa au loup du manoir Wrench. Il lui avait semblé voir son museau *traverser* le portail en fer.

— Ce loup, dit-elle à Valian. Il était mort ?

— Oui.

— Un loup mort ? fit Violette, rêveuse. Oh, ce devait être un lupin. Il paraît qu'ils sont très timides.

Le mot « timide » ne s'appliquait pas vraiment à celui-là, selon Ivy.

— La question est : à qui est-il ? poursuivit Valian. Il doit travailler pour quelqu'un.

— Moi, je sais : pour la Mormô, affirma Ivy. Il est passé chez Grand-Mère hier.

— Des membres de la Guilde Déchue chez Sylvie ? s'écria Violette. Non, tu fais erreur. Ils se sont séparés il y a des décennies. Ce n'est pas possible.

— Le loup a parlé d'une maîtresse, intervint Seb. Donc un des membres de la Mormô est une femme.

— Aconit… se rappela Ivy. C'est par cette porte-là qu'il est sorti. Il nous a demandé où on l'avait caché – cet objet que la Mormô tient absolument à récupérer.

La vendeuse de boutons repoussait les miettes de gâteau dans son assiette en marmonnant :

— La Guilde Déchue… toutes ces années…

Ivy se souvint alors d'un détail important.

— La poussière sur le sol de la Loge secrète… Il n'y en avait ni devant la porte d'Aconit ni devant celle de Jacobée. Je pense que ce sont les deux seules portes qui se sont ouvertes depuis 1969.

Seb reposa sa chope sur la table.

— Aconit et Jacobée.

Un tremblement secoua Ivy de la tête aux pieds.

— Tu crois que ce sont eux qui ont enlevé maman et papa ? À ton avis, ils sont encore à Londinor ?

— Tu en as déjà croisé un des deux, lui rappela Seb. Cet homme avec les mains flippantes à l'hôpital de Bletchy Scrubb…

L'homme en gris. Ivy avait soupçonné Seb de ne pas l'écouter quand elle avait suggéré que cet inconnu appartenait à la Mormô. Elle s'était trompée.

— Si Aconit est une femme, alors l'homme en gris doit être Jacobée, dit-elle.

— Exactement. Et il peut s'agir de n'importe qui. On ne peut faire confiance ni aux hommes ni aux femmes, ni aux morts ni aux vivants… En gros, à personne, quoi.

Ivy jeta un coup d'œil méfiant à Valian et à Violette. Non, Seb avait raison : ils ne pouvaient se fier à *personne*.

23

Je vois le visage de maman jaillir de l'obscurité sur le cadran poussiéreux du réveil extraordinaire. Ses yeux sont fermés, ses lèvres noircies, la douleur contracte ses traits. Ses fins cheveux châtains blanchissent et son visage s'allonge pour laisser apparaître celui d'une autre personne… Papa. La peur écarquille ses yeux bleus derrière ses lunettes brisées. Le sang coule sur ses joues. Pendant quelques secondes, je supporte ce spectacle insoutenable – sa bouche s'ouvre dans un cri, les larmes ruissellent jusqu'à son menton. Et puis les fines aiguilles du réveil se mettent à tournoyer et il devient flou. Elles font le tour du cadran, de plus en plus vite. J'étouffe. La panique commence à me submerger comme si j'étais au fond d'un puits et que le niveau de l'eau montait. Je ne peux pas bouger…

C'est fini. Je n'ai pas pu les sauver… Mes parents vont mourir.

Le réveil sonne…

— Ivy ? Ivy !

La voix de Seb dissipa son cauchemar. Elle respirait péniblement.

— Ivy, réveille-toi !

Toute groggy, elle ouvrit les paupières et se redressa. La lumière de la chambre était allumée. Seb était debout devant elle, déjà habillé. Elle se frotta les yeux.

— Il est quelle heure ?

— Tôt. Tu vas bien ? J'ai eu l'impression que tu faisais un cauchemar.

Ivy jeta un œil au réveil posé sur la chaise à côté de son lit.

— Je vais bien, c'est juste que… on n'a plus beaucoup de temps. Une journée seulement.

Ils entendaient le tic-tac résonner dans le silence de la chambre.

— Chaque fois qu'on progresse d'un pas, je sens la pression qui monte, murmura-t-il. J'ai envie de hurler. Pourquoi ce truc-là nous arrive, à nous ? Qu'est-ce qu'on a fait pour mériter ça ?

Ivy éprouvait de la colère aussi, mais elle tâchait de l'ignorer. Sa mère lui avait dit une fois que la colère pouvait vous consumer si on n'y prenait garde.

— Dépêchons-nous, reprit-il. Je vais aller poser des questions à droite, à gauche. Je te retrouve dans la salle à manger dans une heure. (Il marqua une pause.) Tu sais ce que répète toujours papa : « Tout ce qu'il nous faut, c'est un petit coup de pouce du destin » ? Eh bien, c'est exactement ce que je pense. Tu crois qu'il va bien… là où ils l'ont emmené ?

Elle secoua la tête. Ses parents lui manquaient cruellement. L'idée qu'ils soient prisonniers quelque part, entre les mains de la Mormô, la glaçait d'effroi.

— Hé ! fit-elle. Surveille Valian.

— J'essaierai de le semer dès que j'en aurai l'occasion.

Sitôt que la porte se fut refermée sur lui, Ivy s'assit dans son lit et réfléchit. Ils avaient appris beaucoup de choses la veille. Malgré cela, leur enquête piétinait. Non, un coup de pouce du destin ne serait pas de trop.

Elle rejeta sa couette et se leva. Quand ses pieds touchèrent le sol, tout son corps se mit à fourmiller. Elle avait l'impression très nette – et très étrange – d'être observée. Elle regarda autour d'elle : rien, à part de vieux meubles et quelques ombres. Le papier peint extraordinaire s'était transformé en une jolie lampe sur pied. Elle soupira. Elle n'était pas bien réveillée.

Avant de descendre au rez-de-chaussée, elle glissa Scratch dans sa poche. Elle ne voulait pas être complètement seule ; et puis parler à Scratch lui remontait le moral. Cet objet extraordinaire incarnait tous les bons côtés de Londinor. L'exemplaire du *Guide Farrow pour brocanteurs itinérants* volé à Thaddeus Kandinsky rejoignit la sonnette au fond de sa poche. Depuis que Violette l'avait mentionné la veille, Ivy avait décidé de se pencher plus sérieusement dessus.

Elle entra dans la salle à manger, convaincue que Valian l'y attendait. Mais selon M. Littlefair, il avait suivi Seb dehors, quelques instants auparavant.

Le coup de feu était passé. Deux brocanteurs engloutissaient le reste de leur petit déjeuner, tandis que deux serveuses s'affairaient à tout nettoyer. Un flan entamé émettait des sifflements étranges dans un coin.

Ivy fit demi-tour. À quoi cela servirait-il qu'elle se tourne les pouces pendant une heure ? Autant s'efforcer de faire progresser l'enquête de son côté.

Une fois dehors, sur le Gantelet, elle fit sonner Scratch.

— Un conseil à me donner ? demanda-t-elle. Je ne sais pas où aller.

La rue grouillait déjà d'Extraordinaires. Des vendeurs déroulaient leurs auvents, nettoyaient leurs tables et déballaient leurs articles.

— Et si les autres quartiers essayaient ? suggéra-t-il.

Ivy esquiva adroitement un petit homme rondouillet qui portait une botte de paille sur l'épaule.

— Les autres quartiers ?

— Les quartiers toujours être divisés en broc-en-bourg, expliqua Scratch. Pourquoi c'est quatre intendants en charge. Les quartiers s'appeler de Londinor : le Grande Grotte – étant le principal –, le quartier Est, le quartier Ouest, et puis le QM, le quartier des Morts.

Ivy sentit sa gorge se nouer en se remémorant les goules.

— Le quartier des Morts ?

— Oui, oui. Commerce pour les morts là-bas réservé.

— O.K. Euh… je préfère éviter celui-là. Et les deux autres ?

Scratch tinta.

— Luxe est le quartier Ouest. Vendeurs tous meubles, les modes de boutique et les cafés. L'inverse est le quartier Est.

Ivy s'arrêta à un carrefour. Elle regarda par-dessus son épaule. Personne. Elle était pourtant presque certaine que quelqu'un la suivait. Elle secoua la tête. Décidément, ce cauchemar l'avait rendue complètement parano.

Quel quartier fréquentait Grand-Mère Sylvie dans sa jeunesse ? Les Wrench semblaient un peu snobs – leur manoir le prouvait. Mais Ivy connaissait bien sa grand-mère et elle savait que ce n'était pas son genre. D'ailleurs, elle avait choisi Ethel pour meilleure amie.

— Indique-moi le quartier Est.

Scratch vibra légèrement dans sa main.

— La gauche tourne.

Elle remarqua que les caniveaux brillaient anormalement de chaque côté de la chaussée. Ils étaient comme recouverts d'un film argenté de bave d'escargot. Est-ce qu'il pleuvait parfois à Londinor ? Sinon, à quoi pouvaient-ils bien servir ?

Elle passa devant un jeune homme avec une casquette d'ouvrier, des surchaussures en caoutchouc et une cravate large, qui vendait des passe-thé comme ceux qu'utilisait sa mère. Il était en pleine démonstration. Il tenait un passe-thé par le manche. Il lui donna une petite tape et l'objet grandit, grandit pour atteindre la taille d'un panier à linge. À présent, on apercevait des rouleaux de toile enfoncés dans les petits trous.

— Passe-thé extraordinaires ! cria-t-il. Grâce à cet accessoire, tous vos documents importants tiennent dans votre poche. (Il inséra un rouleau de papier dans un trou vide et le passe-thé reprit promptement sa taille initiale.) Pour une cote modique de 2 ! Vous ne trouverez pas moins cher à Londinor !

Son étal était jonché de vieilleries – tableaux noirs, balances, vieilles paires de gants, plaques de pubs en fer-blanc. Un poème intitulé « L'art de coter » était accroché à un montant de son stand :

Le 1, le 2 garnissent vos paniers,
Le 3, le 4 sont plus durs à trouver,
Le 5 se mérite,
Le 6 est une pépite.
Si un 7 peut suffire à ton bonheur,
Le 8 est le rêve de tout dénicheur.
On dit que le 9 n'a été vu que trois fois.
Mais mieux qu'une perle rare,
Mieux que le plus pur nectar,
De tous les objets le 10 est le roi.

Un homme élégamment vêtu s'approcha pour marchander. Ivy ne vit pas d'argent circuler entre eux, mais seulement des objets. Le propriétaire de l'étal tendit un de ses passe-thé, tandis que le client lui donnait une cuiller et deux plumes en échange. Puis ils se serrèrent la main.

Elle poursuivit son chemin. *J'ai compris*, pensa-t-elle. *Les objets extraordinaires s'échangent, ils ne s'achètent pas.* Ils étaient cotés de 1 à 10 et troqués en fonction de leur valeur. Un peu comme des billes ou des cartes à collectionner.

Lorsqu'elle tourna au coin de la rue, des relents pestilentiels la prirent à la gorge – une odeur d'eaux usées ou de poubelles en train de déborder. Cette sensation désagréable ne dura toutefois qu'un instant : elle s'envola aussi vite qu'elle était apparue. Un peu plus loin, un attroupement s'était formé. Un groupe d'Extraordinaires en longue robe blanche interprétaient des chants de Noël.

— … *laissez-vous porter, ayez le cœur léger, demain vos soucis seront oubliés…*

Leurs voix harmonieuses s'élevaient vers le ciel. Ivy fut submergée par l'émotion. La mélodie lui rappela le jour de Noël : sa mère riait en préparant le déjeuner et son père enchaînait les blagues pendant que Seb et elle l'aidaient à mettre le couvert.

Ivy remarqua un détail étrange chez les chanteurs. Leur peau luisait. Elle se pencha en cherchant à voir leurs pieds et ne vit que les plis de leurs robes blanches qui flottaient dans le vide.

Scratch tinta dans sa poche.

— Spectres beaux, dit-il. Préférés ils Scratch sont.

Encore une sorte de morts, pensa-t-elle. Elle dut admettre que les spectres n'étaient pas effrayants du tout. Elle en vint à se demander si elle ne s'était pas fait de fausses idées à propos des morts. Peut-être que Valian avait raison. En dehors de quelques moutons noirs, la plupart étaient sûrement gentils.

Elle sortit le *Guide Farrow* de sa poche. Elle se trouvait à présent dans une rue mal éclairée, bordée d'un côté par une rigole d'eau stagnante. À en juger par la puanteur infecte, Ivy supposa que c'était une sorte d'égout à ciel ouvert. Elle se couvrit le nez avec sa manche.

Il n'y avait pas d'étals ici ; les trottoirs étaient déserts, les boutiques fermées. Des panneaux manuscrits indiquaient : « Liquidation avant fermeture », « Le magasin déménage », ou « Retrouvez notre nouvelle boutique dans le quartier Ouest ! » Les odeurs nauséabondes avaient fini par faire fuir tout le monde. Elle repéra une bétonnière, des débris de maçonnerie et un tas de sable. Apparemment, des travaux de réfection étaient en cours. Quelqu'un avait même procédé à un grand nettoyage, car des ruisselets d'eau savonneuse coulaient entre les pavés.

Elle reporta son attention sur le guide. Il devait exister un moyen de le déchiffrer. Sinon, à quoi bon l'imprimer et le distribuer ? *Il faut bien qu'il ait une utilité quand même. Non ?*

— Le tout, c'est de décrypter le code, marmonna-t-elle tout bas.

Une explication s'imposait : le code servait à empêcher des Ordinaires de lire le contenu de la brochure si jamais ils tombaient dessus par hasard. Elle l'ouvrit au milieu et tenta de dégager un motif récurrent dans la première ligne de texte.

SEVA NR CHAK TEC HALBEHT NITNIOTS
PEP THEEDE…

Elle gémit. Non, elle n'y arriverait pas. On aurait dit que quelqu'un avait pris le guide et l'avait secoué jusqu'à ce que toutes les lettres retombent dans le désordre sur les pages. Tout était sens dessus dessous et…

Elle plongea la main dans la poche de son manteau.

— Scratch. Tu peux me lire ça ?

Elle le tint au-dessus de la page. Demander à une sonnette sans yeux de lire un texte… *Je deviens complètement dingue, ma parole !* Mais Scratch lui-même avait affirmé qu'il n'avait pas besoin d'yeux pour voir.

— Scratch lisant est sens dessous dessus problème aussi, admit-il.

— Justement, c'est parfait, l'encouragea Ivy.

Il s'éclaircit la voix avant de se lancer.

— Hum-hum. « Entrer dans le quartier des Morts de Londinor n'est possible que par le puits du Bout-du-Monde, le point le plus profond des grottes de Blackheath. Il suffit de répondre à une énigme simple pour accéder au marché de l'autre côté. »

Ça fonctionnait ! La fillette félicita Scratch :

— Continue, tu t'en sors très bien.

— « Les sortes de morts que vous rencontrerez le plus fréquemment au cours de vos pérégrinations sont : un, les fantômes (également connus sous le nom d'ectoplasmes, *geists* ou *gwei*, selon les régions). Les fantômes ne possèdent qu'un faible résidu d'âme et n'ont pas le pouvoir de se rendre tangibles. Ils sont les êtres les moins puissants de la communauté des morts et se caractérisent par une nature étourdie qui les empêche de jouer un rôle sérieux dans le commerce. Néanmoins, en raison de leur forme fugitive, ils peuvent voyager sur de très longues distances en quelques secondes. Ainsi, avant l'avènement des plumes express au XVIIe siècle, les fantômes étaient employés comme messagers. On raconte qu'un *gwei* serait à l'origine du terrible drame du Chuchotement-Chinois de 1549 : il aurait échoué à transmettre un message avec précision car, selon un témoin, il "n'avait pas toute sa tête". »

Ivy reprit espoir. Ce guide contenait des tas d'informations intéressantes ! Qui sait ce qu'elle pourrait trouver dedans ? À la fin de ce chapitre, elle passerait aux cartes, puis elle interrogerait Scratch sur les extraits décrivant le broc-en-bourg du temps de Grand-Mère Sylvie.

— « Deux, le peuple des Eyre, continua la sonnette. Facilement reconnaissables grâce à leur peau pâle, leur force colossale et leur vitesse inhumaine, les Eyre ont probablement contribué à forger le mythe du vampire chez les Ordinaires en raison de leur tendance incontrôlable à "sueffrayer" – une réaction physiologique à un état émotionnel intense, au cours de laquelle leur peau semble suer du sang. » (Scratch s'arrêta soudain.) Ivy, Ivy. Tout pas bien aller.

Elle entendit un clapotement. Le fossé débordait. Un filet d'eau épais et visqueux se répandait sur la route en coulant dans sa direction. Sa couleur argentée lui rappelait quelque chose.

— Ivy, t'en va ! hurla Scratch en tremblant violemment. T'en va !

— Qu-qu'est-ce qui se passe ? balbutia-t-elle en les rangeant dans sa poche, lui et le guide.

Elle prit ses jambes à son cou. Mais la traînée luisante continuait de ramper à toute vitesse sur les pavés. Elle se divisa en deux et la prit en sandwich sur le trottoir.

Elle n'avait donc pas rêvé : elle était vraiment suivie.

Par du… *slime* ?

Il y eut un bruit répugnant, comme si un géant avait lâché un rot sonore. Puis une forme sombre s'éleva de la masse visqueuse. Elle se dirigea sur la fillette en traînant son corps énorme sur les pavés. Elle ressemblait plus ou moins à une personne, avec des épaules larges et une partie inférieure couverte d'écailles qui prenait sa source dans la flaque

de boue. Ses longs poils avaient la couleur des algues. Elle aurait pu sortir tout droit d'un vieux film de monstres.

Ivy se dépêcha de peser le pour et le contre. Impossible de se réfugier dans une boutique – tout était fermé. Il n'y avait personne dans les parages, donc crier au secours ne l'avancerait à rien. La créature évoluait lentement sur la chaussée humide. Peut-être qu'elle ne pouvait pas bouger sur une surface sèche ? Ivy avisa le tas de sable à côté de la bétonnière. Pendant qu'elle réfléchissait à un moyen de s'en servir contre la créature, le magma gluant se mit à siffler. Une énorme vague marron s'éleva – haute de deux mètres, chargée de bouteilles en plastique, d'algues et de bouts de bois, elle dégageait une odeur salée infecte. Ivy leva les mains pour protéger son visage des éclaboussures. Elle recula en clignant des yeux et tomba sur les fesses.

Une voix proche du gargouillement s'échappa de ce mur de boue.

— Petite fille, dit-elle en gargouillant, où l'as-tu caché ?

Oh, non, pas encore…

— Caché *quoi* ? cracha Ivy en se remettant debout. Qu'est-ce que vous voulez ?

Un visage émergea. Il avait des yeux caves et troubles ; son sourire diabolique dévoilait plusieurs rangées de dents pointues.

— Le Grand Bien Extraordinaire, répondit la créature, l'écume aux lèvres. Tu sais où il est. Dis-le-moi.

Avant d'être complètement submergée par la panique, Ivy chercha à gagner quelques centimètres en direction du tas de sable.

— Eh bien, petite fille. Vas-tu te décider ?

— Qu'est-ce qui vous fait croire que je l'ai ?

Elle reculait très lentement, presque imperceptiblement.

— Ne joue pas avec moi…

Scratch tremblait dans sa poche ; elle priait pour que son geste désespéré les sauve tous les deux. Elle planta la pointe de sa botte dans le sable et donna un grand coup de pied.

Un nuage de sable enveloppa le monstre, qui rugit de fureur. Son visage disparut et, pendant un bref instant, le mur d'eau vacilla.

— AU SECOURS ! hurla Ivy à pleins poumons. QUELQU'UN, À L'AIDE !

Contre toute attente, quelqu'un réagit à son cri :

— Ivy !

Elle ne voyait rien à travers la masse boueuse. *Seb ? Non, ce n'est pas la voix de Seb.*

— Valian ?

— Reste là. Ne bouge pas !

— Ivy ! Je suis là !

Ah, ça, c'est Seb.

Le mur d'eau se fissura et un petit objet brillant fonça à travers. Ivy baissa les yeux. Un yoyo rose bonbon venait d'atterrir à ses pieds.

— Qu'est-ce que tu veux que je... ?

— Ne dis rien ! l'avertit Valian. Toi non plus, Seb. Les selkies ne peuvent lire dans vos pensées que si vous parlez !

Les selkies... ? pensa-t-elle en frémissant. *Je connais ce mot.* Elle l'avait lu dans le *Barrow Post.* L'article disait que les selkies travaillaient autrefois pour la Mormô.

Elle s'accroupit et ramassa prudemment le yoyo. Le selkie la fixait avec de grands yeux affamés. Elle avait l'impression d'être un poulet dans une rôtissoire.

Elle éprouvait une terreur si grande qu'elle sentit à peine ses doigts chauffer lorsqu'elle toucha le jouet. Il était extraordinaire, mais elle n'avait aucune idée de l'usage qu'elle pouvait en faire.

Lorsque le selkie aperçut le yoyo, il poussa un cri épouvantable. Une vraie sirène ! Le mur d'eau trembla comme si un ouragan venait de le frapper. Ivy tomba à genoux, les mains collées sur les oreilles. Elle avait l'impression que ses tympans allaient éclater. Elle grimaça. La douleur était si intense qu'elle en eut les larmes aux yeux.

La gorge du selkie vibrait tandis qu'il s'époumonait, la mâchoire grande ouverte. Les tempes battantes, Ivy tentait de réfléchir. *Voyons... Les yoyos partent et reviennent... Ils jouent avec la gravité... On les jette... Ils tournent sur eux-mêmes...*

Elle baissa une main et tressaillit. Tâchant d'ignorer le cri perçant, elle enroula la ficelle autour de son doigt, visa le selkie et imprima une petite secousse à son poignet.

Un cyclone jaillit du yoyo rose. Le mur d'eau tournoya et, dans une explosion d'écume, le selkie fut aspiré par le tourbillon. Ses cris commencèrent à faiblir.

Ivy distingua la voix de Valian.

— À trois ! hurla-t-il.

À trois ? Quoi, à trois ?

— Un…

Elle jeta des regards affolés autour d'elle. Lui avait-il lancé un autre objet ?

— Deux…

Non, rien : elle ne voyait que de l'eau, un selkie enragé qui apparaissait et disparaissait tour à tour dans le vortex, et le yoyo.

— Trois !

À la dernière seconde, elle lâcha le yoyo.

Le cri du selkie s'interrompit. Le petit jouet rose s'éleva dans les airs en attirant le tourbillon derrière lui. Alors Ivy se baissa et aperçut les garçons. Valian, trempé et couvert d'un jus visqueux, tenait une bonde au bout d'une courte chaîne argentée.

— Recule, prévint-il sèchement.

Seb entraîna sa sœur à l'écart pendant que Valian visait le cœur du vortex avec son arme extraordinaire.

Le selkie lâcha un dernier cri à vous glacer l'estomac, et puis le tourbillon disparut. La bonde et le yoyo retombèrent sur les pavés dans un bruit sourd.

Ivy avait les jambes en coton. Seb se pencha pour l'aider à se relever.

— Ivy, tu vas bien ?

— C'est quoi, le… le Grand Bien Extraordinaire ? bafouilla-t-elle.

24

Une longue plume grise se matérialisa devant ses yeux. La fillette essaya de la chasser d'un revers de main.

— Génial, gémit Valian. C'est un message d'Ethel.

Ivy se demanda à quoi il voyait ça – Ethel n'utilisait-elle que des plumes de pigeon ? En tout cas, celle-ci se mit à griffonner :

Valian Kaye,

Toi et moi, nous avions un marché. J'ai rempli la moitié de mon contrat : de ton côté, tu étais censé assurer la sécurité d'Ivy et de Sebastian.

Et voilà que j'entends parler d'une attaque de selkie... en pleine RUE ! Où étais-tu ?

C'est inexcusable.
Tu prétends être un dénicheur...

Ivy en avait assez lu. Elle se détourna pendant que Valian levait les yeux au ciel. Le message n'en finissait pas.

Elle s'assit sur un banc, sous un réverbère. Seb, amusé par les malheurs de Valian, s'affala à côté d'elle en souriant. Ils étaient de retour sur le Gantelet. L'air résonnait des cris enthousiastes des brocanteurs, du bourdonnement des conversations et du froufrou des tenues farfeluches. Elle s'était habituée aux bruits de Londinor. Après les cris terrifiants du selkie, ils lui semblèrent particulièrement chaleureux et doux à l'oreille.

— Je suis désolé de ne pas être arrivé plus tôt, dit Seb, les yeux baissés. J'avais remarqué que tu avais pris Scratch avec toi – c'est d'ailleurs grâce à lui que Valian t'a localisée sur une de ses cartes de dénicheur. Je ne veux même pas imaginer ce qui aurait pu arriver si on ne s'était pas pointés à temps. Je n'aurais pas dû partir comme ça ce matin. On doit rester ensemble.

Elle renifla. Elle avait l'impression que la puanteur du selkie avait imprégné ses habits.

— Papa nous avait bien dit de toujours rester ensemble.

— Oui, et j'espère que maman et lui sont ensemble aussi, où qu'ils soient.

Elle plongea son regard dans les grands yeux verts de son frère – les mêmes que les siens. La ressemblance la frappa pour la première fois.

— Au moins, maintenant, on a un autre indice, dit-elle. On sait que la Mormô veut s'emparer du Grand Bien Extraordinaire. À ton avis, qu'est-ce que c'est ?

Il haussa les épaules.

— Si je devais deviner, je dirais un objet célèbre, avec une valeur historique. Aconit et Jacobée ont dû envoyer le selkie à tes trousses pour voir s'il pouvait lire dans ton esprit et découvrir où il se trouvait.

Il termina sa phrase en frémissant.

— Qu'est-ce qu'il y a, Seb ?

— Tu te rappelles ce qu'on a lu dans le journal à propos d'un soulèvement des morts provoqué par la Mormô ? Eh bien, ça recommence.

Valian les rejoignit à grands pas.

— J'en ai *marre* de ces leçons de morale.

— Au lieu de pleurnicher, t'as qu'à regarder ailleurs, répliqua Seb. T'es pas obligé de les lire, ces messages.

Valian lui adressa un sourire ironique.

— Eh ben si, figure-toi. Les plumes express ne disparaissent pas tant que tu n'as pas lu jusqu'au bout. Elles réécrivent le même message en boucle.

Il épousseta son blouson en cuir et grimaça quand sa main tomba sur une coulée de bave visqueuse.

— Vous avez besoin d'un truc pour vous défendre au cas où ce genre d'événement se reproduirait. J'ai pas envie de me faire encore passer un savon par Ethel. Venez avec moi.

Il les conduisit à travers la Grande Grotte en direction du quartier Est. C'était un coin animé, où les rues sentaient la viande cuite, le goudron et la bière. Ivy tenta d'oublier le selkie. Scratch avait cessé de grelotter dans sa poche ; il était temps pour elle d'arrêter de trembler aussi.

Ils remontèrent des ruelles tortueuses, jonchées d'emballages en plastique, de cartons et de cannettes vides.

Des magasins aux fenêtres brisées et condamnées avec des planches côtoyaient des devantures illuminées par des guirlandes électriques.

— Un balai tout beau tout neuf ! hurlait un camelot. Coté 1,2 – vous ne trouverez pas moins cher à Londinor !

— Chaaapeaux pas chers, chaaapeaux pas chers – changez de tête en un clin d'œil ! Chaaapeaux pas chers ! chantait un autre.

Valian fendit la foule d'un pas confiant, puis il bifurqua dans une allée tranquille. Ivy commençait à se demander si elle n'avait pas eu tort de douter de lui. Il avait risqué sa vie pour la sauver du selkie…

— C'est quoi, le Grand Bien Extraordinaire ? lui demanda-t-elle.

— Aucune idée, fit-il en haussant les épaules. Où t'as entendu ça ?

Elle jeta un coup d'œil à son frère.

— Le selkie en a parlé – il voulait savoir où je l'avais caché.

Valian fronça les sourcils tandis qu'ils s'enfonçaient dans l'ombre, au milieu des poubelles et des fruits pourris.

— Je ne ferais pas trop attention à ce que racontent les selkies à ta place. Ils ont été bannis des broc-en-bourg il y a des siècles à cause de leur passion démesurée pour la violence. (Il se tourna face à un bâtiment, et explora le mur de brique avec les doigts.) Les selkies savent lire dans les pensées ; ils peuvent accéder à tes secrets les plus noirs et à tes souvenirs les plus profonds, et il suffit de parler à voix haute pour leur y donner accès. (Il décocha un petit coup d'œil à Ivy.) Tu t'en es bien sortie. Normalement, on récupère les victimes de selkie à la petite cuiller.

Valian finit par s'immobiliser ; il gratta un peu dans le ciment et attendit.

— Essayez d'être gentils, leur dit-il. Malgré les apparences, ce gars est quelqu'un de bien. Il est dénicheur, comme moi.

Un craquement sec résonna dans la ruelle. Les briques tremblèrent en soulevant un nuage de sable.

— Reculez.

Ivy écarquilla les yeux tandis qu'une section du mur en forme de losange se dérobait. Elle fit un pas en arrière et agrippa la capuche de Seb. La poussière les faisait suffoquer. Au bout d'un moment, une silhouette se dessina.

— Jeune Valian Kaye ! C'est gentil de me rendre une petite visite.

Trop occupé à tousser, Valian ne répondit pas.

— Comment vont les affaires ? demanda l'inconnu, le visage toujours plongé dans la pénombre. Les temps sont difficiles pour les dénicheurs indépendants. Il me semble que la dernière fois que je t'ai vu tu essayais de refourguer des lacets d'assassin à deux *gwei* ?

L'homme avait un accent, mais lequel ? Ivy n'arrivait pas à mettre le doigt dessus.

Soudain, il s'avança dans la flaque de lumière projetée par un réverbère. Il souriait. Ses dents tordues, ses cheveux roux et sa peau pâle étaient couverts de suie. Il portait une chemise qui avait dû être blanche un jour par-dessus un jean délavé. Un gilet vieillot, un chapeau de bouffon rouge et bleu et des baskets sales complétaient sa tenue. Un détail attira l'attention d'Ivy : ses pieds ne touchaient pas le sol. Elle sentit son estomac se ratatiner.

— Eh bien, Kaye, présente-moi tes amis.

Le garçon ne semblait pas très à l'aise.

— Ivy, Seb, voici Johnny Hands – une goule qui a toujours l'arme qu'il vous faut sous le coude.

Ivy frémit. *Une goule.* Comme ces brocanteurs à l'Auberge de la Lune Chou.

Johnny Hands s'inclina avec un air malicieux en soulevant son chapeau de bouffon.

— Ravi de vous rencontrer.

— Tu sais pourquoi nous sommes là, Hands. Ces deux-là ont besoin de quelque chose pour se protéger, une arme indétectable pour les Ordinaires.

Johnny Hands gratta son menton sale. Il étudia les enfants Sparrow de bas en haut, puis il plongea la main dans le trou noir qui s'ouvrait derrière lui. Il en tira trois paquets enveloppés dans de la mousseline tachée. Il tendit à Seb le plus volumineux. Sa forme longue et fine évoquait une règle.

— Ça, c'est pour toi. Pas très subtil, mais il peut causer de gros dégâts.

Seb examina le paquet avec une mine à la fois confuse et craintive.

Johnny Hands se tourna ensuite vers Ivy.

— Pour toi, c'est plus délicat… Tu n'es pas bien grande. Il te faut quelque chose de maniable. Ou alors une arme foudroyante et mortelle ?

Mortelle ? Ivy n'en revenait pas. Elle avait *onze* ans. Que voulait-il qu'elle fasse avec une arme mortelle ? D'un autre côté, en cas de nouvelle attaque de selkie, elle avait intérêt à être bien équipée. Il finit par lui proposer un paquet rond et assez lourd, comme une balle de cricket.

— Prends plutôt ceci : tu connais déjà. Et voici pour toi, Valian, conclut-il en se délestant du troisième colis.

— J'ai rien demandé, protesta ce dernier.

Johnny Hands leva un gant.

— Je sais, je sais, mais tu comprendras quand vous les ouvrirez.

— Qu'est-ce que tu mijotes, Hands ?

— Je mets le tout sur ton compte, d'accord ? Génial. Inutile de se serrer la main.

Sur ces mots, Johnny Hands commença à se fondre dans l'obscurité.

Ivy se demanda depuis combien de temps il troquait ses armes à Londinor. Des décennies, des siècles peut-être ? À sa connaissance, la mort n'avait pas de date d'expiration.

— Monsieur Hands, attendez ! dit-elle d'une voix hésitante.

Il s'arrêta ; seul son visage demeurait visible.

— Oui ?

Elle ravala sa salive.

— Je me demandais… vous auriez entendu parler du Grand Bien Extraordinaire ?

Il pencha la tête.

— Très vaguement, oui. C'est une légende. Très ancienne.

— Vous pourriez nous en dire plus ? demanda Seb. N'importe quoi, même un détail ? C'est important.

— Hélas, non. (Il leur fit un clin d'œil avant d'être englouti par les ténèbres. Ses lèvres disparurent en dernier.) Vous devrez interroger quelqu'un de bien plus vieux que moi. Je n'ai que cinq cent quarante-deux ans.

25

La sonnette du comptoir annonça leur arrivée.

— Mlle Ivy Sparrow ! M. Sebastian Sparrow ! M. Valian Kaye ! (Elle marqua une pause, et se mit à beugler.) ETHEL ?

Ivy entendit un choc métallique dans la réserve.

— Oui, oui !

Ethel les rejoignit en hâte. Elle portait un tablier en coton taché et tenait un morceau de ouate jaunie à la main. En respirant la vapeur âcre de produits chimiques, Ivy devina que la marchande était en train de polir ses cloches.

— Alors, Kaye, on a enfin décidé de se montrer ?

Valian entra en traînant les pieds. Les cloches commencèrent aussitôt à débiter des grossièretés à son sujet. Ivy lutta pour ne pas pouffer – ce n'était pas le moment de jeter de l'huile sur le feu. Déjà qu'elle l'avait forcé à venir…

Seb avait vu juste : le Grand Bien Extraordinaire était très ancien. Ivy ne connaissait personne qui soit plus âgé que Johnny Hands, mais elle avait une idée. Elle examina les cloches en circulant dans la boutique. La fabrication de certaines d'entre elles remontait à plus de mille ans.

Pendant qu'Ethel préparait du thé, les enfants s'assirent autour du comptoir avec leurs paquets. Les cloches bavardaient calmement. Ces pipelettes échangeaient des commentaires sur le choix de foulard d'Ethel ou la tenue du dernier client. Ivy en repéra quelques-unes auxquelles elle n'avait pas prêté attention lors de sa dernière visite. Il y avait notamment dans une vitrine des spécimens d'un noir mat, qu'on aurait dits sculptés dans du charbon. Ivy lut l'étiquette : CLOCHES DES ENFERS.

— Maudits selkies, jura Ethel. Je me fiche des morts en général, mais j'ai jamais aimé les selkies – trop de dents pour être honnêtes. (Elle franchit la porte avec un plateau sur les bras et jeta un regard sévère à Valian.) Mais c'était pas une raison pour leur procurer des armes. (Toutefois, elle ne put s'empêcher de jeter un coup d'œil intrigué aux paquets.) Enfin, puisque c'est trop tard… vous feriez mieux de les ouvrir.

Ivy et Seb tirèrent sur les ficelles et firent tomber la mousseline.

— Chouette ! s'exclama Seb. Ce type mort m'a plutôt bien cerné. (Il avait reçu des baguettes de batterie.) À votre avis, elles servent à quoi ?

Ivy était tombée sur le même yoyo rose qu'elle avait utilisé plus tôt contre le selkie. Elle se tourna vers Valian.

— Je croyais qu'il était à toi…

— Oui, il *était* à moi, fulmina-t-il. Je suppose que c'est pour cette raison qu'il m'a donné un autre objet. En guise de compensation.

— Waouh ! s'écria Seb. Ivy, regarde ça !

Il mimait un solo sur le comptoir. Ses baguettes fendaient l'air en sifflant. À chacun de ses mouvements, les stores de la vitrine crépitaient, ballottés par un courant d'air violent.

— C'est génial ! Je peux frapper à plusieurs mètres de distance ! (Il remonta les baguettes dans sa manche.) Super discret, en plus.

Il les refit glisser hors de son sweat et visa plusieurs points sur le mur du fond.

— Attention avec ça, le prévint Ethel. Tu pourrais renverser…

Trop tard.

Seb abaissa brusquement les deux bras comme s'il frappait sa cymbale. Au même moment, un trou gros comme son crâne apparut dans le mur. Des fragments de plâtre dégringolèrent sur le plancher. Les cloches poussèrent des cris d'orfraie.

— Aaaah !

— Regarde ce que tu as fait !

Deux cloches glapirent – on aurait dit qu'elles étaient sur le point de fondre en larmes.

— Notre mur !

Ethel examina les dégâts en faisant claquer sa langue et en secouant la tête.

— Eh ben bravo ! Comment je fais pour réparer ça, maintenant ?

Ivy soupira.

— Bien joué, siffla-t-elle à son frère. On n'était pas venus pour tout casser, mais pour poser des questions sur tu sais quoi.

Les cloches reprirent ses derniers mots en chœur.

— … tu sais quoi… tu sais quoi… chuchotaient-elles.

Ethel se tourna vers Ivy.

— Quel « tu-sais-quoi » ? demanda-t-elle, le poing sur la hanche.

Ivy hésita.

— Euh… Alors voilà. Avez-vous entendu parler du Grand Bien Extraordinaire ?

— Le *quoi* ? (La vieille dame fronça les sourcils.) Où as-tu… ?

Sa question fut interrompue par des grattements furieux en provenance du creux dans le mur. Les cloches couinaient et murmuraient fébrilement. Ivy frémit. Le bruit lui rappelait la plume noire dans la cuisine de Grand-Mère Sylvie.

— Qu'est-ce que c'est ? demanda-t-elle. Ça vient de l'intérieur du mur.

Et puis le silence revint. Ils attendirent quelques secondes – non, plus rien.

— Répète ce que tu as dit, Ivy, ordonna Ethel, les yeux rivés sur le trou.

— Euh… J'ai parlé du… Grand Bien Extraordinaire… ?

Les grattements et les frottements reprirent de plus belle.

— Qu'est-ce qui se passe là-dedans ? fit Ethel en enfonçant une main gantée dans la cloison.

Elle tâtonna en grimaçant. Soudain, elle s'immobilisa.

— Ah ! Je sens un truc.

Quand elle ressortit le bras, elle tenait une boîte en bois.

Les cloches se turent.

— Jamais vu ce machin-là, marmonna-t-elle.

La boîte se balançait et tremblait entre ses mains. Pas de doute : c'était elle qui faisait tout ce boucan. Ethel avait des airs de jongleuse tandis qu'elle tentait de contrôler ses mouvements.

— Allons, allons, doucement…

Elle la posa sur le comptoir et inspecta l'extérieur. Ivy, curieuse, se pencha au-dessus.

— Tu ferais mieux de t'écarter, dit la vieille dame, au cas où.

Un tas de paille qui puait le moisi garnissait l'intérieur. Elle la sortit par poignées. Dessous, elle découvrit deux fragiles cloches en terre cuite, de la couleur brun-rouge de l'argile. Ivy s'approcha pour les étudier. Elles étaient abîmées. Leurs surfaces étaient craquelées, griffées et couvertes de taches d'humidité.

— Elles sont sûrement là depuis des années, déclara Ethel en se grattant la tête. J'imagine que mes parents les avaient dénichées. Ils possédaient la boutique avant moi, expliqua-t-elle aux enfants.

Elle en ôta une de la boîte. Celle-ci se balança, comme pour les saluer, mais elle n'émit aucun son. Ivy examina l'autre. Elle devait être couverte de motifs autrefois, mais la peinture était presque complètement partie.

— Pourquoi elles ne peuvent pas parler ? s'enquit-elle.

Ethel les retourna.

— Pas de battant. On les a retirés.

Ivy porta une main à sa bouche. C'était horrible. Une cloche parlante privée de battant – cela revenait à arracher sa langue à un humain.

— Torturées, marmonna Ethel en les reposant délicatement. Ça se faisait autrefois. La Mormô ne s'en privait pas.

Au fond de la poche d'Ivy, Scratch frissonna.

— C'est si cruel ! s'emporta-t-elle. Pourquoi ?

La marchande caressa les surfaces usées des deux cloches.

— Elles doivent détenir des informations que la Mormô souhaitait garder secrètes. Tu vois ces décorations à l'extérieur ? On dirait des cloches à histoires ; elles sont conçues pour narrer les contes peints sur leur surface.

Valian les scruta d'un œil soupçonneux.

— Le conte devait être drôlement intéressant pour que vos parents décident de les planquer dans le mur.

Seb, penaud depuis sa bêtise avec les baguettes, n'osait plus bouger.

— Elles se sont agitées quand Ivy a parlé du Grand Bien Extraordi…

Ces mots déclenchèrent une nouvelle série de cabrioles. Ethel les caressa en susurrant :

— D'accord, d'accord. Chut, tout va bien. (Elle prit une chaise et s'assit en remuant son thé.) Des cloches à histoires… Mes parents me racontaient souvent le même conte de fées quand j'étais petite. Il y était question de cinq objets extraordinaires exceptionnels d'une cote de 10 – voire plus.

Valian haussa un sourcil.

— Curieux conte de fées…

Ivy se remémora le poème qu'elle avait lu dans la rue ce matin-là. « De tous les objets le 10 est le roi… »

— L'histoire dit qu'il y a plusieurs milliers d'années un groupe de bouseux a découvert cinq objets extraordinaires vraiment uniques, qui leur conférèrent un pouvoir hors du commun. Les premiers Extraordinaires ont combattu ces bouseux et les ont vaincus. Ils sont parvenus à mettre les cinq objets en sécurité. Ceux-ci restèrent cachés pendant des siècles – jusqu'à ce qu'un autre imbécile de bouseux s'échine à mettre la main dessus. Et ainsi de suite. Les Extraordinaires gagnent toujours à la fin. Cela explique pourquoi les cinq objets sont mentionnés à l'occasion dans la culture des Ordinaires – dans la mythologie ancienne, par exemple. Ce conte s'intitulait justement « Le Grand Bien Extraordinaire ».

Ivy se raidit malgré elle.

— Tout ça ne me dit rien qui vaille, grogna Seb, mais alors rien du tout.

Ethel sirota son thé.

— Ce n'est qu'une vieille légende. Selon moi, ces cloches ont été torturées afin de la faire tomber dans l'oubli. Mais pourquoi la Mormô voudrait-elle… ?

— Ce selkie, l'interrompit Valian, visiblement ébranlé. Il vous a interrogés sur le Grand Bien Extraordinaire ?

Ivy hocha la tête.

— Oui, il croyait que je pouvais lui indiquer sa cachette. La Mormô veut s'en emparer, révéla-t-elle à Ethel. Apparemment, c'est ce que Grand-Mère Sylvie leur a volé.

— Quoi ? fit Ethel, livide. Ces cinq objets – en admettant qu'ils existent – ne doivent en aucun cas atterrir entre les mains de la Mormô ; la planète entière courrait un grand danger.

Des éclats de voix retentirent dehors ; des sabots de cheval heurtaient les pavés.

Valian se précipita à la vitrine pour baisser les stores.

— Tiens, les IG ont sorti le carrosse, murmura-t-il. Ça doit être une urgence. Bizarre… Ils sont stationnés juste devant le…

— Par la guirlande de Sir Clement !

Ethel se leva si brusquement qu'elle renversa sa chaise. Une plume verte et brillante de perruche frétillait devant elle.

Ivy lut le message à toute vitesse :

Ethel,

Viens vite. Violette a été attaquée. L'Intergarde est en route, mais j'ai besoin de ton aide.

Derek Littlefair

Propriétaire de l'Auberge de la Lune Chou

26

Ivy et Seb se frayèrent un passage à coups de coudes à travers l'attroupement. L'incident à l'Auberge de la Lune Chou avait attiré une foule de curieux.

— Excusez-moi ! hurla Seb en dégageant un tutu bleu. Il faut qu'on passe !

Ivy frémit en passant à côté du carrosse noir de l'Intergarde. Il y avait une personne à l'arrière, mais les chapeaux à plume et les coiffes brillantes l'empêchaient de voir s'il s'agissait de quelqu'un qu'elle connaissait.

Ils entrèrent dans l'auberge. Valian et Ethel, qui fermaient la marche, claquèrent la porte derrière eux et le brouhaha de la rue s'éteignit.

— Derek ? cria Ethel. Derek ! Où es-tu ?

Une porte s'ouvrit à la volée. Le petit groupe s'engouffra de l'autre côté. Ils venaient de pénétrer dans une kitchenette toute en longueur, encombrée de bols de légumes frais et de cruches fumantes… Une marmite de Rince Bourdon bouillait sur le fourneau en dégageant des vapeurs anisées, tandis que des bocaux de confiture, des boîtes de ragoût ou encore des soupes en bouteille flottaient sous le plafond.

M. Littlefair s'éventait en répondant aux questions d'un homme rondelet. Ivy reconnut l'agent qui avait accompagné Smokehart chez Grand-Mère Sylvie. *L'autre ne doit pas être bien loin…* pensa-t-elle.

Gagné ! L'inspecteur se dressait à côté du four avec une plume à la main. Violette Binocle était avachie sur une chaise près de lui, le visage baigné de larmes. Sa robe meringue était en partie brûlée et ses lunettes pendaient autour de son cou, les verres brisés. Elle faisait de grands gestes avec ses mains gantées de dentelle.

— … une centaine de papillons de nuit au début. Je suis allée à la fenêtre pour les faire sortir de la chambre et là… (Elle renifla et tamponna ses paupières avec un mouchoir.) Ils se sont rassemblés en essaim et ils se sont transformés en nuage noir – un nuage noir avec plein de petits yeux.

— Violette ! s'exclama Ethel en se précipitant pour prendre son amie dans ses bras. Tu vas bien ?

La pauvre marchande de boutons semblait très confuse.

— J'ai cru que j'étais fichue, Ethel, je te jure. J'avais oublié de chausser mes lunettes et je suis entrée dans la mauvaise chambre. Enfin, ça ira – j'ai pris un bouton pour me remettre du choc.

Ethel lui frotta l'épaule pour la réconforter.

— Derek. Tu ferais bien de préparer un Fouette Cocher bien frappé pour notre amie.

— C'est comme si c'était fait ! lança M. Littlefair en sortant des ingrédients de ses placards.

Smokehart s'éclaircit la gorge.

— Mademoiselle Dread, dit-il d'un ton glacial, comme vous pouvez le constater, je suis au milieu d'une enquête.

Ethel grommela mais s'éloigna sans insister.

— Bien, Violette… reprit Smokehart. Vous avez déclaré que la chambre infestée par cette créature se trouvait juste à côté de la vôtre. (Il se tourna vers l'aubergiste.) Qui est installé là en ce moment, monsieur Littlefair ?

Le brave homme ravala sa salive.

— Eh bien… d'autres clients.

— Je m'en doute. Mais leurs noms, je vous prie ?

Littlefair essuya une main sur son tablier et regarda les enfants d'un air coupable.

— Eh bien, euh… Ivy et Sebastian Sparrow.

Smokehart baissa sa plume.

— Sparrow ?

Il fit volte-face et aperçut Ivy et son frère plantés derrière lui. La fillette rentra la tête dans le cou.

— VOUS ! Les petits-enfants de Sylvie Wrench… Comme par hasard !

Il jeta la plume derrière son épaule, où elle disparut comme par enchantement, et s'avança d'un pas raide. Ethel se mit en travers de son chemin, les bras écartés.

— Attendez un instant. Ce n'est pas parce que la créature était dans leur chambre qu'ils sont forcément…

— Mademoiselle Dread, grinça l'inspecteur en joignant ses doigts, un sourire méchant aux lèvres, savez-vous ce qui a agressé Mlle Binocle ?

Ethel pinça la bouche.

— C'est bien ce qui me semblait. Eh bien, je vais vous le dire, moi : il s'agissait d'un sphinx noir.

Il se tut pendant quelques secondes, pour mieux ménager ses effets. Violette poussa un glapissement et porta son mouchoir à sa bouche, pendant que M. Littlefair, les joues cramoisies, agitait frénétiquement son éventail.

— Les sphinx noirs étaient l'une des rares sortes de morts à ne pas être apparues à Londinor depuis que la Guilde Déchue a quitté le pouvoir. Et qui, je vous le demande, est la seule personne qui ait jamais été condamnée en tant que membre de la Guilde Déchue ?

Tous les regards se braquèrent sur Ivy et Seb.

— Oui, Octavius Wrench !

Smokehart écarta Ethel et s'approcha d'Ivy.

— Sais-tu ce qui a fini par arriver à ton arrière-grand-père ?

Ivy jeta un regard anxieux à son frère, qui la prit par le bras. Apparemment, tout le monde connaissait la vérité au sujet d'Octavius – mais personne n'avait eu le courage de leur en parler.

— Non ? Alors laisse-moi éclairer ta lanterne… Après la défaite d'Octavius Wrench à l'élection de la nuit des Rois 1969, une armée de morts a envahi les rues de Londinor, menée par six silhouettes masquées. Des mains pourries, des capuches noires… Personne n'ignorait qui ils étaient.

La Mormô, pensa Ivy. *Et Octavius était parmi eux.*

— Je n'étais qu'un simple agent à l'époque. L'ensemble des forces de l'Intergarde a été mobilisé pour les combattre. Nous étions complètement dépassés par le nombre : quantité de gens de valeur ont perdu la vie cette nuit-là. À la dernière minute, des renforts sont arrivés d'autres régions du monde. La soudaine augmentation du flux de vadrouille-en-sac a provoqué une perturbation géothermique, créant une tempête de neige isolée sur Londres. C'est à ce moment-là seulement que le cours de la bataille a basculé.

Ivy songea à l'accident de Grand-Mère Sylvie cette nuit-là. Elle avait dû fuir Londinor pendant les combats.

— Cinq des silhouettes masquées ont réussi à s'échapper, mais la sixième est restée et a lutté jusqu'au bout. Quand elle a pris conscience qu'elle ne pouvait pas gagner, elle s'est précipitée sous une pluie de projectiles extraordinaires. Le cadavre fut aussitôt démasqué, dans la rue, à la vue de tous. Coup de théâtre : c'était Octavius Wrench, un des piliers de la communauté extraordinaire.

Ivy avait la gorge sèche. Elle éprouvait des sentiments partagés. *Ce n'est pas parce qu'il y a une brebis galeuse dans la famille qu'on doit se sentir coupables*, se disait-elle.

Smokehart poursuivit son récit.

— À l'époque, la Guilde Déchue utilisait des sphinx noirs comme espions. Ces créatures évoluent dans l'ombre et leur présence passe souvent inaperçue. On sent un petit courant d'air frais, on a la sensation persistante d'être surveillé… et quand on se réveille, il est déjà trop tard.

Ces quelques mots décrivaient précisément l'expérience vécue par Ivy ce matin-là, dans sa chambre. *Alors les papillons étaient déjà là.* La Mormô les avait envoyés pour l'espionner, sans doute.

Pourtant, Smokehart se trompait sur toute la ligne. Seb et elle devaient le convaincre de leur innocence et lui faire comprendre que les vrais méchants rôdaient dehors.

— Quoi que vous pensiez sur les Wrench, dit-elle à voix basse, Seb et moi, on n'a rien fait de mal.

— C'est vrai, renchérit son frère. On n'a rien à voir avec cette agression. Pourquoi on voudrait faire du mal à Violette ?

Smokehart les foudroya du regard.

— Je découvrirai vos mobiles durant votre interrogatoire. En attendant, les faits sont clairement établis : un sphinx noir était caché dans *votre* chambre et *votre* arrière-grand-père était un membre de la Guilde Déchue. De plus, mon petit doigt me dit que vous mijotez quelque chose à Londinor.

Ivy regarda autour d'elle, en quête de soutien. M. Littlefair haussa les épaules. Violette s'était remise à sangloter. Quant à Valian…

Mais… Où était encore passé Valian ? *Génial.* Il avait à nouveau disparu. Elle se demanda s'il prendrait la peine de se justifier cette fois…

Seule Ethel s'avança.

— Inspecteur, je ne crois pas…

Une arrivée inopinée l'empêcha de terminer sa phrase. En entendant un petit animal haleter et trottiner sur le carrelage, Ivy se retourna. Une grande dame brune dans une longue robe de soie arrivait de la salle à manger. Un chien couleur sable reniflait le sol autour de ses chevilles. Ivy les avait déjà aperçus tous les deux.

— Lady Grimes ? s'exclama Smokehart. Que… ?

— Inutile de vous alarmer, inspecteur, le coupa Selena Grimes en levant une main délicate. Je ne faisais que passer, quand j'ai vu la foule massée dehors. J'ai entendu parler d'un sphinx noir ?

Smokehart lissa le devant de son uniforme.

— Oui, dit-il d'un ton grave. Des éléments prouvent en effet qu'une attaque de sphinx noir a eu lieu. (Sortant un trombone de sa poche, il montra Ivy et Seb.) La créature a été trouvée dans leur chambre. Ce sont les petits-enfants Wrench dont je vous ai parlé.

Selena Grimes caressa sa longue tresse en épi de blé en examinant les jeunes suspects, l'air déçu.

— Bien. Il semblerait que j'aie eu tort de vous ordonner de relâcher l'aîné l'autre jour, Smokehart. Veuillez m'en excuser.

Ethel en resta bouche bée. Alors qu'elle commençait à protester, Ivy sentit l'étau froid du destin se refermer sur elle.

Smokehart lança son trombone sur la fillette. Le contact de l'objet extraordinaire la picota tandis que ses poignets, aimantés par une force invisible, se plaquaient l'un contre l'autre pour se laisser ligoter. Quand elle voulut les écarter, elle eut l'impression qu'ils étaient collés à la superglu.

— Vous êtes tous les deux en état d'arrestation pour l'agression de Violette Binocle, grogna Smokehart. Je vous lirai vos droits au poste.

27

Ivy grimaça lorsque sa tête heurta la portière du carrosse de l'Intergarde. Les doigts osseux de Smokehart s'enfonçaient dans son épaule. Elle se glissa sur la banquette, le dos à la vitre et les mains menottées sur les genoux.

Un autre prisonnier était assis face à elle – un inconnu squelettique, avec des yeux turquoise, une peau couleur café et un fin duvet noir sur le menton. Il était affublé d'un manteau moyenâgeux bordé de fourrure et brodé de fleurs dorées, qu'il portait par-dessus un jean. Il souriait d'un air las et absent, comme s'il n'était pas complètement réveillé.

Le carrosse tangua quand Seb fut précipité à l'intérieur. Dehors, la foule déchaînée poussait des hurlements furieux. Ivy entendait quelques mots revenir : « Guilde Déchue » ou « Wrench ». Elle tenta d'ignorer les visages haineux collés à la vitre. Une marchande de tétines plongea la main dans son panier avec une expression de rage aveugle au fond des yeux.

— Seb… Je crois que cette dame…

Paf ! La tétine heurta la vitre et…

Splash ! Une horrible morve jaune s'étala sur le verre. Au même instant, un bruit dégoûtant résonna à l'intérieur du carrosse.

Seb donna un coup de poing sur la vitre en grognant. Mais d'autres Extraordinaires se servirent dans le panier de la femme et une pluie de tétines s'abattit sur le véhicule dans un chorus de rots tonitruants. Ivy se rappela qu'elle avait déjà vu cette pâte visqueuse avant – c'étaient donc des tétines extraordinaires que ces lourdauds jetaient sur le Bureau des plumes express la veille.

Smokehart ne paraissait ni gêné ni surpris par la réaction des gens ; au contraire, il semblait même l'apprécier.

— Qu'est-ce qu'on leur a fait ? demanda Seb. De toute façon, on ne peut compter que sur nous-mêmes. Personne à l'auberge n'a levé le petit doigt pour empêcher notre arrestation !

Ivy jugea les propos de son frère un peu injustes – Ethel avait essayé de s'y opposer. Il pencha la tête.

— Ça craint, d'être associé à un membre de la Mormô.

— Ouais, acquiesça-t-elle.

S'ils ne voulaient pas être haïs de la population de Londinor, ils devraient prouver qu'ils étaient différents d'Octavius Wrench. Elle n'avait jamais eu à faire face à ce genre de problème dans sa vie. Jusqu'à présent, on l'avait toujours jugée sur ses qualités personnelles, pas sur la réputation de sa famille.

Elle bascula sur le côté quand le carrosse démarra. Les chevaux avançaient au grand trot, leurs sabots aussi précis qu'un métronome. La foule leur courut après, mais Ivy, plongée dans ses pensées, n'y prêta aucune attention. D'ici une dizaine de minutes environ, ils seraient au poste de l'Intergarde, enfermés dans une cellule, et impuissants face aux ennemis qui menaçaient leurs parents. Cette perspective la minait.

Plusieurs événements avaient conduit à cette catastrophe. Trois attaques s'étaient succédé, toutes perpétrées par des créatures mortes – d'abord le lupin, ensuite le selkie, enfin le sphinx noir. La Mormô devait s'impatienter. Qu'avaient-ils prévu de faire avec ce Grand Bien Extraordinaire lorsqu'ils s'en seraient emparés ?

— Maman et papa n'ont plus que jusqu'à minuit ce soir, dit-elle d'une voix brisée.

— Je ne risque pas d'oublier !

Seb jeta un coup d'œil en biais à l'inconnu assis dans le coin.

— Tu crois qu'on peut parler devant lui ? chuchota-t-il.

Elle haussa les épaules. L'homme regardait défiler le paysage avec des yeux vides.

— Il faut qu'on s'évade, dit-elle d'une voix étouffée. Qu'on quitte Londinor et qu'on retourne à Bletchy Scrubb. On doit trouver ce Grand Bien Extraordinaire avant la Mormô. Peut-être que si on en discute avec Grand-Mère, elle se souviendra de quelque chose…

— Bon plan – mais comment se débarrasser de ça ? objecta son frère en montrant le trombone qui lui enserrait les poignets. J'ai toujours mes baguettes dans ma manche…

mais je ne peux pas les utiliser sans que Smokehart s'en aperçoive.

Ivy hésitait à consulter Scratch, au cas où il aurait une idée, quand l'inconnu se mit à gesticuler. Il pointa l'index vers sa bouche, puis il secoua la tête.

Seb fronça les sourcils, perplexe. Sa sœur suivit les mouvements de l'homme avec attention.

— Vous… êtes muet ? devina-t-elle.

Il hocha la tête. Ensuite il se tourna pour lui montrer la poche arrière de son jean. Elle se rapprocha en glissant sur les fesses et aperçut une gomme grise qui dépassait. Il tenta de se contorsionner pour l'attraper, mais ses mains attachées ne lui permettaient pas de l'atteindre. Alors elle s'en chargea à sa place. Elle sentit tout de suite que l'objet était extraordinaire.

— À quoi sert-elle ?

Il leva les poignets, comme pour désigner le trombone.

— Seb, donne-moi tes mains ; je veux essayer un truc.

Elle frotta la gomme sur le fil de métal qui le tenait prisonnier. Le métal partit en quelques secondes, laissant derrière lui un petit tas de limaille argentée. Il écarta les mains.

— Donne, je vais m'occuper du tien.

Une fois les menottes d'Ivy effacées, elle libéra l'inconnu. Il lui sourit, le visage rayonnant, avant de se pencher pour voir ce qui se passait à l'avant du carrosse. Smokehart et le cocher regardaient droit devant eux, ne se doutant de rien. Alors il s'accroupit et frotta sa gomme sur le plancher. Ivy et Seb s'écartèrent en se tortillant. Le tapis disparut, suivi de la colle et enfin du bois. Un trou circulaire s'ouvrait sur les pavés.

— Euh, merci, dit Seb, stupéfait.

L'homme leur adressa un signe d'adieu, puis il sauta et se réceptionna par une roulade. Ivy fixait nerveusement la chaussée.

— Toi d'abord, dit-elle.

Son frère glissa les jambes par l'ouverture et se laissa tomber sur la route dans un bruit sourd. Il se releva aussitôt et agita la main.

Smokehart n'avait rien vu. Ils avaient réclamé un coup de pouce du destin et voilà qu'un inconnu les aidait à s'échapper. C'était presque trop beau… Dubitative, Ivy sauta à son tour et se plaqua au sol. Elle attendit que la voie soit libre avant de se mettre debout. Sa cheville l'élançait, elle avait dû se la fouler dans sa chute. Ignorant la douleur, elle rejoignit Seb qui patientait dans un virage occupé par plusieurs petits stands de mercerie.

— Tu boites. C'est grave ? demanda-t-il.

Elle se massa la cheville.

— Non, ça va. Ne traînons pas ici. Tu sais où on est ?

Visiblement, ils avaient atterri au cœur du quartier du tissu. Il y en avait partout – drapé sur des mannequins dans les vitrines ou exposé sur les trottoirs sous forme de gros rouleaux. Des passants curieux étudiaient la qualité du satin, tâtaient la soie. Des guirlandes de fanions s'agitaient avec enthousiasme sur les façades. Ivy se demandait si le tissu avait des propriétés extraordinaires, quand une tapisserie tendue dans une vitrine attira son attention. Elle représentait une mer démontée sous un ciel d'orage. L'image semblait onduler, vivante et hypnotique. Des navires chevauchaient les crêtes des vagues, le vent poussait les nuages et un grand galion fendait les flots.

Elle secoua la tête en essayant de se reconcentrer.

— Il faut qu'on bouge. Smokehart ne va pas tarder à s'apercevoir qu'on a filé.

Seb allait prendre la poudre d'escampette, quand il stoppa net.

— Une seconde…

En voyant ses yeux s'arrondir de surprise, elle suivit son regard… Au bout de la rue, entre les pans de tissu qui flottaient sur le trottoir, elle distingua un homme avec des cheveux poivre et sel. Sa coupe était soignée. Il portait une chemise et un pantalon en flanelle marron.

— Papa ?

28

— Qu'est-ce qu'il fait ici ?

Ivy se frotta les yeux, croyant être victime d'une hallucination. Leur père n'avait pas du tout l'air d'un homme enlevé par la Mormô. Il semblait propre, frais et dispos – sa chemise était même repassée. Seb saisit le bras de sa sœur d'une main tremblante.

— C'est vraiment lui ?

Lorsque la silhouette disparut derrière un drap, Ivy prit peur.

— Il s'éloigne ! Il ne faut pas le perdre de vue.

Ils s'élancèrent entre les rouleaux de tissu. Des bouts de fil coupé et des particules de poussière dansaient dans l'air. Gênée pour respirer, elle se mit à tousser.

— Il tourne à gauche ! cria Seb.

Tout en courant, Ivy cherchait un détail qui clochait chez son père. Il était trop loin pour qu'elle puisse vraiment l'examiner. À en juger par son allure modérée, il ne se sentait pas en danger.

C'était incompréhensible...

Ils le suivirent dans une rue déserte, où il s'arrêta entre deux grands bâtiments de pierre. Un grondement secoua les pavés sous leurs pieds, comme si les chevaux de l'Intergarde s'apprêtaient à débouler.

Mais l'Intergarde n'était pas responsable de ce vacarme.

— Ivy, murmura Seb en pointant un doigt. La fontaine !

Ils se réfugièrent sur le pas de porte d'un magasin, de l'autre côté de la chaussée.

La fontaine vert pâle qu'ils avaient découverte la veille venait de surgir devant leur père. Il sortit une flasque de la poche de son pantalon et en versa le contenu dans la cuvette remplie de feuilles. Ensuite, il plongea les doigts au fond. Quelques secondes plus tard, il recula d'un pas. Les briques s'écartèrent, révélant la grille en fer forgé.

— Qu'est-ce qu'on fait ? demanda Ivy.

— Je ne pige pas pourquoi il est là, répondit Seb, l'air déboussolé, et encore moins... (Il sursauta.) Le lupin ! Et s'il était toujours dans le manoir ?

Ivy retint son souffle.

— Il faut le prévenir !

Ils traversèrent la rue à toutes jambes...

Et percutèrent quelqu'un qui arrivait en sens inverse.

— Valian ?

Ivy recula, rouge de colère.

— Tu as encore disparu et on s'est fait arrêter ! siffla-t-elle. Tu nous as laissés tomber.

Il écarta les bras pour les empêcher de passer.

— Ne lui courez pas après, leur dit-il, ignorant les remarques d'Ivy. Ne poursuivez pas cette chose dans le manoir – c'est trop dangereux.

— Cette *chose* ? répéta Seb. Ce n'est pas une *chose* ! C'est notre *père* !

— Non ! Écoutez-moi ! C'est un mort.

Ivy, furieuse, se mit à le pousser. Leur père était en train de disparaître derrière la grille !

— S'il vous plaît, insista Valian. Vous devez me faire confiance.

Elle vacilla. Cet homme était pourtant la copie conforme de leur père ! L'incertitude se lisait sur le visage de Seb.

— Te faire confiance ? marmonna-t-elle. Si tu veux qu'on te fasse confiance, alors tu dois nous dire la vérité. Toute la vérité.

Valian passa une main dans ses longs cheveux et soupira.

— Bon, d'accord. Vous ne me donnez pas le choix.

Un sentiment d'angoisse étreignit Ivy. Elle avait l'intuition que la vérité n'allait pas lui plaire. Son frère croisa les bras.

— Alors vas-y. On attend.

— Pas ici, répondit Valian. Trop risqué.

Il les emmena jusqu'à une petite boutique aux carreaux sales. La peinture verte s'écaillait aux fenêtres. L'enseigne au-dessus de la porte indiquait : BAZAR FARFELUCHE DE HOFF & WINKLE, MAISON FONDÉE EN 1847. À l'arrière, un escalier en bois branlant permettait d'accéder à des logements situés à l'étage.

Tandis qu'ils commençaient à grimper, Seb chuchota à l'oreille d'Ivy :

— Qu'est-ce qu'il mijote à ton avis ? C'était papa là-bas, ou pas ?

Elle ne sut quoi répondre, encore sous le choc d'avoir vu son père apparemment vivant et en bonne santé.

— Valian, dit-elle d'un ton sévère, si ce n'était pas notre père, alors qui c'était ?

— Je vous l'ai déjà dit. Une sorte de mort. On les appelle les crognes. Ils ont la faculté de changer de forme ; voilà pourquoi il ressemblait à votre père.

Elle ne se rappelait pas que Scratch ait lu quoi que ce soit au sujet des crognes dans le *Guide Farrow*...

— Comment tu sais que c'était un crogne ?

Valian s'arrêta devant une porte noire toute simple en haut des marches.

— Parce que ce n'est pas la première fois que je le croise. Je l'ai rencontré dans le manoir Wrench, quand j'y suis allé avec vous.

Elle en resta bouche bée.

— Pourquoi ne nous en as-tu pas parlé plus tôt ?

— Il y a plein de choses que je ne vous ai pas dites. Ni à vous ni à personne. Venez, on va discuter à l'intérieur.

Il les invita dans une petite pièce aux rideaux élimés. Il n'y avait pour tout mobilier qu'une commode et un lit à sommier métallique. Un lavabo surmonté d'un miroir rouillé complétait le décor. Ivy remarqua la présence de moisissure autour des robinets et de miettes sur le plancher nu. Les murs étaient couverts de posters de groupes de rock dont elle n'avait jamais entendu parler.

— Vous feriez mieux de vous asseoir.

Seb s'installa à un bout du lit et sa sœur prit place près de lui. Ils n'étaient pas très à l'aise. Valian vivait-il ici ? Ce dernier, planté à côté du lavabo, les regardait sans prononcer un mot.

— Alors… le crogne ? demanda Seb en faisant tomber une mouche morte du dessus-de-lit.

— D'abord, je l'ai vu au manoir Wrench. Ensuite, pendant que je menais ma petite enquête dans la maison de votre grand-mère, je me suis rendu compte qu'il ressemblait trait pour trait à votre père. Alors j'ai commencé à le filer.

— Attends… tu es allé chez notre grand-mère dans notre dos ? s'exclama Ivy.

Il soupira.

— Tu comprendrais pourquoi si tu connaissais toute l'histoire. (Il se tourna face au miroir rouillé.) Quand j'ai trouvé cette pièce de six pence tordue dans ta poche, Ivy, j'ai supposé que tu travaillais pour la Mormô. Le rôle de garde du corps imposé par Ethel m'a fourni un alibi idéal pour vous tenir à l'œil et tenter de découvrir vos intentions. Chaque fois que je disparaissais, je faisais des recherches de mon côté. Là, par exemple, je reviens de l'Auberge de la Lune Chou : je suis allé voir dans votre chambre si je trouvais des indices laissés par le sphinx noir. J'en ai profité pour vous rapporter ça…

Il désigna le rebord de fenêtre situé derrière le lit.

Le sac à main de Grand-Mère Sylvie était là, ainsi que le réveil extraordinaire. La fillette les récupéra en poussant un ouf de soulagement.

— Si tu crois qu'on travaille pour la Mormô, alors pourquoi nous aider ?

— Je me suis trompé. Après le coup du réveil et l'attaque de selkie, j'ai compris que vous étiez sincères depuis le début. (Il baissa les yeux.) Je… je vous demande pardon.

Les enfants Sparrow échangèrent un coup d'œil sceptique.

— Mon nom est bien Valian Kaye et je suis vraiment dénicheur ; ça, c'est vrai. (Il pointa l'index vers trois photos encadrées sur la commode : deux montraient une petite fille aux cheveux blonds et la troisième, un jeune couple radieux.) Voici ma famille : mes parents, et ma sœur, Rosie.

Ivy s'étonna qu'il ne les ait jamais mentionnés avant.

— Ce sont des Extraordinaires ?

— *C'étaient*, la corrigea-t-il. Comme moi, mes parents étaient dénicheurs, mais… ils sont morts maintenant.

Il y eut un long silence. Tous les trois fixaient le sol d'un air embarrassé.

— Qu'est-ce qui s'est passé ? finit par demander Ivy.

Valian serra les poings.

— La Mormô les a assassinés. J'ai toujours pensé que celui ou celle qui se fait appeler Ciguë était responsable, parce que c'est le poison qu'on a retrouvé sur leurs lèvres.

Elle étouffa une exclamation horrifiée.

— Quel âge tu avais ?

— Neuf ans, soupira-t-il. À cause de mon âge, l'Intergarde ne m'a jamais cru au sujet des pièces de six pence tordues.

— Pas cru quoi ? fit Seb d'une voix rauque.

— J'ai trouvé une pièce dans les deux verres de mes parents ; c'est comme ça que j'ai su que la Mormô était coupable. Sauf qu'elles avaient disparu quand l'Intergarde est arrivée sur les lieux. Ils ont conclu à un empoisonnement accidentel.

— C'est… horrible.

Ivy posa les yeux sur les photos de la petite blondinette.

— Et ta sœur, où est-elle maintenant ?

Valian délaissa le lavabo et s'assit lourdement par terre.

— Bonne question, marmonna-t-il. Après le meurtre de nos parents, on a dû quitter Londinor, Rosie et moi. Les services sociaux des Ordinaires nous avaient dégoté une place dans une famille d'accueil. Nous sommes venus dire au revoir au broc-en-bourg une dernière fois. Il y avait une foule immense sur le Gantelet et j'ai été séparé de Rosie. Je l'ai vue se diriger vers le quartier des Morts. Elle n'avait que six ans ; elle a dû penser qu'elle pourrait retrouver nos parents parmi les brocanteurs morts. (Sa voix se brisa.) Elle n'est jamais revenue. L'Intergarde a laissé tomber les recherches au bout d'une semaine environ, mais moi, je n'ai jamais abandonné. Et je n'abandonnerai jamais. C'est pour elle que je continue de dénicher des objets. La cloche que j'ai prise à Ethel, par exemple… j'avais l'intuition qu'elle pourrait localiser Rosie, mais ça n'a pas marché. Elle s'est envolée il y a six ans maintenant et je ne sais toujours pas ce qui s'est passé.

Ivy écouta Valian terminer son récit la gorge serrée. Que ressentait-on lorsqu'on perdait toute sa famille ? Pas étonnant qu'il se comporte comme un ours la plupart du temps.

— Je suis vraiment désolée, murmura-t-elle.

Que dire d'autre ? Elle fut prise de remords en songeant à tout le mal qu'elle avait pensé de lui.

— Tu dois nous détester, marmonna Seb, à cause de notre famille.

Un éclair traversa le regard du jeune dénicheur.

— Au début, oui. Mais maintenant, je sais que vous n'y êtes pour rien. Si j'avais eu la possibilité de sauver mes parents, j'aurais agi exactement comme vous.

— Comment s'y prend le crogne pour ressembler à notre père ?

Valian se rembrunit.

— Les crognes prennent la forme de leur hôte. En principe, le CAE leur interdit de se servir d'un hôte non consentant, mais comme je vous l'ai déjà dit, les morts enfreignent les règles tout le temps.

— Donc le crogne travaille pour la Mormô et il se sert de notre père comme… hôte ? résuma Ivy. Qu'est-ce que ça signifie ?

— Si l'hôte est d'accord, il donne de son plein gré des cheveux ou des rognures d'ongles au crogne, qui s'en nourrit. Après quelques heures, le mort commence à lui ressembler. Si l'hôte n'est pas d'accord… eh bien, le crogne se sert.

— Papa est en train de se faire… manger ? cria-t-elle, horrifiée. Seb – *non !* Il faut qu'on fasse quelque chose !

— Comment on peut l'arrêter ?

Seb s'était déjà remis debout, une expression déterminée dans les yeux. Valian leva une main.

— Pour l'instant, on ne cherche pas à l'arrêter. On le suit dans le manoir Wrench. Mais en restant prudents. Il y retourne sans arrêt. Je suis prêt à parier tout ce que vous voulez que vos parents sont détenus là-bas.

Ivy bouillait de colère. Elle était plus décidée que jamais à les ramener.

— Je sais que je vous ai menti, reprit Valian, et que vous n'avez aucune raison de vous fier à moi. Mais je comprends ce que vous ressentez… parce que j'éprouve exactement la même chose pour ma sœur. Le temps presse. Laissez-moi vous aider. Ensemble, on peut les sauver.

Ivy avait déjà pris sa décision, mais elle craignait que Seb ne soit plus difficile à convaincre.

— Qu'est-ce que tu en penses ? lui demanda-t-elle.

Il fixait la photo de Rosie. Quand il s'aperçut que les autres l'observaient, il se dépêcha d'essuyer ses paupières humides.

— Je crois qu'un coup de main ne nous ferait pas de mal… (Son regard glissa sur les affiches qui décoraient les murs de Valian.) Même s'il vient de quelqu'un qui n'a pas un seul poster des Ripz chez lui.

29

— Vous vous souvenez du plan ?

Ivy hocha la tête. Elle versa une tasse d'eau dans la cuvette de la fontaine extraordinaire, agita les doigts sous la surface et sentit aussitôt le sol trembler. Tandis que les montants noirs émergeaient de part et d'autre, elle s'interrogea sur le fonctionnement de cette porte secrète. Elle s'était ouverte pour Seb, pour elle, mais aussi pour le crogne. Peut-être était-elle capable de lire leurs empreintes digitales sous l'eau ? Cela expliquerait pourquoi la créature avait choisi de prendre leur père comme hôte : elle avait besoin de ses empreintes afin d'accéder au manoir.

— Souvenez-vous, vos parents seront soit derrière la porte de Jacobée, soit derrière celle d'Aconit, dit Valian.

— Pigé, répondit Seb.

— Et si ça tourne mal, on se débrouille pour filer et on se retrouve chez toi au-dessus du Bazar Farfeluche de Hoff & Winkle, ajouta Ivy.

Elle plaça une main tremblante au centre de la grille. Le plan n'était pas infaillible, mais ils n'en avaient pas de meilleur. Ils s'étaient déchargés d'un maximum d'affaires chez Valian. Ivy n'avait emporté que le yoyo extraordinaire – et le peu de courage qu'il lui restait.

— O.K. (Valian tapota les poches de son blouson et hocha la tête d'un air satisfait.) On y va.

Le manoir Wrench parut encore plus terrifiant à Ivy cette fois-là, si c'était possible. Tandis qu'ils remontaient la colline, les feuilles sèches s'écartaient devant leurs pas tels des rats. Le vent hurlait. Des nuages d'orage tournoyaient dans le ciel. La vieille demeure grinçait et gémissait comme si elle leur lançait un avertissement.

À l'intérieur, le vestibule était plongé dans le noir. L'odeur de chien mouillé persistait, mais noyée sous une pestilence épouvantable – un mélange de choux de Bruxelles fermentés et de fosse septique.

— Beurk. Seb, c'est toi qui as… ?

Celui-ci la trouva dans l'obscurité et lui donna une bourrade dans le bras.

— Non ! Ça sentirait quand même pas si mauvais.

Elle entendit Valian s'agiter près d'elle.

— Je connais cette odeur. Il n'y a qu'une seule sorte de créature qui pue autant : un selkie des égouts. Restez sur vos gardes.

Ivy frissonna en se rappelant les yeux vides du selkie qui l'avait attaquée, et ces rangées de dents effilées. Elle se couvrit le nez et tenta de faire abstraction des relents fétides.

— Il y avait des presse-citron au mur avant, remarqua-t-elle.

Valian ouvrit une fermeture Éclair. Une lumière d'un bleu argenté troua la nuit.

— Ça vient de Johnny Hands, dit-il. (Il désigna l'objet du menton. Son visage éclairé par-dessous faisait un drôle d'effet.) Ne me demandez pas exactement à quoi il sert. Je sais seulement qu'il brille.

Ivy l'examina de plus près. Il ressemblait à un transplantoir, avec une lame en acier incurvée et une poignée en bois lisse. Seule la partie métallique luisait.

— Il t'a refilé… une mini-pelle ? s'écria-t-elle,

Il fit la moue.

— Ouais. Pour remplacer le yoyo que tu as récupéré, apparemment.

Elle sourit, gênée, tandis qu'il pointait sa pelle extraordinaire vers le fond du vestibule.

— Il faut trouver l'enveloppe.

Ils la récupérèrent au pied de l'escalier, à l'endroit où ils l'avaient laissée. Ivy la ramassa.

— Prêts ? demanda-t-elle.

Seb lui serra l'épaule et Valian posa une main gantée sur son coude. Alors elle l'ouvrit.

Le monde se mit à tournoyer. La lumière argentée de la pelle de Valian balayait les ombres comme un gyrophare.

Quand le mouvement cessa, son faisceau révéla les murs de brique d'un long tunnel.

— Ce n'est pas le bureau d'Octavius, dit Ivy en frissonnant. Il devrait y avoir des bibliothèques et des meubles.

Et ça devrait sentir le renfermé et la poussière, pensa-t-elle nerveusement. *Alors que là, ça pue le selkie*… Elle referma l'enveloppe et la rouvrit.

Rien.

— Recommence, insista Valian.

Elle entendait l'inquiétude percer dans sa voix. Elle rouvrit le rabat une fois encore, exactement de la même façon. Ses doigts picotaient et chauffaient.

— Pourtant, c'est bien la même enveloppe. Elle est extraordinaire, je le sens. Je ne comprends pas ce qui bloque.

— Tu le *sens* ? répéta Valian en haussant un sourcil.

Elle afficha un sourire timide. Autant tout lui révéler maintenant.

— Je suis une chuchoteuse.

Il écarquilla les yeux.

— Une *quoi* ?

Un peu honteuse, elle cacha son visage derrière ses cheveux. Elle n'aimait pas qu'on la considère comme quelqu'un de différent. Et en attendant, elle ignorait toujours comment exploiter son don.

— Ne t'emballe pas, ajouta-t-elle. Je ne vois pas en quoi ça pourrait nous aider.

— Bon, il y a un problème avec cette enveloppe, décréta Seb, qui brandissait une de ses baguettes.

Valian pointa l'index vers l'enveloppe.

— Donne-la-moi, ordonna-t-il à Ivy.

Lorsqu'il la retourna, elle baissa les yeux et lut le tampon sur le coin supérieur droit. Il n'indiquait plus « PRIORITAIRE », mais « RÉEXPÉDITION ».

— Génial. Quelqu'un l'a trafiquée. On nous a piégés. (Il porta son regard aussi loin qu'il le pouvait dans le tunnel sombre.) C'est notre seule issue maintenant.

Il froissa l'enveloppe et la jeta par terre. Ivy, pas très rassurée, enfonça une main dans sa poche et serra son yoyo.

Ils progressèrent lentement, Valian en tête de colonne. Le tunnel devait mesurer une centaine de mètres de long. Il était rempli de toiles d'araignée et d'ombres qui détalaient sur leur passage. Au bout, ils discernèrent une petite ouverture cintrée.

Pendant qu'elle s'efforçait de mettre un pied devant l'autre, Ivy luttait pour refouler de son esprit les images atroces de son cauchemar – les aiguilles noires du réveil extraordinaire qui avalaient les minutes ; la peau de sa mère rongée par les asticots ; son père attaqué par un monstre sans visage.

La pelle de Valian se mit à luire plus fort.

— Il n'y a pas un variateur de lumière là-dessus ? demanda Seb en se protégeant les yeux.

— À mon avis, si elle brille plus fort, c'est qu'elle doit sentir quelque chose.

Il sondait l'obscurité autour de lui avec méfiance.

Ivy franchit la porte en toussant. La puanteur empirait. À croire que les évacuations de toutes les toilettes publiques de Londres débouchaient ici.

La pelle de Valian répandait maintenant une lumière aveuglante. Les cloisons du tunnel disparurent et Ivy repéra un petit bureau en bois couvert de deux bons centimètres de poussière, avec une vieille machine à écrire et une pile de papiers jaunis mangés par les mites.

— On est où ? demanda Seb, les baguettes serrées contre son torse.

Sa voix résonna dans le vide.

— Cette pièce a l'air immense, dit Valian. Trouvez un interrupteur ; la pelle n'éclaire pas assez loin.

Les murs étaient couverts de mousse. Ivy chercha à tâtons un changement de texture sur la surface humide et visqueuse. Au bout d'une minute, son frère cria :

— Par ici ! Il y a une sorte de levier.

Il l'actionna. Il y eut un bourdonnement irrégulier au-dessus de leurs têtes ; le bruit évoquait une guêpe à l'agonie. Une grille de plafonniers électriques finit par s'allumer en clignotant, donnant l'impression pendant quelques secondes que la scène se déroulait dans un ralenti stroboscopique.

Ivy découvrit un hall géant, aussi grand que les principaux terminaux d'arrivée de Londinor. Le plafond en béton gris était voûté comme celui d'une cathédrale. Derrière le petit bureau, on voyait maintenant une douzaine de grandes tables étroites disposées sur toute la longueur de la salle. Chacune était surmontée d'un tapis roulant – du même genre que ceux qu'on utilise aux caisses des supermarchés – et entourée de chaises en bois. Des sacs-poubelle éventrés déversaient leur contenu sur les tapis : mouchoirs jetables, lambeaux de tissu, bocaux en verre, poignées de porte en laiton, porcelaine cassée et autres articles de maison.

Cet endroit semblait avoir été déserté. Des toiles d'araignée pendaient entre les chaises et recouvraient les tapis, telles des couvertures au crochet. Des flocons de poussière flottaient dans l'air. Le décor ressemblait à une usine de traitement de déchets fantôme. Ivy n'avait jamais rien vu d'aussi sinistre.

— Qu'est-ce que c'est que cet endroit ? demanda Seb. On dirait un plateau de tournage de film d'horreur.

Sa sœur s'approcha de la table la plus proche et examina une chaise. Juste à côté d'un des pieds, une petite menotte en fer était encastrée dans le sol de béton.

— J'ai l'impression que des gens étaient attachés ici.

Elle s'assit et posa les mains sur la table. La chaise était pile à sa hauteur.

Valian agita sa pelle lumineuse devant lui, les yeux agrandis par l'horreur.

— Je crois que je sais où on est. J'ai entendu des rumeurs... On appelle ça une « salle des murmures ». (Son regard se posa sur Ivy.) On y enfermait les chuchoteurs autrefois. On les forçait à travailler avec des méthodes barbares. Les chuchoteurs devaient trier des déchets toute la journée et mettre de côté les objets extraordinaires. (Il ramassa une cannette dans un des tas.) Mais je croyais qu'elles avaient disparu depuis très longtemps. Pourtant, j'ai l'impression que celle-ci a été construite il y a moins de cinquante ans.

Ivy se leva d'un bond et s'écarta précipitamment de la table.

— C'est évident ! s'écria-t-elle. Tout a été conçu pour accueillir des personnes de ma taille. C'est prévu pour...

— Des enfants, dit Seb, glacé d'effroi. La Mormô trempe forcément là-dedans.

Ivy contempla l'espace en se représentant des dizaines de petits chuchoteurs emprisonnés ici, obligés de manipuler des déchets pendant des heures et des heures d'affilée.

Valian écrasa la cannette dans son poing.

— Je parie que c'est ici que disparaissaient tous les enfants enlevés, cracha-t-il avec colère.

Ivy se rappela l'étonnement de Scratch au sujet de son don : les habitants de Londinor pensaient que chuchoter était réservé aux adultes. Ainsi, personne n'avait pu établir de lien entre les enfants enlevés. Seule la Mormô était au courant que tous étaient des chuchoteurs.

— Scratch affirme que mon don est particulièrement développé. Peut-être que c'est le cas pour tous les jeunes chuchoteurs ? La Mormô les traquait parce qu'ils étaient plus sensibles aux murmures que les adultes.

Elle songeait à tous ces enfants terrifiés, arrachés à leurs familles et forcés à travailler dans une prison souterraine, quand Valian sursauta.

— Vous avez entendu ça ?

Elle tendit l'oreille et perçut un faible bruissement dans l'air, comme un léger battement d'ailes. La pelle brûlait toujours d'une lumière aveuglante.

— Je crois que je viens de piger à quoi servent les pelles extraordinaires, dit-il d'une voix étranglée. (Il leva le bras et braqua le rayon sur des ombres épaisses qui s'étaient formées à l'extrémité du hall.) Elles signalent la présence de morts.

Ivy roula des yeux affolés. Des silhouettes émergeaient peu à peu des ténèbres, certaines massives et lourdes, d'autres légères et vives. Lentement, elle sortit son yoyo en essayant d'empêcher son bras de trembler. Seb pointa une baguette.

— C'est quoi là-bas ? Des selkies ?

— Pas seulement, marmonna Valian.

Un mince tapis de poussière noire rampait au sol. Par endroits, il pelait et se hérissait de poils raides.

— Qu'est-ce que c'est ? demanda Ivy en toussant à nouveau.

— Un sphinx noir, souffla Valian. Plus il est proche, plus c'est difficile de respirer. (Il ouvrit son blouson et fouilla à l'intérieur.) Ne touchez pas les papillons. Ils sont mortels.

Il dégaina sa bonde de baignoire extraordinaire et la fit tourner au-dessus de sa tête comme un lasso. Seb hoquetait.

Un deuxième sphinx noir venait de surgir au-dessus d'un tapis roulant. Il se soulevait et se tortillait comme une araignée en colère. D'autres silhouettes sombres continuaient d'affluer.

Ivy essaya de réfléchir. Il y avait forcément une issue. À l'inverse des presse-citron extraordinaires, les plafonniers étaient alimentés par des fils électriques. Elle les suivit des yeux à travers le plafond, le long d'une colonne et constata qu'ils se terminaient dans une boîte en acier à côté d'un levier identique à celui que Seb avait actionné. À côté se découpait un grand rectangle sombre : une porte.

Elle attrapa son frère par la main.

— T'as vu ?

Il hocha la tête.

— Qu'est-ce que vous attendez ? cria Valian. Courez !

Ils détalèrent au triple galop.

— Plus vite, Ivy !

Mais les bottes en caoutchouc de la fillette n'arrêtaient pas de glisser. Les bras écartés, elle bataillait pour garder l'équilibre.

— De la vase de selkie ! hurla-t-elle.

Le sol en était inondé. Le deuxième sphinx noir venait vers eux.

— Qu'est-ce qu'on fait ?

La créature leur bloquait le passage vers la sortie. Ils étaient pris en étau.

Tremblant de peur, Seb abaissa ses deux baguettes l'une après l'autre. Une milliseconde plus tard, deux ondes de choc consécutives percutèrent le monstre, qui roula en arrière. Il lâcha un sifflement furieux tandis que les trous dans son corps se réparaient spontanément.

Ivy vit le visage de son frère se décomposer. Elle allait prendre le relais avec son yoyo, quand elle remarqua que le sphinx noir changeait de forme. Deux grandes ailes de fumée se déployèrent dans un bruit de voiles battant dans la tempête.

Seb se campa fermement sur ses jambes en marmonnant un juron.

— Ivy, fonce vers la porte !

Puis il commença à jouer le solo de sa vie avec ses baguettes extraordinaires. Le sphinx noir poussa un cri perçant.

Ivy plongea sous une table pour éviter les dangereuses ondes. Criblé de trous, le sphinx se reconstruisait continuellement. Seb se concentra sur son rythme ; les muscles de ses épaules saillaient. Chaque son agissait comme un barreau invisible, si bien que la bête restait clouée sur place – mais combien de temps Seb parviendrait-il à garder la cadence ?

— File, O.K. ? hurla-t-il à sa sœur. S'il te plaît, Ivy. Il n'y a pas d'autre solution.

La fillette se faufila entre les longues tables en refoulant ses larmes. C'est alors qu'elle reconnut un chien couleur sable qui trottinait, la truffe collée au béton.

Le chien de Selena Grimes ? Elle s'immobilisa.

L'animal jappa, puis il s'étira en bâillant. Ses pattes s'allongèrent ; ses griffes et ses crocs poussèrent. Son dos s'arrondit et ses poils prirent la couleur de la suie. Son aboiement devint plus profond. Il considéra Ivy avec des yeux d'un rouge démoniaque, les babines retroussées dans un sourire mauvais.

— Je sais ce que tu vas dire, affirma le lupin en avançant d'un pas raide. Mon déguisement est génial – se déguiser en mère-grand, c'est complètement dépassé !

Ivy se recroquevilla. Donc Selena Grimes était Aconit, la maîtresse du lupin !

La bataille faisait rage derrière elle. De lourds objets s'écrasaient sur les tapis roulants, des chaises se brisaient au sol et un bruit de siphon bouché résonnait entre les murs. *Oh non, des selkies...* Elle commençait à larmoyer à cause de leur puanteur.

En priant pour que Valian et Seb soient encore entiers, elle carra les épaules, brandit son yoyo et tenta de viser le lupin à travers ses yeux embués. Une secousse du poignet, et le yoyo se déroula jusqu'au bout de la ficelle. Tandis qu'il remontait vers sa main, deux tourbillons se détachèrent de chaque côté et foncèrent droit sur le lupin en aspirant de l'eau et de la vase sur leur passage.

Le loup les observa avec un sourire suffisant. Il se ramassa sur ses pattes arrière et sauta sur une table. Un petit cyclone lui frôla le bout de la queue, mais en dehors de quelques éclaboussures il s'en tira sans dommage. Tandis qu'il s'ébrouait, les tourbillons s'écrasèrent contre le mur du fond en libérant un grand nuage de vapeur.

— Vraiment ? se moqua-t-il. C'est tout ce que tu comptes faire pour m'impressionner ? Souffler, souffler et souffler si fort que je m'envolerai ?

Ivy lui jeta un regard noir. Elle avait clairement affaire au même lupin que la fois précédente, dans le manoir Wrench – un véritable obsédé des contes pour enfants. Elle concentra son attention sur la porte derrière lui. Si elle pouvait le contourner…

Il se lécha les babines en la fixant de ses yeux de démon.

Si seulement elle savait se servir correctement de son yoyo ! Elle devait provoquer un cataclysme qu'il ne pourrait pas esquiver.

Soudain, un cri de selkie s'éleva. Les oreilles en feu, elle gémit et se prit la tête à deux mains. Le lupin hurla, coucha les oreilles et se cacha sous une patte avant. *Le loup aussi l'entend !* Elle devait utiliser cet élément à son avantage. Elle lança son yoyo aussi vite et aussi fort qu'elle le put. L'air se mit à trembler. Elle était consciente que générer des cyclones aussi puissants dans un endroit confiné était dangereux, mais elle ne voyait pas d'autre option.

Elle fut projetée en arrière tandis qu'un double vortex quittait sa main. Les cheveux dans les yeux, elle sentit un impact au niveau de la poitrine. La violence du choc lui coupa le souffle. Elle bascula dans un tas de déchets. Des objets pointus s'enfoncèrent dans ses côtes et de la vase puante imprégna son pantalon. *Lève-toi, Ivy. Lève-toi.* L'énorme ouragan avait absorbé tout ce qui se trouvait sur sa trajectoire, même les chaises. Le lupin courait sur place, comme bloqué sur un tapis de course.

Sonnée, elle regarda autour d'elle et vit les restes d'une lourde lampe en céramique – elle avait eu de la chance de ne pas se couper. Tandis qu'elle se relevait péniblement, ses doigts effleurèrent une surface chaude. Elle chercha l'objet extraordinaire dans le fouillis qui l'entourait : il s'agissait d'une ceinture en cuir avec une boucle rouillée.

Instinctivement, elle attacha la boucle et l'éleva au-dessus de sa tête. Elle monta dans les airs – par-dessus les tourbillons et le lupin qui se démenait dans les rafales. Elle atterrit de l'autre côté, saine et sauve.

La porte était entrouverte. Résistant à l'attraction de la tornade, elle se rua dessus et l'ouvrit en grand. Sa peau fourmilla aussitôt au contact de la poignée. Elle entra dans une petite pièce baignée d'une lueur verte. Un visage familier l'accueillit.

— *Papa ?*

La créature qui ressemblait à son père sourit. Sa peau transparente pendouillait dans son cou comme un masque de cire fondue. Un éclair malicieux brillait dans ses yeux et il brandissait une brosse de toilettes extraordinaire.

— Salut, gamine. Je sais que tu te crois futée, mais si tu bouges un seul muscle, je t'aurai.

30

Ivy resta plantée là, tremblant de peur et de colère, les yeux braqués sur son père.

Enfin… sur la créature métamorphe qui lui avait volé son apparence. Son père ne la regardait jamais avec cette expression cruelle et malveillante.

Les prunelles bleues du crogne reflétaient les lumières crues de la salle des murmures, où le bruit et la fureur, loin de se calmer, s'intensifiaient. La créature s'avança vers la porte extraordinaire en salivant. Ivy la reconnaissait maintenant : c'était le panneau en acier qui donnait sur la Loge secrète, par où le lupin était sorti pour les attaquer au manoir – la porte d'Aconit.

— Gobelin ? hurla le crogne. Viens par ici. Les selkies sont de retour !

Le lupin les rejoignit. Sa fourrure était emmêlée, mais les tornades ne l'avaient pas blessé. Il sourit en passant devant Ivy.

Le crogne claqua la porte derrière lui et un silence irréel les enveloppa. Le simple souvenir du hurlement du selkie continuait de faire vibrer les tympans de la fillette. Elle ravala sa salive : si elle ne pouvait plus entendre Seb et Valian, ils ne pouvaient sans doute pas l'entendre non plus.

— Ah, on n'est pas mieux, là ? plaisanta le crogne avec un rictus ironique.

Il fit de nouveau le tour de la pièce pour venir se placer face à elle. Sa voix, dure et grinçante, rappelait le crissement des craies sur un tableau noir.

Il portait le long manteau gris et la chemise que M. Sparrow avait sur lui quand il était apparu sur le portable de Seb trois jours plus tôt. Ivy jeta un regard noir à ce sosie raté. Il ressemblait à une statue en cire loupée. Le crogne avait les cheveux gris mouchetés, les yeux bleus, le front parsemé de taches de rousseur, le nez fin et le menton un peu fuyant de son papa. Mais l'expression n'y était pas du tout ; et ses bras pendaient mollement devant lui comme ceux d'un chimpanzé, alors que le père d'Ivy se tenait toujours bien droit.

Une crainte l'envahit soudain : est-ce que l'illusion s'effritait parce que son dernier repas remontait à trop longtemps ?

— Alors, fit-il en se frottant les mains. Où est l'objet, Ivy Sparrow ? Où est le Grand Bien Extraordinaire ?

Ivy regretta de ne plus avoir son yoyo. Elle le lui aurait balancé à la figure avec plaisir.

— Qu'as-tu fait de mes parents ? hurla-t-elle.

Le lupin, Gobelin de son petit nom, ricana. Il ne cessait d'aller et venir en fouettant l'air avec sa queue.

— Ho-ho ! s'exclama-t-il en secouant la tête. Tss... tss... Ce n'était pas la bonne réponse. Dis-nous où ta grand-mère a caché l'objet. Personne n'a envie que cette situation dégénère.

— Parle pour toi, Gobelin ! lâcha le crogne, hilare.

Ivy essaya de reculer un peu en agrippant la ceinture en cuir. Elle chercha une arme autour d'elle. La pièce était ronde, avec des murs en métal, comme une énorme boîte de conserve. Il ne semblait pas y avoir d'autre issue que la porte par laquelle elle était entrée. Elle avisa un tableau de commandes électroniques avec des interrupteurs poussiéreux, des ampoules éclatées et, au milieu, une cage rotative emprisonnant un faisceau de lumière verte.

— Si tu nous dis où il est, ronronna Gobelin, tout sera fini.

— Je ne sais pas ! cria-t-elle. Je ne sais même pas de quoi vous parlez !

Le lupin rejeta la tête en arrière et rugit de rire, pendant que son complice se jetait vers la fillette. Des étincelles bleues giclaient de la pointe de sa brosse de toilettes. Elle les sentit grésiller tout près de ses joues.

— Écoute attentivement, petite fille : notre maîtresse est une femme très intelligente, mais peu réputée pour sa patience. Elle sait que l'objet est quelque part dans le sous-sol du manoir Wrench – sinon, pourquoi Jacobée serait allé fureter là-bas ? Lui as-tu fait des révélations ?

Jacobée... Elle réfléchit. Si leur maîtresse, Aconit, doutait de ce que Jacobée savait... alors ils ne pouvaient pas être associés. Au contraire, ils étaient sans doute rivaux.

Aconit et Jacobée s'efforçant chacun de s'emparer du Grand Bien Extraordinaire à la barbe de l'autre. Voilà oi ils avaient imposé une date butoir à Seb et Ivy. quête s'était transformée en course de vitesse entre eux. Elle joua au jeu des associations dans sa tête. Si Gobelin et le crogne œuvraient pour Selena Grimes, alors les selkies et les sphinx noirs travaillaient à la solde de Jacobée, *alias* l'homme en gris.

Les yeux rouges de Gobelin lançaient des éclairs.

— Pourquoi ne pas parler, Ivy ? Tu vas mourir de toute façon.

— Ainsi que tes parents, ajouta l'autre.

Elle recula en titubant, sous le choc.

— Où sont-ils ?!

Elle voulut crier, mais sa gorge écorchée n'émit qu'un faible croassement.

Le crogne agita la brosse de toilettes.

— Il est trop tard pour les sauver, petite fille.

Elle sentit des larmes perler à ses paupières et les essuya d'un geste rageur.

— Ils ne sont pas morts… du moins, pas encore, reprit-il. J'ai reçu des instructions très claires : je dois les garder en vie jusqu'à minuit ce soir. En théorie…

Il avança sur elle. Son apparence continuait de se déliter. Deux trous noirs remplaçaient à présent les prunelles bleues de son père.

— Je te donne une dernière chance de nous dévoiler sa cachette. Ensuite, bye bye.

— Je ne sais pas ! martela Ivy.

Il haussa les épaules.

— Oh, parfait ! Dans ce cas, je vais demander à ton frère. Peut-être qu'il sera sensible à mes méthodes de persuasion…

Gobelin grogna, les crocs à nu.

Ivy sentit son sang bouillir de rage dans ses veines.

— Laissez mon frère tranquille !

Elle bondit vers le crogne en faisant claquer la ceinture comme un fouet.

La créature disparut purement et simplement, et elle fonça la tête la première dans un écran d'ordinateur sombre.

Lorsqu'elle se releva, le crogne avait réapparu et, pour changer, Gobelin ricanait.

— Je crois que je ne vais pas te tuer tout de suite, finalement ; je vais plutôt te jeter dans la fosse à goule ; je préfère prendre mon temps plus tard.

La fosse à goule… Où Ivy avait-elle déjà entendu ces mots-là ?

— Ne t'inquiète pas. Tu auras de la compagnie.

Là-dessus, il fondit sur elle et lui porta un coup de brosse de toilettes au niveau du cœur.

Elle gémit, prise de convulsions. Une douleur atroce enserrait sa poitrine. Le crogne la traîna par terre ; elle perçut le grincement de barreaux métalliques et vit un éclair de lumière verte. Puis elle bascula dans le néant glacé.

31

Une lumière vert acide éblouit Ivy lorsqu'elle essaya de lever la tête. Son corps entier la faisait souffrir. Elle avait la migraine, les côtes endolories et les yeux qui brûlaient.

Elle était couchée sur un sol lisse et glacé, comme du métal. Elle le repoussa pour s'adosser au mur incurvé, et se força à ouvrir les yeux. Elle se trouvait au fond d'un fût cylindrique en acier d'environ deux mètres de diamètre. Le sommet disparaissait dans le noir. La ceinture extraordinaire gisait à côté d'elle, ainsi que deux corps recroquevillés. *Maman et papa !*

Elle se décala vers eux en prenant appui sur le mur. Le visage de sa mère était tourné vers le plafond ; elle avait les paupières closes et les cheveux collés au front par une pellicule de sueur. Elle portait son uniforme bleu d'infirmière et elle n'avait plus qu'une chaussure. Son

mari était couché en chien de fusil à côté, les manches de sa chemise retroussées, les mains couvertes de sang et gonflées. Ivy tressaillit en constatant qu'il lui manquait plusieurs ongles et que ses beaux cheveux avaient été tondus par endroits. Quand elle fut assez près, elle tendit une main tremblante pour lui toucher le bras. Sa peau était froide.

— Papa ? fit-elle d'une voix rauque. Tu m'entends ? C'est Ivy.

Il gémit et bougea légèrement la tête en battant de cils.

— Ivy ?

Des larmes ruisselaient sur les joues de sa fille. Elle lui serra le bras.

— Ne t'inquiète pas. Je vais te sortir d'ici… Je t'aime, papa ; tu vas t'en sortir, je te le promets.

Elle se tortilla jusqu'à sa mère et dégagea les cheveux de son visage. Sa peau était plus chaude, mais elle avait une méchante bosse sur le crâne et refusait d'ouvrir les yeux.

— Maman ? renifla Ivy. Maman ? Ça va aller. On va sortir d'ici.

Elle étudia rapidement les murs en cherchant une fissure qui pourrait lui servir de prise.

Allez, allez…

Malheureusement, les parois étaient parfaitement lisses. Elle tâta les poches de son jean. Ses doigts picotèrent quand elle trouva le bouton que Violette lui avait offert la veille. Elle prit le petit disque d'ivoire dans sa paume. Il ne les sortirait pas d'ici, mais, d'après Violette, il pouvait au moins restaurer la santé de ses parents. Elle compta les trous au centre du bouton : trois. Trois trous pour trois utilisations.

Elle le glissa soigneusement dans la poche de poitrine de sa mère. À son grand soulagement, celle-ci bougea presque aussitôt. Ses yeux bleus s'ouvrirent en cillant. En revanche, elle semblait encore trop faible pour parler. Elle lui tapota la joue, reprit le bouton et le rangea cette fois dans la chemise de son père. Elle remarqua que sa mère l'observait avec un regard éteint. Soudain, sa vision se brouilla. Elle secoua la tête, mais cela ne fit qu'aggraver les choses. Son esprit était embrumé, comme si son cerveau tournait au ralenti. Elle perdait le contrôle sur ses pensées. Le sommeil l'appelait. Les événements des deux derniers jours s'écoulèrent un à un de sa conscience, ne laissant derrière eux que le désert froid et noir d'une nuit sans lune…

— Ivy ?

Ivy. Il est joli, ce prénom.

— Ivy ? Tu m'entends ?

Ça recommence.

— Oh, flûte. Peut-être que ça n'a pas marché. Ivy, c'est maman. Réveille-toi ; reviens à nous.

Je connais cette voix...

— Ivy, écoute-moi ! reprit la voix d'un ton plus sévère. Ouvre les yeux !

Elle battit des cils. Un visage flou se détachait sur un fond vert : de grands yeux clairs, des cheveux châtains ternes et une bouche plissée.

— Ivy ? Ma puce ?

Ce visage comptait pour elle, elle le savait. Son mal de crâne la fit grimacer. Qui était cette personne ? Elle devait s'en souvenir. Il le fallait.

Et puis...

— Maman ?

— Ivy ! s'écria sa mère, luttant pour se redresser.

Ses joues avaient repris un peu de couleur, mais ses épaules tremblaient.

La fillette regagna d'un coup sa lucidité, comme si elle venait de remonter à la surface de l'océan après une longue apnée en profondeur.

Le crogne... La fosse à goule...

Elle se rappelait maintenant pourquoi ces mots lui étaient familiers. Elle avait vu une fosse à goule au poste de l'Intergarde. Scratch lui avait expliqué qu'on les utilisait pour effacer la mémoire des bouseux. Ainsi, quand ils quittaient Londinor, ils n'avaient même pas conscience d'avoir quitté le monde des Ordinaires.

Ivy devait résister à cette lumière verte qui la désorientait et se forcer à retenir ses souvenirs. Elle regarda sa mère, puis son père, qui remuait lui aussi. Elle essaya de se représenter les visages de Seb et de Grand-Mère Sylvie ; de tous ses amis au collège, de ses profs préférés. Elle se rappela Valian, les selkies, le sphinx noir et le lupin. Tremblante, elle prit la main de sa mère et l'aida à s'asseoir. Puis elle se pencha pour la prendre dans ses bras en versant des larmes de soulagement.

— Maman ! (Elle renifla et s'écarta.) Maman, j'ai besoin que tu me fasses confiance et que tu suives mes instructions. Tu crois que tu peux tenir ça sans le lâcher ?

Elle lui tendit la ceinture de pantalon extraordinaire.

Les rides d'inquiétude qui barraient le front de sa mère s'accentuèrent, mais elle s'exécuta.

Ivy sourit faiblement et s'approcha de son père en se tortillant. Lui aussi avait meilleure mine. Elle plongea les doigts dans la poche de sa chemise pour récupérer le bouton.

— Il n'est plus là, dit sa mère.

— Quoi ?

— Le bouton. J'ai vu ce que tu avais fait avec pour ton père, et comme tu ne reprenais pas connaissance, je l'ai mis dans ta poche.

Ivy chercha sur elle et trouva en effet le petit cercle d'ivoire. Tandis qu'il chauffait la paume de sa main, les picotements dans ses yeux disparurent et la douleur dans son crâne commença à refluer. Déjà ses jambes lui semblaient plus solides. Bientôt elle pourrait se lever. Le remède de Violette fonctionnait.

— Il va falloir qu'on porte papa ensemble. La ceinture fera le reste. Ça va marcher – mais surtout ne lâche pas.

Sa mère la dévisageait avec des yeux cernés et injectés de sang, et néanmoins pleins de confiance. Elle hocha la tête et saisit fermement la ceinture.

Ensemble, elles mirent M. Sparrow en position assise.

— Ivy ? murmura-t-il.

Elles glissèrent leurs bras autour de sa taille et se cramponnèrent l'une à l'autre. Toute la famille puait le selkie. Mais Ivy s'en fichait. Ses parents étaient vivants. C'était tout ce qui comptait.

— Maintenant, maman, essaie de lever la ceinture au-dessus de ta tête.

Dans son souvenir, les ceintures pouvaient soulever sans effort. Même très fatiguées, elles devraient y arriver.

Ils s'élevèrent à la verticale, sans à-coups. Un courant d'air froid soufflait à travers leurs cheveux. Quand ils s'approchèrent du sommet du fût, Ivy aperçut la cage rotative – un objet flou et gris qui tournait en ronronnant sous les rayons verts. Elle se demanda ce qui les attendait derrière les barreaux.

La cage s'immobilisa en grinçant. Une ombre se déplaçait derrière. Apeurée, elle tenta de s'en éloigner en se tortillant.

— Maman, papa, tenez bon !

Une main jaillit entre deux barreaux et la saisit brutalement au collet. Elle reconnut les gants noirs cloutés. Le visage sévère de leur propriétaire émergea des ombres à son tour : une peau lisse et pâle, un long nez droit, des lunettes sombres, des lèvres fines et blanches…

L'inspecteur Smokehart.

Ivy s'effondra sur le sol froid aux côtés de ses parents. Elle était de retour dans la pièce qui lui faisait penser à une boîte de conserve – celle avec tous les vieux moniteurs et les tableaux pleins de boutons. Sa vision était floue. Les traits déformés de l'inspecteur Smokehart tremblaient sous ses yeux. Elle entendait sa voix, mais ses paroles étaient décalées par rapport aux mouvements de ses lèvres.

— … personne d'autre ici. Le garçon a dû être averti de notre arrivée et il s'est enfui. (Il parlait à l'agent trapu et rougeaud qui l'accompagnait partout.) Faites préparer des sacs pour les adultes et deux sifflets extraordinaires prêts à l'emploi. Il faut leur effacer la mémoire avant de les ramener au poste.

Leur effacer la mémoire… ? Ivy ne voulait même pas imaginer les conséquences que cela aurait. Elle ne les laisserait pas faire – il s'agissait de ses parents ! La tête lui tournait. Elle chercha Seb et Valian des yeux. Ils n'étaient là ni l'un ni l'autre.

— Inspecteur, voulez-vous que j'envoie une plume express au poste ? On pourrait demander des renforts pour fouiller le reste du manoir ?

Smokehart se raidit.

— Non, je vais m'en occuper personnellement. Je le fouillerai moi-même de fond en comble.

Ivy tenta de déglutir, mais sa bouche était trop sèche. Elle croassa quelques mots :

— Que… s'est-il… passé ?

Smokehart s'approcha presque au ralenti. Elle vit les verres sombres de ses lunettes grossir dans son champ de vision.

— Tu m'entends ?

Il semblait surpris. Elle réussit à hocher la tête.

— Dans ce cas, siffla-t-il, laisse-moi te mettre au parfum. (Il s'accroupit à sa hauteur, les lèvres retroussées dans un rictus mauvais.) Quand ton frère et toi vous êtes échappés du carrosse, j'ai pensé que vous pourriez rejoindre Valian Kaye, alors je l'ai traqué. Je vous ai retrouvés tous les trois à côté de cette fontaine. Quand vous avez ouvert la porte secrète du manoir Wrench, j'ai d'abord cru à une hallucination ! Je me suis faufilé derrière vous, je vous ai laissés partir devant et j'ai rouvert le portail pour faire entrer mon agent.

Ivy fronça les sourcils. Elle se demanda comment Smokehart avait pu se glisser derrière eux sans qu'ils s'en aperçoivent. Il dut lire sa question dans son regard, car il baissa lentement ses lunettes noires en souriant.

Ivy eut un mouvement de recul.

Les orbites de Smokehart étaient vides – non, pas tout à fait, en réalité. Il avait à la place des yeux un cône de poussière noire tourbillonnante. Cette vision d'horreur la glaça.

— Je suis mort, déclara-t-il d'un ton détaché. Je fais partie du peuple des Eyre, pour être plus précis. Nous faisons d'excellents intergardes. Nous sommes forts, rapides et, comme nombre de morts, capables de disparaître. C'est pourquoi tu ne m'as pas vu passer tranquillement *à travers* le portail.

Un frisson parcourut l'échine de la fillette. Elle aurait dû s'en douter.

— Dans le manoir, une piste d'empreintes animales nous a conduits jusqu'à une porte au sous-sol, continua Smokehart. Nous avons compris qu'elle était extraordinaire parce qu'elle s'ouvrait sur une pièce différente chaque fois.

Ivy se demanda si Seb et Valian avaient survécu au combat contre les sphinx noirs et les selkies dans la salle des murmures. Smokehart l'ignorait sans doute.

Elle se tourna vers ses parents. Sa mère était avachie contre le mur, la tête penchée sur le côté, les paupières closes et le corps immobile. Son père bougeait faiblement ; il essayait de s'asseoir.

— Mes parents… dit-elle d'une petite voix étouffée. Vous allez les aider ?

Elle sentit le souffle glacé de l'inspecteur sur sa joue. Il jeta un coup d'œil à l'agent pour s'assurer qu'il était occupé.

— Oh, ne t'inquiète pas pour tes parents, Ivy Wrench. J'ai l'intention de les garder bien au chaud au poste. Et dès que ton frère et toi serez enfermés avec eux, il est possible que je libère ta mère, eu égard à sa condition de bouseuse. Mais si vous essayez encore de m'échapper, alors tes parents risquent de rencontrer des codétenus, disons… intéressants.

— Quoi ?

Ivy comprit qu'il était inutile de lui parler du réveil extraordinaire.

— Alors ? cria Smokehart. Les transports sont prêts ?

L'agent s'efforçait de dégager deux morceaux de plastique gris de sa ceinture porte-outils.

— J'y suis presque, inspecteur.

Un seau coincé dans l'embrasure maintenait la porte extraordinaire ouverte. Ivy devinait une pièce sombre du manoir Wrench de l'autre côté. Smokehart soupira de plaisir.

— Cette maison est restée hors d'atteinte pendant plus de quarante ans, mais ce temps-là est révolu. Les événements de la nuit des Rois 1969 seront bientôt élucidés. Je découvrirai comment les Wrench ont disparu, où ils ont atterri, quels étaient leurs véritables motifs et identités. Plus de mystère. Plus de mensonge. La vérité sera révélée, l'ordre restauré et la loi enfin respectée.

Ivy se détourna. Smokehart était encore loin de connaître la vérité vraie…

Quelque chose scintilla dans l'angle de son champ de vision. En tournant la tête, elle découvrit une plume qui voletait dans l'air et griffonnait un message devant l'agent.

— Euh, inspecteur, Lady Selena Grimes veut savoir ce qu'on a trouvé ici. Elle demande s'il y a quoi que ce soit à signaler et si elle doit s'inquiéter pour la sécurité des brocanteurs.

Il regarda nerveusement Ivy et ses parents.

— Répondez-lui qu'on a mis la main sur la fugitive dans des circonstances accablantes et que nous l'emmenons immédiatement au poste, ainsi que ses parents. Tout est sous contrôle.

L'agent hocha la tête avec enthousiasme et rédigea sa réponse.

Ivy grinçait des dents. Si Smokehart savait ! *Selena Grimes est Aconit. Elle appartient à la Mormô !* Elle se rappelait ses manières obséquieuses vis-à-vis de l'intendante – il s'inclinait devant ses ordres et craignait de la contrarier. Elle l'avait amadoué, comme elle avait emberlificoté tout le monde. En tant qu'intendante du quartier des Morts, Selena Grimes menait Londinor à sa guise. Ivy se demanda en frissonnant si d'autres membres de la Mormô occupaient des positions importantes.

Smokehart lui prit le bras avec sa main gantée.

— Pas de trombone cette fois. Je vais personnellement te tenir à l'œil ; comme ça, je suis sûr que tu ne t'évaderas pas. (De son autre main, il désigna ses parents.) Qu'on les mette en sac !

Voyant son père se redresser, Ivy hurla :

— Papa ! Papa !

— Ivy ? murmura-t-il. C'est toi ?

L'agent s'avança ; il tenait un gros sifflet en laiton au bout d'une chaîne dorée. Il se pencha près du père d'Ivy et lui siffla dans l'oreille. L'objet ne produisit aucun bruit, mais M. Sparrow se figea. Ses yeux devinrent vitreux.

— Laissez-le tranquille ! cria-t-elle.

Elle se débattit de toutes ses forces, mais Smokehart la tira en arrière si fort qu'elle crut qu'il allait lui arracher le bras.

— Assurez-vous d'effacer tous les souvenirs des deux derniers jours, ordonna l'inspecteur. Je ne veux pas qu'un seul en réchappe. Il est de notre devoir de protéger tous les secrets extraordinaires.

Après avoir compté quelques secondes, l'agent changea d'oreille et répéta le processus. Le père d'Ivy ferma lentement les yeux, comme s'il glissait dans un sommeil agréable. L'inspecteur utilisa le sifflet de la même manière sur la mère d'Ivy. Ensuite, il ouvrit la fermeture Éclair de deux grands sacs en plastique gris. Les mots HOUSSES MORTUAIRES étaient imprimés sur le côté. Il traîna la mère d'Ivy dans le premier.

Ivy l'observa, horrifié. Le corps de sa mère n'offrait aucune résistance. Elle regretta de ne pas lui avoir redonné le bouton de Violette ; les effets positifs du traitement semblaient se dissiper.

Sitôt que l'agent eut remonté la fermeture Éclair, le tissu devint tout plat, comme si le corps avait disparu. Pendant qu'il s'occupait du père, Smokehart désigna la porte.

— Veillez bien à ce qu'elle ne se referme pas, rappela-t-il à son agent. Je n'ai pas envie de perdre encore cinq heures à trouver l'entrée.

Ivy fut prise de nouveaux vertiges. *Cinq heures ? Comment…*

— Quelle heure est-il ? demanda-t-elle.

Elle imagina les aiguilles du réveil extraordinaire qui se rapprochaient dangereusement de minuit, l'heure à laquelle ses parents allaient mourir. Elle revoyait les mots de la Mormô tracés par cette plume noire : « *Tic tac*, l'horloge tourne. »

— Un peu plus de onze heures, l'informa Smokehart d'un ton cassant. Donc, d'après mes calculs, il te reste moins d'une heure à te morfondre dans la cellule et ensuite… Bonne année !

Elle sursauta.

— Bonne année… ?

— Oh, ne me dis pas que tu n'as pas déjà compris ? se moqua-t-il. Tu es restée coincée dans cette fosse à goule pendant plus de quatre heures.

32

N*on… Non, c'est impossible.*

Smokehart la traîna de l'autre côté du portail en tenant ses deux poignets serrés dans une seule de ses puissantes mains. Maintenant qu'elle savait qu'il était mort, son allure de robot ne la surprenait plus.

Les portes se refermèrent bruyamment derrière elle. Ils venaient d'émerger dans une rue ombragée. L'endroit grouillait d'intergardes. Des agents grattaient le ciment sur le mur de brique. Un brigadier avait prélevé une poignée de feuilles dans la cuvette de la fontaine, tandis qu'un autre tâtait la clôture métallique.

Ivy était percluse de douleurs, mais elle essayait de ne pas y penser. *Il est presque minuit*, se dit-elle, le ventre noué. *Le temps presse.*

Jacobée et Selena Grimes couraient toujours en liberté, et dans moins d'une heure ses parents seraient morts si elle n'agissait pas. N'ayant aucune information sur le sort de Seb et de Valian, elle ne pouvait compter que sur elle-même.

Smokehart la tira dans la rue. Elle devait tromper sa vigilance et trouver un moyen de filer. *Il a forcément une faiblesse. Tout le monde a un talon d'Achille.*

Quelques intergardes lui adressèrent la parole en chemin.

— Félicitations, inspecteur, dit l'un d'eux en se raidissant. J'ai hâte de lire votre rapport sur la nuit des Rois.

Smokehart s'arrêta pour répondre, mais sans relâcher sa poigne.

— Comme je l'ai toujours répété, la clé de tout ce mystère réside dans ce qui s'est passé au manoir cette nuit-là…

Ivy connaissait au moins une partie de l'histoire. Violette Binocle était venue déposer les objets qu'elle avait dénichés pour les Wrench. Elle se demandait maintenant si elle avait pu passer à côté d'indices essentiels cachés dans les détails du récit de Violette.

Tout à coup, une sirène assourdissante se déclencha. Ivy ignorait d'où venait le bruit, mais il était presque aussi désagréable qu'un cri de selkie.

— Oh, pas maintenant… grommela Smokehart.

— Inspecteur ! cria un intergarde. C'est l'alarme de M. Punch. On doit se rendre immédiatement sous la croix de la place du Marché.

— Je sais, je sais. Assurez-vous de tout laisser en place. Pas question de trifouiller les preuves ! (Il jeta un regard noir à Ivy.) Toi, tu restes avec moi. N'oublie pas que j'ai tes parents.

Quelques secondes plus tard, les trottoirs fourmillaient d'Extraordinaires. Smokehart exigeait en hurlant qu'on le laisse passer et, globalement, les gens obéissaient. Mais Ivy savait qu'elle tenait une occasion de s'enfuir. Il fallait seulement qu'elle parvienne à desserrer un peu ses poings.

La foule se massa à un carrefour, avant de bifurquer sur le Gantelet. L'inspecteur était bousculé de tous les côtés. Ivy remarqua que de minuscules points cramoisis perlaient sur la peau pâle de son cou. Cela s'était déjà produit plusieurs fois. Elle n'avait aucune idée de ce qui provoquait cet étrange phénomène. Le *Guide Farrow* mentionnait le peuple des Eyre, seulement elle ne se souvenait pas de ce qu'il disait précisément…

En distinguant un grondement de sabots derrière eux, Smokehart se retourna et découvrit son second sur le siège du cocher.

— Que faites-vous ici ? s'emporta-t-il. Vous êtes censé être dans le manoir. Qui va nous faire rentrer ?!

Des petits points écarlates fleurirent sur son visage.

— Mais j'ai entendu la sirène, se justifia l'agent. C'est la loi. On est obligé de venir, non ?

Ivy faillit tourner de l'œil quand l'information contenue dans le *Guide Farrow* lui revint enfin : les Eyre sueffrayaient sous le coup d'une émotion – ils transpiraient du sang. Une réaction que Smokehart ne pouvait pas contrôler. En conséquence, les paumes de ses mains glissaient…

Elle réfléchit un instant. Smokehart détenait ses parents et elle ne doutait pas un instant que ses menaces étaient sérieuses. D'un autre côté, les menaces de la Mormô étaient bien réelles, elles aussi, et infiniment plus dangereuses. Après avoir vu la salle des murmures, elle savait de quoi ils étaient capables. Il en allait de la sécurité de tous à Londinor, et même au-delà.

Sa décision était prise.

Smokehart, furieux, transpirait à grosses gouttes. Un fluide écarlate coulait sur les doigts d'Ivy.

— Qu'avez-vous fait ? fulminait-il, tandis que l'agent se ratatinait sur son siège.

Soudain, Ivy tira de toutes ses forces sur ses poignets et se libéra. Elle plongea sans tarder dans la foule et traversa la rue en se faufilant parmi les brocanteurs comme une anguille. La voix froide de Smokehart s'éleva par-dessus le brouhaha :

— Tes parents, Ivy Wrench ! Songe à tes parents !

Elle pleurait à chaudes larmes en s'enfuyant loin, le plus loin possible de Smokehart. Quand elle estima avoir mis assez de distance entre eux, elle s'arrêta sur le seuil d'une boutique vide pour reprendre son souffle.

Elle croyait presque entendre le tic-tac du réveil dans la chambre de Valian. Le seul moyen de sauver ses parents à temps consistait à stopper la Mormô. Si ces monstres s'emparaient du Grand Bien Extraordinaire, des calamités s'abattraient sur Londinor et le reste du monde. Elle devait le trouver avant eux. Grand-Mère Sylvie avait dû quitter Londinor avec pendant la nuit des Rois. Il restait un peu moins d'une heure à Ivy pour découvrir où elle l'avait caché.

— Violette était dans le manoir ce soir-là, murmura-t-elle en repassant les indices dans sa tête.

Son intuition lui soufflait de retourner parler à Violette. La marchande de boutons serait sans doute sur la place du

Marché à cette heure-ci, avec tous les autres. Y compris Smokehart.

Si seulement Seb et Valian étaient là, pensa-t-elle. Ils seraient sûrement de bon conseil. Peut-être avait-elle le temps de jeter un œil au-dessus du Bazar Farfeluche Hoff & Winkle, au cas où ils seraient rentrés chez Valian ? Elle pesa le pour et le contre…

Il n'y avait pas une seconde à perdre.

33

La tension était palpable sur la place du Marché. Les Extraordinaires bavardaient à voix basse.

Assourdie par les hurlements de la sirène, Ivy se fraya un chemin au milieu des cottes de mailles, des manchettes en dentelle et des crinolines. La foule était rassemblée en cercle autour de la grande croix. Elle repéra des visages familiers, mais pas de Violette. Ethel et M. Littlefair se tenaient debout derrière une famille vêtue de kimonos ; Johnny Hands se fondait parmi un groupe de brocanteurs coiffés de sombreros ; et Albert Merribus, dont les cheveux blancs se dressaient sur le crâne comme s'il venait de recevoir une décharge électrique, attendait à proximité d'une poignée d'intergardes. Ces derniers arboraient des galons argentés sur les épaulettes et les lettres DS brodées au revers de leurs vestes. *La Division Spéciale*, comprit

Ivy. Elle remarqua avec angoisse que Selena Grimes était invisible.

Au milieu de la place se dressait une table en bois sur laquelle était placée une énorme coquille d'huître. L'assistance se tut et la coquille se ferma en avalant la sirène vrombissante.

Ivy se haussa sur la pointe des pieds. Un homme extrêmement grand, avec une queue-de-pie rouge de Monsieur Loyal et un haut-de-forme noir, occupait le centre de l'attention. Un nom circulait dans les rangs.

— M. Punch…

— C'est M. Punch…

— … le gardien de Londinor.

Elle l'étudia avec curiosité. Alors voilà l'homme qui avait ravi à Octavius Wrench le poste d'intendant de la Grande Grotte lors de la nuit des Rois 1969.

Sauf que… ça ne colle pas. Il devrait être beaucoup plus vieux. Ce M. Punch avait un visage juvénile, un corps mince, des épaules larges et une barbe rousse. Une lueur d'intelligence brillait dans ses yeux. Ivy éprouva un drôle de sentiment de déjà-vu en remarquant leur couleur bleu-vert…

M. Punch porta une conque à ses lèvres.

— Je vous remercie de vous être rassemblés ici aussi vite. J'ai peur de devoir partager des nouvelles inquiétantes. (Sa voix était si profonde et puissante qu'elle faisait vibrer la poitrine d'Ivy comme un tambour.) Hier, ainsi que le savent la plupart d'entre vous, une marchande a été attaquée par un sphinx noir – une créature que nous n'avions pas vue depuis de nombreuses années. Il y a quelques heures, on m'a rapporté la présence d'ombres en train de se rassembler devant les Grandes Portes. (Il toussota et pivota pour faire face à une autre partie du public. Alors son visage changea – sous les yeux médusés d'Ivy, sa barbe devint bouclée, sa peau plus sombre et son chapeau disparut.) D'après nos enquêteurs, des selkies et des sphinx noirs ont transité dans les terminaux d'arrivée, où ils ont saboté les filtres à air.

L'assistance se mit à marmonner. Ivy fronça les sourcils. Jacobée – l'homme en gris – contrôlait les selkies et les sphinx noirs. C'était lui qui avait manigancé tout ça. Elle se demanda quelles étaient exactement ses intentions.

— Nos ingénieurs font de leur mieux pour les réparer, continua M. Punch, mais, en attendant, je suis obligé d'insister pour que tous les Extraordinaires vivants restent à Londinor. L'air à l'extérieur des Grandes Portes est toxique et, pour l'instant, il est trop dangereux de sortir.

Ivy frémit. Jacobée voulait piéger tout le monde à l'intérieur de Londinor !

— Comme vous le savez, le CAE interdit la vadrouille-en-sac à partir des grottes situées à l'intérieur des Grandes Portes, donc nous sommes tous coincés ici jusqu'à ce que la situation soit réglée.

M. Punch se tourna de nouveau, et cette fois son visage entier mua – la forme de son nez, de ses lèvres, de son front… Ivy se frotta les yeux. Peut-être qu'elle souffrait d'effets secondaires dus à son enfermement dans la fosse à goule.

L'intendant s'éclaircit la gorge.

— L'Intergarde a toute ma confiance, je sais qu'elle appréhendera bientôt ces saboteurs. Il est possible de leur envoyer des plumes express vingt-quatre heures sur vingt-quatre. Si vous voyez quoi que ce soit de suspect, je veux que vous le rapportiez immédiatement. M. Merribus a généreusement offert la gratuité des plumes express pour ces prochains jours.

Ivy vit Merribus hocher la tête.

— Nous vivons des temps incertains, reprit M. Punch, qui venait de prendre l'apparence d'un monsieur plus âgé en costume de flanelle grise. Je vous demande à tous de faire preuve d'une grande vigilance et de veiller les uns sur les autres. Nous avons déjà fait face à des menaces, et nous les avons vaincues. Nous sommes plus forts quand nous nous serrons les coudes et que nous nous faisons confiance. J'aimerais que personne ne l'oublie.

Ses dernières paroles résonnèrent pendant un long moment, puis il salua ses administrés d'un signe de tête et il se détourna.

Ivy le regarda partir en s'interrogeant sur ce qu'il pensait vraiment. En tant que gardien de Londinor, il devait forcément soupçonner la Mormô d'être à l'œuvre. S'était-il renseigné sur leur arrestation, à Seb et elle-même, après l'attaque du sphinx noir de la veille ? Et que comptait-il faire à ce sujet – à supposer qu'il compte faire quoi que ce soit ?

La foule se dispersa en traînant les pieds et en commentant les nouvelles. Ivy se dévissa le cou en cherchant le meilleur itinéraire pour éviter les intergardes. Soudain, elle repéra une touffe de cheveux blancs floconneux sous un bonnet.

Violette.

— Violette, par i… !

Elle se rappela *in extremis* qu'elle avait intérêt à ne pas attirer l'attention.

La marchande de boutons se retourna à l'arrivée d'Ivy. Elle portait deux paires de lunettes – l'une cassée, l'autre couverte de buée. Elle semblait plus ou moins remise de l'attaque du sphinx noir, mais elle garderait ses égratignures pendant quelques jours.

— Ivy ? murmura-t-elle. Je croyais que tu avais été arrêtée.

— C'était le cas. Écoutez, il faut que je vous demande quelque chose.

Violette jeta un coup d'œil alentour avec méfiance.

— Il vaut mieux parler ailleurs : l'Intergarde doit te rechercher.

Elle conduisit Ivy loin de la foule, derrière une rangée de kiosques vides.

— Je suis vraiment désolée pour hier. Nous le sommes tous. Nous n'aurions pas dû laisser Smokehart vous emmener tous les deux comme ça ; c'était monstrueux de notre part. (Elle remonta ses lunettes cassées sur son nez.) J'étais tellement secouée par… par ce…

— Ne vous en faites pas pour ça. Je voudrais vous parler de la nuit des Rois 1969. C'est important.

Violette plissa les yeux.

— D'accord. Mais j'ai déjà raconté tout ce que je savais aux intergardes et ça ne les a pas aidés.

Ivy espéra qu'elle avait omis un détail. Elle était déjà allée dans le manoir ; elle connaissait l'entrée de la fontaine et la distribution des pièces à l'intérieur. Peut-être que ça lui serait utile.

— Pouvez-vous me raconter ce qui s'est passé quand vous êtes allée dans le manoir Wrench cette fois-là ? Qu'avez-vous vu, *exactement* ?

La vieille dame ôta ses lunettes et fronça les sourcils.

— Sylvie m'a accompagnée en haut de la colline. Nous sommes entrées dans la maison. Octavius n'était pas là, parce qu'il attendait les résultats de l'élection sur la place du Marché. Donc, pour la première fois, j'ai donné mon butin à Helena Wrench, son épouse. Helena était une femme très aimable. Je me souviens qu'elle m'a proposé un Amiral – une boisson de la haute, le genre de chose qu'ils boivent dans le quartier Ouest. Je n'en avais jamais goûté. (Elle sourit.) Et je n'en ai plus jamais bu depuis.

Ivy essaya de se représenter la scène : Helena Wrench, avec ses yeux bleus tristes, accueillant Violette. Le visage de sa mère était un des premiers souvenirs qui soit revenu à Grand-Mère Sylvie. Cela avait peut-être plus d'importance qu'elle ne l'avait cru au début.

Violette continua dans un filet de voix :

— Helena m'a conduite dans l'immense salle à manger – il y avait des chandeliers sur la table, des lustres au plafond, des peintures à l'huile terrifiantes accrochées aux murs. Mais elle a quand même réussi à me mettre à l'aise, contrairement à Octavius. Il me regardait toujours de haut. J'avais un vieux sac en toile de jute que j'utilisais pour collecter les objets. Il le détestait ; il ne le trouvait pas assez élégant. Helena était gentille avec moi. Elle… Cette nuit-là, elle avait une drôle d'expression. Quand je lui ai donné mon sac, elle l'a tout de suite lâché, comme si je lui avais jeté une patate chaude. J'ai cru que j'avais fait une bêtise, parce qu'elle m'a demandé de partir aussitôt ; elle m'a presque poussée dehors. Je n'ai même pas eu le temps de ramasser mon sac. Sylvie ne comprenait pas ce qui lui avait pris. Après m'avoir raccompagnée à la grille, elle est retournée à l'intérieur pour voir si sa mère allait bien. Je ne l'ai plus jamais revue.

Ivy, immobile, avait le regard perdu dans le lointain. *Une patate chaude…* Elle connaissait cette sensation.

— Quelqu'un d'autre vous a vues ? Y avait-il une autre personne dans le manoir ?

Violette fronça les sourcils.

— Un des frères de Sylvie était là, je crois ; il mettait le couvert. Cheveux blonds, un peu corpulent.

Ivy se remémora le portrait de famille dans le manoir Wrench. Elle dut s'accrocher au bras de Violette pour ne pas tomber à la renverse lorsque la vérité lui apparut…

Lui. C'était lui depuis le début.

34

Les lumières étaient allumées derrière les vitres sales du Bazar Farfeluche Hoff & Winkle. Ivy avait pris le risque d'interroger plusieurs cloches de rue en chemin pour s'assurer qu'elle allait dans la bonne direction. Elle contourna le bâtiment par l'arrière à toutes jambes, se glissa en haut de l'escalier et se planta devant la porte de la chambre de Valian. Il n'y avait pas un bruit à l'intérieur.

Elle ferma les yeux. Si Seb n'était pas là, elle ne devait pas désespérer. De toute façon, elle n'avait pas le temps de se lamenter. Et puis cela ne signifierait rien – seulement qu'il n'était pas revenu. Elle devait aller de l'avant et sauver leurs parents, quoi qu'il arrive.

Elle rouvrit les paupières et toqua légèrement.

Silence.

Et puis…

— Ivy ?

C'était Valian.

Le cœur d'Ivy s'emballa. La porte s'entrouvrit, et derrière la silhouette maigre du dénicheur elle devina une autre personne.

— Seb ? murmura-t-elle d'une voix pleine d'espoir.

Son frère se leva du lit et s'avança dans la lumière. Il avait le visage couvert d'écorchures rouges et enflées, et les cheveux en bataille. Lorsqu'elle se pendit à son cou, elle entendit Scratch pousser un cri de joie.

— Tu es vivante ! sanglota Seb. On ne savait pas ce qui s'était passé.

Bouleversée, elle inspira et expira à fond plusieurs fois pour se calmer. *Il va bien...* Comme elle le serrait de toutes ses forces, il grimaça de douleur. Elle s'écarta.

— Tu vas bien ? Et toi, Valian ?

— On a bien failli y passer, répondit celui-ci avec gravité. On a résisté aussi longtemps qu'on a pu. J'ai cru que tout était perdu.

— Moi aussi, renchérit Seb. Et puis la sirène des intergardes a résonné dans le manoir et les morts ont... disparu, d'un coup. Comme s'ils étaient épouvantés. (Il sourit tristement.) T'imagines l'ironie ?

— Tu peux être fière de ton frère, dit Valian. Il a été génial avec ses baguettes. On aurait dit qu'il s'était entraîné toute sa vie. Je n'aurais pas survécu sans lui.

Seb lui donna une tape sur l'épaule.

— Aucun de nous deux n'aurait survécu sans l'autre. On s'est bien débrouillés – on a formé une vraie équipe.

Ivy sourit. C'était chouette de savoir qu'ils n'étaient pas seuls et qu'ils pouvaient compter sur quelqu'un.

— Ivy, reprit Seb, il reste peu de temps. Maman et papa...

— Smokehart les détient au poste. Je les ai trouvés après avoir traversé la porte de la salle des murmures.

Elle prit le réveil extraordinaire, qui était posé à côté de Scratch sur le lit. Le tic-tac résonna dans tout son corps. Son pouls s'accéléra. Les aiguilles noires se rapprochaient dangereusement de minuit ; il ne leur restait plus qu'une demi-heure.

— Je crois que je sais comment les sauver, annonça-t-elle. Venez, je vous expliquerai en chemin.

Ils enfilèrent les ruelles de Londinor à toute vitesse. La place du Marché était toujours animée, mais, plus loin, les rues étaient sombres et désertes : les gens s'étaient sans doute retirés chez eux après l'annonce de M. Punch. Des volutes de brume s'enroulaient autour de leurs jambes et une odeur étrange de moisi flottait dans l'air.

— *Selena Grimes !* s'exclama Valian après avoir écouté le récit d'Ivy. Tout le monde sait que c'est une goule – mais *Aconit* ? (Il se frotta le menton.) J'aurais dû m'en apercevoir plus tôt. Elle était intendante quand Rosie a disparu. Elle a trompé tout le monde. (Son visage s'enflamma.) Personne ne nous croira. Lady Grimes, membre de la Mormô ? Vous savez, il faudra des preuves solides avant d'essayer de convaincre l'Intergarde. Cette révélation va faire l'effet d'une bombe.

Ivy savait qu'il parlait d'expérience.

— Au moins, *nous*, on sait qui elle est vraiment.

Seb fit glisser ses baguettes hors de ses manches.

— Donc ils sont en concurrence pour savoir qui trouvera le Grand Bien Extraordinaire le premier… Comment as-tu découvert qui était Jacobée ?

— Violette a raconté quelque chose à propos d'Helena Wrench qui m'a rappelé la façon dont moi, je réagis chaque fois que je touche un objet extraordinaire. Scratch m'a expliqué que le don se transmettait de façon héréditaire, donc c'est assez logique que notre arrière-grand-mère, Helena, ait été une chuchoteuse, comme moi. (Elle tourna à l'angle d'une rue.) Cette nuit-là, en 1969, Violette a apporté quelque chose d'incroyable à Helena ; un truc si puissant que celle-ci l'a lâché sitôt qu'elle l'a touché. Ça a dû lui faire peur. Violette n'a aucune idée de ce que c'est, bien sûr – elle ne s'intéressait déjà qu'aux boutons à l'époque.

Seb s'arrêta.

— Ce serait un des Grands Biens Extraordinaires ?

Valian semblait soufflé.

— Tu plaisantes.

Ivy secoua la tête d'un air grave.

— Helena a compris à quel point il pouvait devenir dangereux s'il tombait en de mauvaises mains ; celles de son mari, par exemple. Elle devait le soupçonner d'appartenir à la Mormô.

— Elle avait sûrement peur de lui, ajouta son frère. Elle a certainement été forcée de cacher son don de chuchoteuse, puisque la Mormô dirigeait des salles des murmures.

— Exactement, acquiesça-t-elle. Helena ne pouvait pas prendre le risque de le laisser trouver l'objet. Peut-être qu'elle a tenté de le détruire ? Si c'est le cas, ça n'a pas marché. Elle devait l'éloigner, le cacher dans un endroit où personne ne le trouverait.

— Et elle l'a donné à Grand-Mère, conclut-il. Elle le lui a confié le soir même en lui demandant de disparaître avec.

Voilà pourquoi Grand-Mère est partie ! Elle portait ce bracelet parce qu'elle *devait* se cacher, elle *devait* oublier.

La gorge d'Ivy se noua. Elle ressentait un mélange doux-amer de tristesse et de fierté. Grand-Mère Sylvie avait fait la chose la plus courageuse, la plus généreuse qui soit. Elle avait volontairement abandonné sa vie et tous ses souvenirs afin de préserver le secret sur l'emplacement du Grand Bien Extraordinaire.

— Et il n'y a qu'une personne qui ait assisté à tout ça, continua Ivy tandis qu'ils ralentissaient pour entrer dans une petite cour. Il était là quand Violette a déposé l'objet et quand Helena l'a confié à Sylvie. (Elle se tourna vers Seb.) Tu te rappelles ce portrait dans le manoir Wrench ? Celui qui montrait toute la famille ? Tu te rappelles le garçon avec les cheveux blonds ?

Ivy revit son visage potelé, ses petits yeux noirs et sa peau pâle : le cadet des garçons, Cartimore.

— Alors Cartimore Wrench a aperçu le Grand Bien Extraordinaire, résuma Valian, et depuis, il le cherche sans relâche. Il a dû en parler à Selena Grimes il y a des années, au moment de rejoindre la Mormô.

— Et quand le bracelet de Grand-Mère a été sectionné et qu'elle a réapparu, ils se sont tous les deux lancés à sa poursuite.

— Sauf que Grand-Mère a oublié où il était, poursuivit Ivy. Du coup, Cartimore a envoyé le selkie pour lire dans mes pensées et il a introduit le sphinx noir dans notre chambre à l'auberge pour nous espionner, persuadé qu'on était au courant.

— Mais où est Cartimore aujourd'hui ? demanda Seb. S'il nous surveille, il doit être tout près, à Londinor.

Ivy hocha la tête avec un air sombre. Elle y avait beaucoup réfléchi.

— Rappelez-vous : qui nous a donné un indice sur l'emplacement du manoir Wrench au nord de Londinor ? Qui a pu lire toutes les communications passant par Londinor au cours de ces dernières années ? (Elle se tourna vers Valian.) Tu m'as dit toi-même qu'il avait débarqué il y a près d'un demi-siècle, c'est-à-dire quand la famille Wrench avait commencé à se cacher.

Elle pointa un doigt et, ensemble, ils levèrent les yeux sur la tour grêle qui se dressait devant eux : le Bureau des plumes express.

35

Albert Merribus, *alias* Cartimore Wrench, *alias* Jacobée, *alias* l'homme en gris, avait disparu. Le Bureau était vide.

Les trois enfants découvrirent une pièce circulaire, avec des bureaux et des étagères couverts de tasses sales, de livres reliés en cuir, de pots contenant des plumes de toutes les couleurs et de croûtes de fromage. Un lavabo en porcelaine taché était fixé au mur et un hamac en toile miteux pendait entre les avant-toits. Ivy renifla. Ça puait les vieilles chaussettes, la poussière et les fientes d'oiseau là-dedans. Cartimore avait dû vivre seul ici pendant des années, à nourrir sa colère et ses obsessions.

En entendant un grattement, elle se retourna et vit Valian se relever près d'un bureau.

— Il y a ici une carte extraordinaire avec le nom Sylvie Wrench écrit dessus, dit-il. Cartimore l'utilisait pour traquer votre grand-mère. Elle indique qu'elle est toujours à l'hôpital en ce moment.

Ivy aperçut un piochon appuyé à l'envers contre le mur. Un trench-coat gris froissé et un chapeau à large bord étaient accrochés dessus. Elle reconnut les vêtements de l'homme en gris.

— Eh, il y a une autre porte ici, annonça Seb d'une voix mal assurée.

Couleur papier jauni, elle se confondait avec les murs, si bien qu'Ivy ne l'avait pas remarquée jusqu'ici. Elle la reconnut lorsque son frère l'épousseta.

— C'est la porte de Jacobée qui donne sur la Loge secrète !

Il essaya de l'ouvrir, mais elle refusa de bouger.

— Bon, ça confirme notre hypothèse : Merribus est bien Jacobée. Qu'est-ce qu'on fait maintenant ?

Elle se creusa la cervelle. Toutes les preuves étaient là, sous leurs yeux. Smokehart serait forcé de les croire.

— Je ne vais pas les lâcher, promit Valian, la gorge nouée. Aconit et Jacobée. Ils savent peut-être où est Rosie.

Ivy ouvrit la bouche, puis se ravisa : inutile d'essayer de l'arrêter. Sa mâchoire crispée reflétait sa détermination. Elle poussa la porte par laquelle ils étaient entrés d'un coup de coude. Elle n'avait aucune envie qu'ils se séparent – ils venaient à peine de se retrouver. Mais l'heure tournait. De précieuses secondes filaient tandis qu'ils étaient là, à réfléchir à des décisions.

— Je crois qu'on n'y arrivera pas sans se séparer, dit-elle.

Valian jeta un œil sur sa petite pelle extraordinaire. Elle ne luisait pas… du moins, pas encore.

— D'accord. Moi, je vais dans le quartier des Morts. À mon avis, Selena rôde dans ce coin-là ; c'est son territoire, après tout.

— Ivy, l'un de nous doit aller au poste, affirma Seb, la mine grave. Maman et papa sont toujours là-bas. Je ne sais pas trop ce qui leur pend au nez, mais on doit les protéger.

Ivy sortit le réveil de sa poche. Les aiguilles étaient toujours noires. Le cadran chatoya, mais elle détourna le regard avant de voir apparaître le visage de sa mère.

— Tu as raison, acquiesça-t-elle.

— J'y vais, proposa Seb. On n'a pas le temps de tirer à la courte paille.

Elle accepta d'un hochement de tête. Elle ignorait comment Seb allait les secourir s'il rencontrait une, voire plusieurs créatures mortes travaillant pour la Mormô en chemin, mais elle n'avait pas de meilleur plan.

— Bon, d'accord. Moi, je vais aller à la Maison des Cloches chercher Ethel et Violette. Avec leur aide, on réussira peut-être à convaincre Smokehart qu'il fait fausse route, et à stopper la Mormô avant qu'il ne soit trop tard.

Comme ses voisines, la Maison des Cloches semblait sombre et vide. Les stores étaient descendus sur la vitrine, et à travers la porte en verre Ivy ne distinguait que les contours flous de la boutique.

Et si Ethel n'était pas encore rentrée ? se dit-elle.

Elle grimpa les marches du perron et ouvrit la porte d'entrée sans bruit. Elle surprit une conversation à l'intérieur.

— Vraiment, Cartimore, grondait une voix sèche. Mettre hors d'état les filtres à air était une très mauvaise idée. Les gens se doutent de quelque chose maintenant – les intergardes s'agitent dans tous les sens. Si tu cherchais à vider le bâtiment, il y avait quand même des moyens plus faciles. Il faut toujours que tu emploies des méthodes grossières. Tu veux que les gens découvrent ton identité ?

Ivy s'immobilisa tandis que la porte se refermait en cliquetant derrière elle. Avait-elle bien entendu… *Cartimore ?*

Elle s'avança sur la pointe des pieds. Un rai de lumière brillait sous la porte qui donnait sur la réserve. Elle contempla les étagères, bouche bée. Chacune des cloches, sans exception, était recouverte d'une matière visqueuse, qui, à en juger par la puanteur qu'elle dégageait, venait probablement d'un selkie. Même la grosse sonnette du comptoir était paralysée et réduite au silence sous une couche de gelée verte.

— Et pourquoi pas ? répondit une voix grasse. J'aimerais voir les têtes que feront tous ces demeurés quand ils sauront à qui ils ont affaire. Je voudrais voir la peur dans leurs yeux, rien qu'une seconde.

Il ricana. Elle reconnut les intonations d'Albert Merribus, le vieil homme caractériel.

Il y eut un crissement dans l'arrière-boutique. Cartimore jura.

— Ça doit être là quelque part, c'est forcé. Les nabots ont passé plusieurs jours ici depuis leur arrivée à Londinor, et Ethel Dread est une amie d'enfance de Sylvie. Les enfants ont dû lui confier l'objet pour qu'elle veille dessus. J'en suis sûr.

— Tu m'exaspères avec tes conjectures, soupira l'autre.

Ivy n'avait plus aucun doute : il s'agissait de Selena Grimes.

— Ai-je besoin de te rappeler que lorsque tu as rejoint la Mormô tu as signé un pacte, Cartimore ? Si ta sœur sortait de sa cachette, tu nous expliquerais comment trouver l'objet et nous ferions tout ce qui était en notre pouvoir pour t'aider à le récupérer. Nous avons rempli notre part du marché. Où est-il ?

— Ne fais pas comme si tu te dévouais pour la Mormô, grogna Cartimore. Je sais que tu le cherches dans mon dos en espérant le garder pour toi. Tu crois que je n'ai pas repéré ton crogne qui se faufilait derrière moi dans le manoir ?

— Regarde mes mains ! Elles portent la marque de ma loyauté, comme les tiennes. J'ai toujours agi au service de la Mormô. Nos frères et sœurs de la Guilde Déchue sont à deux doigts de découvrir les quatre autres Grands Biens Extraordinaires. Très bientôt, nous jouirons tous les six d'un pouvoir sans égal. Mais d'abord nous avons besoin de l'objet que tu nous as promis. S'il n'est ni ici ni dans le manoir, alors où est-il, cher Cartimore, hein ? J'ose espérer que tu ne nous mens pas depuis le début ?

Ivy avait un mauvais pressentiment. Cette dispute allait mal tourner.

— Qu'en penses-tu, Gobelin, mon tout beau ? susurra Selena. Peut-être que tu pourrais rafraîchir la mémoire de Cartimore…

Ivy perçut le bruit feutré de lourdes pattes.

— À tes ordres, maîtresse.

La marmelade dégoûtante qui emprisonnait la sonnette du comptoir se mit à frémir. *Gobelin.* Ivy n'avait pas revu le lupin depuis que le crogne l'avait jetée au fond de la fosse à goule. Sa poitrine se serra.

— Allons, Selena, c'est inutile, je t'assure, se défendit Cartimore d'une voix chancelante. Tu dois me faire confiance.

Je l'ai vu dans les mains de ma sœur quand j'étais petit – un vieux sac, très facile à reconnaître. Ma mère lui a dit qu'il faisait partie des cinq Grands Biens Extraordinaires. Il doit détenir un pouvoir incommensurable.

Ivy réfléchit. *Un vieux sac...* C'était *ça* qu'ils cherchaient ? Ils devaient parler du sac de Violette – le sac en toile de jute dans lequel elle transportait ses objets.

La sonnette tremblait de plus en plus fort ; elle essayait de parler, mais Ivy ne comprenait pas ce qu'elle voulait dire.

Gobelin hurla un avertissement.

— Il y a quelqu'un, maîtresse !

Un frisson glacial secoua Ivy. Elle devait sortir d'ici.

Elle commença à pivoter en direction de la rue – mais trop tard. Le lupin sortit en trombe de la réserve. La porte s'ouvrit à la volée à grand fracas. Elle se figea. Le loup braqua les yeux sur son visage. Elle recula lentement...

Et fit la culbute derrière le comptoir.

Une vive douleur l'élança le long de la colonne vertébrale tandis que le loup, vif comme l'éclair, bondissait sur elle. Selena Grimes les rejoignit en *traversant* le mur pour s'arrêter aux pieds d'Ivy. Cartimore, lui, franchit la porte en boitillant.

— Tiens, tiens, Gobelin, qu'as-tu trouvé ? s'écria Selena en souriant à son lupin.

Ses mains nues grouillaient d'asticots et sa peau se détachait par lambeaux autour de ses ongles noircis.

Ivy tremblait de terreur de la tête aux pieds. Elle était piégée. Même si, par miracle, elle parvenait à s'échapper, le loup la pourchasserait.

— Mais ça alors ! La petite-nièce en personne qui vient nous rendre visite ! (Selena tapa ses mains pourries l'une contre l'autre.) Comme c'est merveilleux, Cartimore ! Je crois qu'elle est venue seule.

Son sourire révélait des dents pointues comme des aiguilles. Ivy fixa son grand-oncle avec horreur. Il ne ressemblait pas du tout à son portrait. Sur la peinture, il était représenté en petit garçon bien en chair avec une tignasse de cheveux blond doré. À présent, il était émacié et osseux. Ses vêtements usés et tachés pendaient sur sa carcasse et il se déplaçait péniblement, comme un vieillard.

— Cette gosse n'est pas ma petite-nièce, maugréa-t-il. Laisse-moi passer, Selena ; je vais m'occuper d'elle.

Il s'approcha d'Ivy de son pas claudicant.

— Tu n'aurais jamais dû naître, pour commencer, cracha-t-il.

Ses yeux avaient la même couleur ambrée que ceux de Grand-Mère Sylvie, et pourtant ils étaient totalement dépourvus de chaleur.

— Sylvie a déshonoré la famille en épousant un Ordinaire. Toi et le reste de ses descendants, vous êtes la honte de la lignée Wrench. Et c'est *elle* qui m'a forcé à me cacher. J'ai vécu dans ce minuscule trou à rats pendant quarante ans. Quarante années à écouter, à attendre, à la *traquer*. Elle va me le payer !

— Cartimore, s'il te plaît. Il n'y a pas de temps à perdre avec ça. Tu as déjà programmé le réveil. Tes créatures s'assureront que les parents meurent à minuit. Tu pourras finir ta petite réunion de famille plus tard ; en attendant, la fille ne va nulle part. Pour le moment, nous devons déterminer si l'objet est ici ou non.

Cartimore écumait de rage.

— Je dois l'éliminer maintenant, Selena, tu ne comprends pas ? Elle est comme une jambe atteinte par la gangrène. Il faut la couper.

Il fouilla dans sa poche et en sortit un tire-bouchon. Le petit instrument émit un sifflement de serpent en colère – d'ailleurs, Ivy aurait juré le voir darder une langue fourchue. Selena leva les yeux au ciel.

— Très bien, si ça ne peut pas attendre. Mais presse-toi et ne fais pas de saletés.

Cartimore, ravi, tendit la main vers la fillette. Le tire-bouchon tressautait et frémissait dans son poing en répandant une lumière blanche.

— Où il est, sale mioche ? Où tu l'as mis ?

Ivy était submergée par la terreur. Elle allait mourir *là, maintenant*. Elle pensa à Seb, à ses parents et à Grand-Mère Sylvie. Et même à Scratch. Elle imagina les visages de ses amis du collège, et des marchands qu'elle avait rencontrés à Londinor.

— Lochfer, murmura une voix étouffée. Loche fer.

Elle cligna des yeux.

— Cloches Fer, répéta la voix d'un ton pressant. Cloches des Enfers, Ivy ! Cloches des Enfers !

Elle revint à la réalité. Sa main était posée sur la base de la sonnette, qui était étrangement chaude ; des vagues de chaleur lui remontaient dans le bras.

— Les cloches des Enfers ! hurla de nouveau la sonnette (et Ivy prit conscience qu'elle l'entendait dans sa tête). Ivy Sparrow ? Est-ce que tu m'entends ?

La fillette lui jeta un coup d'œil. Elles communiquaient grâce à son don, sans que personne d'autre ne les entende.

— Les cloches des Enfers, Ivy. Les cloches des Enfers.

Ivy regarda la vitrine derrière le bureau d'Ethel. Les cloches à l'intérieur avaient été épargnées par les selkies.

— À moins que tu ne me dises la vérité, gamine, ça va piquer un peu.

Cartimore gloussa et approcha son tire-bouchon de la gorge d'Ivy. Celui-ci avait maintenant achevé sa transformation en serpent de métal. Il avait des écailles d'un noir argenté comme la nuit et des yeux sans âme. Quand il ouvrit la gueule, ses crochets scintillèrent et elle vit des flammes brûler au fond de sa gorge.

D'un mouvement vif, elle roula sur sa gauche et cassa la vitrine avec les poings. Ignorant la douleur, elle attrapa les cordes qui pendaient sous les cloches pour les secouer violemment.

— Cerbère ! cria la première.

— Érèbe ! ajouta celle de droite.

Puis, ensemble :

— EN AVAAAANT !

Elle se laissa glisser contre le mur tandis que le sol vibrait. On aurait dit qu'un train passait à côté. Cartimore essaya de contrôler le serpent qui se tortillait entre ses doigts, désespérant de s'échapper. Son visage pâlit et les vaisseaux de ses yeux éclatèrent.

— Selena ! Qu'est-ce qui se passe… ? Aaah ! hurla-t-il lorsque le serpent finit par se libérer pour disparaître sous la porte. Espèce d'idiote ! cria-t-il alors en se jetant sur Ivy.

Elle serra les dents lorsque son poing heurta sa joue.

Le lupin se mit à hurler. Selena remonta sa jupe d'une main, révélant le vide qui la séparait du sol, et se tourna vers le mur.

— Cartimore, nous n'avons pas le temps ! Sors ! Sors d'ici ! Les bêtes vont…

Elle n'eut pas le temps de terminer son avertissement. Les chiens arrivèrent. Ivy comprit alors pourquoi ces cloches étaient baptisées « cloches des Enfers ». Deux molosses, aussi gros que des chevaux, firent voler en éclats la cloison qui séparait la réserve de la boutique. Ils dégageaient de la vapeur et le plancher de bois fumait autour de leurs pattes. L'air s'emplit de relents nauséabonds de soufre et de charbon. Libérées de leur magma infâme par la chaleur, les autres cloches se mirent immédiatement à hurler :

— ETHEL ! INTERGARDES ! AU SECOURS !

Cartimore était affalé par terre, couvert de boue de selkie. Gobelin jeta un regard aux molosses, glapit et disparut dans les plis de la jupe noire de Selena.

— S-Selena ! cria Cartimore. À-à l'aide !

L'intendante pénétra peu à peu dans le mur. Seules sa tête et ses épaules dépassaient maintenant dans le magasin.

Sa trahison ne parut pas surprendre Cartimore. Il se contenta d'enfoncer une main dans son manteau et d'en sortir ce qui ressemblait à un magazine sur papier brillant.

— Ne le regarde pas, Ivy, ordonna la sonnette du comptoir, à voix haute cette fois. Les magazines extraordinaires étourdissent les gens. Il essaie de paralyser les chiens. Il n'y arrivera pas. Les chiens sont insensibles aux objets extraordinaires. Seules les cloches peuvent leur ordonner de retourner aux Enfers.

Les bêtes examinèrent la pièce avec leurs yeux de feu. À la vue de Cartimore, leurs grognements s'intensifièrent. Ils reniflèrent l'air et ouvrirent la gueule, sortant des langues noires et fourchues. Ivy était presque certaine qu'ils allaient dévorer Cartimore puis détruire toute la boutique avant de sortir dans les rues de Londinor. Elle regarda par-dessus son épaule. Les deux cloches des Enfers se balançaient mollement au bout de leurs crochets. La sonnette reprit la parole :

— Fais-les sonner une seconde fois.

Ivy entendit toquer furieusement à la porte. Elle regarda par-dessus le comptoir et vit Selena disparaître dans le mur. *Zut.* Elle avait réussi à s'échapper. À travers la porte d'entrée, elle reconnut l'inspecteur Smokehart, Ethel et Valian.

De soulagement, elle faillit oublier de sonner les cloches. Les chiens des Enfers aboyèrent, si fort que toutes les vitres se brisèrent. Les visiteurs tombèrent à la renverse. Ivy se ressaisit, empoigna les cordelettes des deux cloches et les secoua frénétiquement.

— Cerbère ! cria la première.

— Érèbe ! fit l'autre.

— À LA MAISON !

Les chiens grognèrent et martelèrent le sol de leurs pattes. Des flammes jaillirent dans la pièce. Ivy se mit à tousser. Il devenait difficile de respirer.

Des volutes de fumée noire montèrent à travers le sol et enveloppèrent les chiens. Puis le plancher s'ouvrit sur des ténèbres, et les chiens aboyèrent une dernière fois avant de sauter dans le trou.

Le magasin grésillait et empestait le soufre. Les cloches se secouèrent afin d'éteindre les départs de feu avec la vase de selkie et, à travers la fumée épaisse, Ivy reconnut la silhouette familière de son frère.

Au centre de la pièce, Cartimore geignait tandis qu'une personne de grande taille, toute de noir vêtue, se penchait sur lui.

— Cartimore Edward Wrench, annonça l'inspecteur Smokehart, je vous arrête au nom des quatre intendants de Londinor. Vous avez le droit de garder le silence. Tout ce que vous direz pourra être retenu contre vous.

Il utilisa un trombone pour lier les mains de son prisonnier.

Seb s'approcha pour aider sa sœur à se lever.

— Seb, le réveil ! murmura-t-elle.

Elle le sortit de sa poche. Le cadran était toujours sale et les cloches rouillées, mais les aiguilles, qui avaient dépassé minuit, étaient devenues blanches. Ivy vit son reflet à l'intérieur. Son visage était noir de suie et éclaboussé de boue, ses cheveux collés sur son front, mais elle était bel et bien vivante. Le compte à rebours s'était arrêté. La Mormô avait échoué.

Ivy se jeta au cou de son frère. *C'est fini*, pensa-t-elle. *C'est vraiment fini.*

Elle remarqua que l'inspecteur Smokehart la dévisageait.

— L'Intergarde a abandonné les charges retenues contre toi concernant l'attaque du sphinx noir, dit-il.

Il esquissait un sourire. Les autres intergardes regardaient, interdits, l'homme que Smokehart venait d'appeler Cartimore Wrench.

Pour la toute première fois, pensa Ivy, Smokehart semblait vraiment heureux. Il avait enfin résolu une partie du mystère de la nuit des Rois.

36

Ivy contemplait un bâtiment de deux étages au toit pointu, pourvu de fenêtres à petits carreaux et de murs couleur figue. Autour d'elle, des Extraordinaires émergeaient des boutiques et des auberges dans le silence du matin. Les conversations allaient bon train, comme toujours depuis l'arrestation de Cartimore Wrench. Elle remarqua un garçon maigrichon sur un tapis volant, qui zigzaguait autour des cheminées en jetant des journaux sur les pas de porte. Elle se demanda si le procès de la veille ferait la une…

Elle s'étira avec un sourire de contentement. La nuit précédente, qu'elle avait passée chez elle dans son lit, n'avait pas été troublée par le moindre cauchemar mettant en scène un réveil extraordinaire. Son corps se remettait peu à peu, même si elle aurait encore quelques bleus au moment de la rentrée, la semaine suivante. Elle se demanda si ses amis l'interrogeraient sur ce qu'elle avait fait pour la Saint-Sylvestre.

Elle serait obligée de mentir. La vérité était un secret qu'elle ne partageait qu'avec Seb et Grand-Mère Sylvie.

Elle grimpa les marches qui menaient au magasin de curiosités de M. Punch. Les fenêtres miroitaient ; à travers, on pouvait voir danser des coquillages, des miroirs, des tasses à thé et d'autres babioles au bout de chaînes en argent. Au-dessus de la porte était accrochée une grande pancarte en bois montrant un chapeau haut de forme noir – le même que celui que M. Punch portait lors de son annonce sur la place du Marché. Elle se demandait toujours pourquoi il l'avait invitée ce jour-là en lui envoyant une plume express. Il était l'homme le plus important de Londinor, après tout, et elle n'était personne.

Les mobiles tintèrent quand elle poussa la porte d'entrée. Elle sentit aussitôt que cette boutique était différente des autres. D'énormes plafonniers couleur abricot inondaient la pièce d'une lumière chaude, et l'air était chargé de vapeurs d'encens qui lui picotèrent le nez. Ses semelles crissaient sur le sable qui recouvrait le sol. La pièce était pleine de vitrines et de coffres métalliques, et les comptoirs étaient jonchés du plus invraisemblable bric-à-brac qu'Ivy ait jamais vu dans un seul et même endroit.

Elle avança d'un pas hésitant en admirant les objets exposés. Elle comprit très vite pourquoi on l'appelait un magasin de « curiosités ». Elle s'interrogea sur les aptitudes spéciales que possédait chacun de ces objets. Peut-être que les stylos à plume extraordinaires étaient plus dangereux que des épées, et que les montres de gousset pouvaient renverser le cours du temps. Et ces patins à glace extraordinaires ne se portaient sûrement pas aux pieds.

Un objet en particulier attira son attention. À côté d'une ombrelle en dentelle blanche se trouvait un manteau ample très ancien bordé de fourrure. Elle le prit dans ses mains et constata qu'il était brodé de fleurs dorées.

Elle fronça les sourcils. Elle l'avait déjà vu – sur cet homme sec qui l'avait aidée à s'échapper du carrosse de l'Intergarde.

Elle avisa ensuite un écriteau en bois fendu sur le côté, qui disait :

BOUGIES D'INVISIBILITÉ : COTE 8

Attends un peu…

Il appartenait au marchand de bougies qu'elle avait croisé le jour de son arrivée à Londinor. Que faisait-il ici, dans la boutique de M. Punch ?

Elle sursauta quand une voix brisa le silence.

— Bonjour.

Elle fit volte-face et plissa les yeux en sondant les ombres au fond du magasin.

— Euh… bonjour ? Je suis…

— Je sais qui tu es.

Ivy n'avait jamais entendu cette voix, courtoise mais chaleureuse, comme celle de son professeur préféré.

Elle toussota et reposa lentement le manteau sur l'étagère.

— Euh, M. Punch m'a demandé de passer…

— En effet.

Un visage jaillit enfin de l'obscurité. Surprise, Ivy retint son souffle. Un homme entre deux âges, avec des lunettes et une barbe blanche, se présenta. Il portait une élégante chemise bleue avec un gilet noir et un pantalon assorti. C'était le genre de tenue qu'aurait pu enfiler le père d'Ivy ; et ça ne correspondait pas du tout au style farfeluche en vogue à Londinor. Elle l'examina attentivement. Elle ne le reconnaissait pas. Il était peut-être l'assistant de M. Punch.

— Bonne année, Ivy Sparrow, dit-il en souriant. Je n'ai pas eu l'occasion de te le dire hier quand je t'ai croisée au tribunal.

La fillette était de plus en plus décontenancée. Elle aurait pourtant juré qu'elle ne l'avait jamais rencontré.

— Euh… vous êtes sûr qu'on s'est croisés hier, parce que…

À cet instant, elle vit son visage changer. Sa barbe blanche se raccourcit, ses lunettes disparurent et sa peau prit la couleur du thé avec un nuage de lait.

— Oh oui, j'en suis certain. C'est moi qui t'ai remerciée, tu te souviens ? D'avoir sauvé les citoyens de Londinor. Et d'avoir démasqué un des membres de la Mormô. Ton frère et toi, vous avez accompli un acte intelligent et courageux – d'autant plus que vous étiez sous pression à cause de ce réveil extraordinaire.

Elle fronça les sourcils. C'était M. Punch qui lui avait dit toutes ces choses la veille…

Elle repensa au procès de Cartimore. Grâce aux preuves que Seb et elle avaient accumulées, en plus de la carte et de la porte compromettantes découvertes par Smokehart au Bureau des plumes express, Cartimore avait été reconnu coupable d'avoir commandité l'attaque du sphinx noir et le sabotage des filtres à air par les selkies. Cependant, il avait refusé de renseigner les enquêteurs sur ses intentions, si bien que personne à Londinor n'était plus avancé concernant le Grand Bien Extraordinaire et la véritable raison de la disparition de Grand-Mère Sylvie.

À la fin de la déposition d'Ivy, Smokehart lui avait demandé si elle souhaitait ajouter quelque chose, mais elle avait secoué la tête. Personne ne l'aurait crue à propos de Selena Grimes de toute façon, surtout pas Smokehart. Ethel était aussi d'avis qu'il valait mieux qu'ils gardent cette information pour eux tant qu'ils ne disposaient pas de preuves suffisantes pour l'étayer. Cependant, Ivy n'aimait pas l'idée que quelque part, en ce moment même, Selena et les trois derniers membres de la Mormô complotaient pour s'emparer des quatre autres Grands Biens Extraordinaires.

Le monsieur barbu pencha la tête.

— Tu aurais préféré que les choses tournent différemment ?

Elle réfléchit. Cela ne servait à rien de se perdre en conjectures. Avec des « si », on finissait par devenir frustré et aigri, comme Cartimore. La vérité, c'est que Selena Grimes ne pouvait plus se cacher. Ivy, Seb, Valian et les autres l'attendaient au tournant. Car malgré les dangers et les menaces de mort, Ivy avait le sentiment que rien n'arrivait par hasard. Grand-Mère Sylvie connaissait maintenant la vérité sur son passé, et ses petits-enfants avaient découvert leur héritage d'Extraordinaires et de citoyens de Londinor. Ivy ne renoncerait à cela pour rien au monde.

— Non, finit-elle par répondre. Cartimore est parti maintenant, c'est tout ce qui compte.

12

Parti dans une fosse à goule pour le restant de ses jours, se rappela-t-elle.

— Tant mieux, dit l'homme en souriant. J'ai un cadeau pour toi.

Il se tourna et prit quelque chose sur le comptoir derrière lui. Puis il lui fit signe d'approcher.

Nerveuse, elle fit un pas en avant. Elle ne comprenait pas pourquoi il voulait lui donner quoi que ce soit – personne ne donnait rien gratuitement à Londinor.

Il lui tendit une paire de petits gants blancs.

— Ils sont pour moi ?

Elle les enfila aussitôt. Ils étaient cousus dans du coton doux, avec des pinces sur les articulations, comme de jolis gants de soirée. Ivy lut les mots suivants tracés dans une belle écriture manuscrite sur une étiquette en carton :

Décernés à Mlle Ivy Sparrow en gage de notre gratitude pour sa contribution dans la lutte contre la Mormô.

Elle sourit. Elle sentait la chaleur délicate qui se répandait dans ses doigts.

— Mais… ils sont extraordinaires, dit-elle. Est-ce que cela signifie que je peux « prendre le gant » ?

L'homme lâcha un petit rire et regarda ses mains d'un air approbateur.

— Je crois que c'est ce que tu viens de faire.

Les gants chuchotaient plus fort qu'aucun autre objet auparavant. Sa peau fourmillait et même ses pieds se mirent à chauffer, comme si elle entrait dans un bain chaud. Elle entendait un chant dans son oreille – un chant entonné par toute une chorale, magnifique et obsédant. Elle avait la sensation qu'on lui souhaitait la bienvenue chez elle.

— Merci, dit-elle, les yeux brillants d'émotion.

Elle regarda le visage de l'homme se transformer de nouveau. Sa barbe disparut et des taches de rousseur lui éclaboussèrent le front.

— Euh… Vous êtes M. Punch ?

— La plupart des gens me connaissent sous ce nom, oui.

Une lueur malicieuse passa dans ses yeux bleu-vert. Ivy comprenait maintenant pourquoi ils lui semblaient si familiers.

— Je vous ai déjà rencontré… C'est vous qui m'avez donné la bougie d'invisibilité dans le terminal des arrivées… et c'est vous qui nous avez aidés à nous échapper du carrosse. N'est-ce pas ? (Leur fuite ne devait rien à la chance, comme elle en avait eu l'intuition.) Pourquoi êtes-vous différent chaque fois que je vous vois ?

M. Punch s'accouda sur le comptoir.

— Je suis un hob, Ivy, une des sortes de morts les plus rares. Les hobs sont faits de plusieurs âmes et notre apparence varie. (Son visage se brouilla et mua – d'abord il était M. Punch, ensuite l'assistant du magasin, puis l'homme maigre du carrosse et enfin le vieux marchand de bougies.) Mais tout le monde ne perçoit pas nos changements. Seuls les chuchoteurs en sont capables.

Elle rougit. Elle avait dévoilé son secret sans le vouloir.

— Vous m'avez aidée depuis le début, dit-elle. Pourquoi ?

Ses yeux turquoise la considéraient avec bienveillance.

— Je veille sur toi et sur ta famille depuis bien longtemps, Ivy Sparrow. Ta grand-mère est venue me voir lors de la nuit des Rois 1969 ; elle m'a réclamé de l'aide. Elle voulait un objet qui puisse assurer sa sécurité, ainsi que celle du Grand Bien Extraordinaire. Je luttais contre la Mormô depuis des années ; j'étais conscient que s'ils venaient à s'emparer de l'objet, les conséquences seraient dramatiques. C'est moi qui lui ai donné le bracelet extraordinaire : si un jour elle réapparaissait, cela signifierait que le bracelet s'était détaché.

Ivy comprit pourquoi les gens le considéraient comme le gardien de Londinor. Elle se demanda combien de ruses différentes il avait inventé pour protéger les citoyens de la Mormô au fil des années.

— Savez-vous où ma grand-mère a caché le Grand Bien Extraordinaire ? Elle vous l'a dit ?

Ses traits se modifièrent une fois de plus. Son nez grossit, sa peau blanchit et ses cheveux devinrent roux et bouclés. Un chapeau noir venait de se matérialiser sur sa tête.

— Ta grand-mère s'est assurée que personne d'autre qu'elle ne sache où était caché l'objet. Ainsi, seuls ses souvenirs ont dû être effacés.

Ivy n'osait pas imaginer à quel point cette décision avait dû être difficile. Elle se demanda où Grand-Mère Sylvie avait pu mettre quelque chose d'aussi dangereux que le Grand Bien Extraordinaire. La pression sur ses épaules était si forte. Peut-être qu'elle était en route vers la cachette quand elle avait eu son accident.

Elle frémit. *L'accident dans la tempête de neige.* Ça, sa grand-mère n'avait pas pu le prévoir. Peut-être qu'il avait été provoqué par sa perte de mémoire…

Ce qui signifiait qu'elle n'avait pas eu le temps de cacher l'objet.

Et que, par conséquent, elle l'avait toujours gardé avec elle, sans savoir ce que c'était…

Ivy se souvint d'avoir entendu Cartimore parler d'un vieux sac.

Oh… mon… Dieu…

Elle se figea.

La barbe blanche de M. Punch repoussa. Il désigna la porte du menton.

— Je crois qu'il est l'heure de partir.

Elle se dirigea vers la sortie comme un automate. *Il était sous nos yeux depuis le début… !*

— Je te verrai à l'ouverture de la prochaine saison, lui dit M. Punch en lui tenant la porte. Tu vas aimer Londinor au printemps. C'est très… différent.

Ivy s'arrêta en dérapant devant les Grandes Portes. Valian et Seb l'attendaient au pied de Sir Clement.

— Alors ? dit Seb. Qu'est-ce qu'il voulait ?

Elle secoua la tête, trop essoufflée pour parler. Hors d'haleine, elle lui montra ses gants tout neufs.

— Tu as pris le gant ? s'exclama-t-il. Génial. Tu crois que j'aurai le droit la prochaine fois ?

Ivy était heureuse qu'il ait envie de revenir à Londinor, comme elle. Valian lui donna un petit coup d'épaule.

— Bien joué, gamine. Bienvenue au club. Et regarde : c'est officiel. (Il lui glissa un numéro du *Barrow Post* sous les yeux.) Il a été imprimé ce matin.

Ivy parcourut les gros titres :

LA SAINT-SYLVESTRE S'ACHÈVE SUR UN COUP DE THÉÂTRE !
LE FILS D'OCTAVIUS WRENCH SE FAISAIT PASSER
POUR LE MAÎTRE DES PLUMES EXPRESS
DEPUIS PLUS DE QUARANTE ANS

Elle suivit le doigt de Valian jusqu'à un petit paragraphe en bas de la page.

« Londinor est ravie d'accueillir les arrière-petits-enfants d'Octavius Wrench, Sebastian, quatorze ans, et Ivy, onze ans, qui ont vécu toute leur vie comme des Ordinaires. Nombre de brocanteurs à Londinor et ailleurs dans le monde s'avouent préoccupés par leur héritage familial. Il est difficile de leur donner tort à la lumière des révélations spectaculaires de la Saint-Sylvestre. Cependant, M. Punch en personne se porte garant de leur innocence ; il semblerait qu'ils aient passé leur enfance dans l'ignorance totale du commerce. Leur grand-mère, Sylvie Sparrow (anciennement Sylvie Wrench), a passé les quatre dernières décennies plongée dans une amnésie provoquée par un bracelet extraordinaire. Le Conseil extraordinaire international a décidé de lever toutes les charges précédemment retenues contre eux, suite à leur coopération et à leur rôle dans l'arrestation de son frère, Cartimore. Mlle Sparrow a été reconnue comme unique héritière du patrimoine Wrench. Les intergardes de la première brigade ont confirmé que ses deux petits-enfants avaient été arrêtés pour avoir orchestré une attaque de sphinx noir le 31 décembre, avant d'être innocentés par la suite. L'inspecteur Smokehart, à l'origine de l'arrestation, n'a pas souhaité faire de commentaire. Après avoir résolu une partie du mystère de la nuit des Rois, il sera sans aucun doute candidat à une promotion lors de la réouverture de Londinor au printemps prochain. »

Ivy sentit la main de Seb sur son épaule.

— Euh, Ivy, quand tu auras fini de lire, tu pourras m'expliquer pourquoi tu m'as demandé de récupérer ce vieux sac dégoûtant dans le jardin de Grand-Mère ? Je n'ai pas trop compris ta plume express.

Elle leva les yeux du journal.

— Tu l'as apporté ?

Seb la regarda bizarrement et lui donna le vieux sac en toile de jute dans lequel Grand-Mère Sylvie faisait pousser ses pommes de terre. Ivy retira ses gants et tendit les mains. À peine ses doigts avaient-ils effleuré le tissu rugueux qu'un éclair de feu les traversa. Elle entendit une voix marmonner des propos incompréhensibles. Son estomac se serra et elle lâcha aussitôt le sac.

— Ivy ? Quelque chose ne va pas ?

Elle refoula des larmes de douleur et se redressa.

— Je me rappelle avoir déjà trébuché là-dessus, mais je ne l'avais jamais vraiment *touché*.

— Hmm… Et alors ?

L'expression de Seb changea à mesure qu'il prenait conscience de ce qu'elle essayait de lui dire. Valian baissa les yeux sur le sac, sous le choc.

— Pas. Possible.

Ivy remit ses gants et ramassa le sac.

— Voici le sac extraordinaire le plus puissant du monde. Il fait partie des Grands Biens Extraordinaires. Qui sait où il pourrait nous transporter ?

Valian en resta bouche bée, tandis que Seb s'assurait que personne ne les épiait.

Ivy regarda Valian. Elle pensait à sa petite chambre et se demandait à quoi ressemblait sa vie parmi les Ordinaires.

Il ne se souciait que d'une chose : retrouver Rosie. Elle le comprenait. Elle imaginait ce qu'elle ressentirait si elle perdait Seb.

— Valian, je te le donne. Je n'en veux pas.

Elle n'avait aucune envie de l'utiliser. À quoi lui servirait un tel pouvoir ? Et puis le sac aiderait peut-être Valian à localiser sa sœur.

Il prit le sac d'un geste très lent.

— Vous savez, le marché que j'avais passé avec Ethel est terminé. Je ne suis plus obligé d'être votre garde du corps.

Ivy sourit tristement et hocha la tête. Il lui manquerait. Elle s'était battue à ses côtés. Il avait tout risqué pour les aider à sauver leurs parents. Ils étaient maintenant amis pour la vie.

— Je cherche Rosie tout seul depuis des années. Au départ, je pensais que travailler avec d'autres personnes me ralentirait ; mais j'ai compris au cours de ces derniers jours que l'aide d'une chuchoteuse et d'un batteur extraordinaire pourrait m'être utile.

Ivy sourit.

— Et on ne refusera pas l'aide d'un dénicheur.

— Je ne peux pas vous promettre que ce sera sans danger.

Seb haussa les épaules.

— Le danger, c'est pas un problème pour moi. Non, moi, ce qui me préoccupe, c'est ça... (Il sortit une clé USB de la poche de son sweat à capuche.) Pas un seul batteur qui se respecte ne supporterait d'être surpris en compagnie de quelqu'un qui n'écoute pas les Ripz. Il y a leurs deux premiers albums là-dessus. C'est la seule condition que je pose.

— Si tu insistes… répondit Valian en souriant. Tiens, ça me rappelle un truc : Ethel m'a demandé de te donner ça, Ivy.

Il tira de sa poche une sonnette argentée légèrement ternie.

— Scratch ! s'écria-t-elle.

Celui-ci ronronna de plaisir.

— Ivy ! Ethel demander à Scratch si rester avec toi et ne pas dire non.

Ivy aperçut une petite note accrochée sur la sonnette et la retourna pour la lire :

N'oublie pas : je te le prête seulement. Si tu veux l'acheter, il est coté 4,5. Non négociable.

Elle éclata de rire. Valian pencha la tête et lut le bout de papier par-dessus son épaule.

— Du Ethel tout craché. Elle ne marchande jamais.

La cloche de rue se balança.

— Les grottes de départ sont situées de l'autre côté du principal terminal des arrivées. Troisième tunnel sur votre gauche.

Ivy relâcha le battant.

— On rentre à la maison, dit-elle à Seb.

Tous deux traversèrent la grotte. Lors de leur dernier passage, elle grouillait d'activité, mais à présent elle paraissait étrangement vide. Des malles et des bagages abandonnés traînaient au pied des murs et les stalactites jetaient leurs ombres démesurées sur le sol de pierre.

Au loin, Ivy repéra une silhouette avec un gros sac qui émergeait d'un tunnel. Seb lui donna un petit coup de coude.

— On pense à la même personne ?

Elle plissa les yeux. La voyageuse avait de longs cheveux pâles qui semblaient luire dans la lueur jaunâtre des presse-citron.

— Grand-Mère Sylvie... ?

Ivy se précipita à sa rencontre, mais Seb, comme d'habitude, fut le plus rapide.

— Grand-Mère ! cria-t-il, les bras grands ouverts.

Ivy ne put s'empêcher de pouffer en voyant sa grand-mère rougir.

— Ravie de vous voir, moi aussi, dit-elle, la voix étouffée par l'étreinte de son petit-fils. (Elle s'écarta et l'examina.) Tu as l'air plus vieux. Et plus fort aussi. J'ai entendu dire que tu avais continué à t'entraîner à la batterie pendant ton absence...

Il haussa les épaules.

— Faut bien !

— Que fais-tu ici ? demanda Ivy en passant les bras autour de sa taille. Maman nous avait dit que tu ne sortais de l'hôpital que demain.

Leur grand-mère afficha un sourire malicieux.

— Finalement, les docteurs m'ont libérée. Vos parents m'ont invitée à passer quelques jours à Londres pour me reposer. Je crois qu'ils veulent veiller sur moi, les pauvres. Bien sûr, je n'ai accepté que pour pouvoir passer du temps avec vous deux. Vous êtes censés faire les boutiques à cette heure-ci, selon eux.

Ivy hésita à se justifier. Ils avaient dû inventer un petit mensonge innocent pour pouvoir revenir à Londinor.

— Ne vous inquiétez pas, je vous couvre, les rassura Grand-Mère Sylvie. Mais le dîner sera servi dans trente minutes, donc on ferait bien de se dépêcher.

Ivy se demanda ce que ça lui faisait de revenir à Londinor après toutes ces années. Les événements des derniers jours… on ne se remet pas facilement de ce genre de péripéties. Cela allait leur prendre longtemps. Il restait encore beaucoup de questions sans réponses.

— Comment vas-tu ? demanda-t-elle. Je veux dire, vraiment ?

Grand-Mère Sylvie caressa les boucles de sa petite-fille.

— Je me sens beaucoup mieux quand je vous vois. Seulement je n'arrive pas à croire que mon frère était derrière tout ça.

Ivy réprima un frisson. *Cartimore…* Est-ce que Grand-Mère était triste de l'imaginer passer le restant de sa vie dans une fosse à goule ?

— Je sais qu'il est mon frère, dit-elle, mais je n'ai aucun souvenir de lui petit, et il est clair que nous ne partageons pas les mêmes valeurs en tant qu'adultes.

— On dit toujours qu'il y a une brebis galeuse dans chaque famille, énonça Seb.

— Dans la mienne, apparemment, il n'y en avait pas qu'une. Enfin, Cartimore ne nuira plus à personne maintenant. Et puis j'ai gagné plus que je n'ai perdu dans cette aventure. Ethel ne m'avait jamais oubliée malgré toutes ces années. Son amitié est un cadeau précieux.

Ivy tint la main de Grand-Mère Sylvie tandis qu'ils se dirigeaient vers le terminal des départs.

— Est-ce que ces lieux te rappellent quelque chose ?

Elle mourait d'envie de parler de Londinor à sa grand-mère, de toutes les choses formidables qu'elle avait vues.

Le regard de Grand-Mère Sylvie se perdit dans le lointain.

— C'est curieux, mais ce sont surtout les odeurs qui me paraissent familières – ce mélange de cuir, de cirage et de marrons chauds. C'est le parfum de mon enfance… Au fait, j'ai parlé à M. Punch. Il m'a donné ceci… (Elle sortit de la poche de son manteau un long gant en soie jaunie par le temps, avec un petit volant élastiqué au poignet.) Quand j'enfile la paire, j'ai l'impression de porter un uniforme. Je sens qu'ils sont spéciaux, mais je ne me souviens pas du travail que je suis censée effectuer avec, soupira-t-elle. Ma mémoire risque de mettre très longtemps à me revenir – si elle me revient un jour.

Seb lui tapota l'épaule.

— Dans ce cas, il faudra que tu apprennes en même temps que nous ! dit-il gaiement.

— Il a raison, renchérit Ivy. Nous découvrirons Londinor tous ensemble… Tu crois que papa et maman vont s'en remettre ?

— Se remettre de la grippe, tu veux dire ? lui rappela Seb.

Après avoir effacé leurs souvenirs avec des sifflets extraordinaires, les intergardes leur en avaient implanté des faux : ils avaient contracté un virus et étaient restés alités pendant toute la période du Nouvel An. Ivy devrait veiller à ne pas faire de gaffe.

— Oui, je crois qu'ils ne garderont pas de séquelles, dit Grand-Mère.

— Tu plaisantes ? s'exclama Seb. Papa n'a jamais eu l'air aussi en forme que depuis qu'il a pris les boutons de Violette ! Vous avez vu ses cheveux ? Et maman a l'air d'avoir rajeuni de dix ans – elle croit que c'est grâce à la crème pour le visage que je lui ai offerte à Noël.

Ivy se tenait les côtes.

— Alors, cette rencontre avec M. Punch ? l'interrogea son frère.

— Oh oui. Je vous raconterai tout à la maison.

— Ivy, on reviendra ici, hein ? Valian m'a dit que les portes rouvraient au printemps.

Elle haussa les épaules.

— On n'a pas le choix. Il faut bien que quelqu'un arrête Selena.

Il hocha la tête d'un air grave.

— Ouais… (Ses lèvres esquissèrent un sourire.) Mais je pensais aussi à tous les trucs cool qu'on a loupés cette fois. Mes baguettes extraordinaires sont géniales, mais je suis certain qu'on peut trouver encore mieux. Par exemple…

— Quoi ? fit Grand-Mère Sylvie.

— Les voitures ! Les Extraordinaires doivent conduire des voitures de dingue. Je me demande s'ils vendent des pièces détachées – des pneus extraordinaires, par exemple.

Ivy secoua la tête.

— C'est à ça que tu pensais ? Conduire une voiture extraordinaire ?

— Et alors ? D'ici à deux ans, je pourrai commencer à prendre des leçons de conduite. Et toi, à quoi tu penses ?

Ivy éclata de rire. Ils avaient affronté la mort, combattu des monstres et des loups parlants, découvert toute une nouvelle branche de leur famille et utilisé des objets de tous les jours en défiant les lois de la science.

— Le monde me paraît si différent, maintenant, avoua-t-elle. Nous ne sommes plus des bouseux ; nous sommes des Extraordinaires. C'est incroyable à quel point nos vies ont changé en quelques jours. Tu ne trouves pas ?

— Je sais pas... Mais une chose est sûre : je ne regarderai jamais plus une brosse de toilettes de la même façon.

Remerciements

Je tiens à exprimer toute ma gratitude envers Sarah Davies et les équipes de Greenhouse Literary Agency and Rights People, pour leur travail formidable.

J'adresse des pensées affectueuses à tous ceux avec qui j'ai travaillé à la librairie Foyles, sur Charing Cross Road : Neil, Cleaver, Kate, BXL, Mac, Rupert et Sean – grâce à vous, j'étais comme à la maison et vous étiez une constante source d'inspiration. Sam et Jo, ce livre n'aurait pas vu le jour si je n'avais pas eu cette chance incroyable de collaborer avec vous pendant si longtemps. Merci de m'avoir appris à être une bonne libraire pour les enfants ; je sais que cela m'a aidée à devenir une meilleure auteure pour la jeunesse. Merci également à tous les représentants pour leurs encouragements : Andy Penguin, Foy, la magnifique Heidi, l'adorable Lucy Cornwell, Tobes, Glen, Birchy et, mon chouchou, Peter Fry. Vous me manquez tous.

Un remerciement particulier à Ginny Garramone, qui a eu le courage de lire plusieurs versions initiales, et à Gemma Cooper et Robin Stevens, qui ont fait preuve d'une grande gentillesse à mon égard et m'ont accueillie à bras ouverts. Jim Dean, merci pour les conseils sur Twitter – et pardon d'être aussi peu douée avec les réseaux sociaux. Dawn Kurtagich, je suis désolée de m'être défoulée pendant nos appels Skype ; tu as été un rayon de soleil après quelques gros orages.

Si j'ai conservé ma santé mentale pendant toute cette période, je le dois en partie à la belle et brillante Sarah Bryars, qui m'a tirée de quelques crises de panique, et au merveilleux George Hanratty – une conversation avec toi fait des miracles. Merci à vous deux d'avoir été là.

Sarwat Chadda, dit « le gourou », tu es une véritable légende. Je n'aurais jamais pu rédiger une première version correcte sans tes conseils, pas plus que je n'aurais trouvé Greenhouse. Je t'en dois une… non, des tas.

Tamara Macfarlane, merci de m'avoir prise sous ton aile et invitée dans ton pays des merveilles à Tales on Moon Lane. Kath, Leah, Julia et surtout Tereze, vous avez été très patients et je vous en suis infiniment reconnaissante.

Merci à tous les membres du groupe littéraire du Blue Bar qui m'ont soutenue, en particulier Frann Preston-Gannon, Lesley Preston et Robert Croma, qui ont lu une première version, ainsi que Roy Butlin, qui a fait semblant de détester. C'est amusant de voir comment quelques mots de ta part m'ont donné la confiance dont j'avais besoin pour continuer à écrire.

À mon agent, Polly Nolan, c'est un grand privilège de t'avoir rencontrée et de pouvoir travailler avec toi. Tu es la râleuse la plus sympathique que j'aie jamais rencontrée et je n'en reviens toujours pas que quelqu'un d'aussi talentueux que toi ait décidé de prendre fait et cause pour moi. Si tu étais un objet extraordinaire, tu serais cotée 10, c'est certain.

À mes amis de longue date : Natalia, tu m'as fourni l'inspiration pour les cheveux incroyables d'Ivy, mais aussi un soutien inconditionnel de la première à la dernière minute ; Nichol, tout a commencé avec cet exemplaire d'*Eragon* – qui sait ce que je serais devenue sans cela ? Merci de m'avoir mise dans la bonne direction et d'être toujours restée à mes côtés.

Tara. Que dire ? C'est tellement réconfortant d'avoir une meilleure amie qui est aussi écrivain. Ta foi en moi n'a jamais vacillé et tu as été la première à répondre à ce coup de fil. Merci d'être là quand les temps sont durs et de toujours m'aider à remonter la pente.

Enfin, je n'aurais pas écrit une histoire sur une petite fille qui doit sauver sa famille si je n'en avais pas moi-même une formidable : Maman et Beth, j'espère que vous le savez. Vous êtes mes bonnes fées.

PAPIER À BASE DE FIBRES CERTIFIÉES

Le Livre de Poche s'engage pour l'environnement en réduisant l'empreinte carbone de ses livres. Celle de cet exemplaire est de :
400 g éq. CO_2
Rendez-vous sur www.livredepoche-durable.fr

« Pour l'éditeur, le principe est d'utiliser des papiers composés de fibres naturelles, renouvelables, recyclables et fabriquées à partir de bois issus de forêts qui adoptent un système d'aménagement durable. En outre, l'éditeur attend de ses fournisseurs de papier qu'ils s'inscrivent dans une démarche de certification environnementale reconnue. »

Édité par la Librairie Générale Française – LPJ
(58, rue Jean-Bleuzen, 92170 Vanves)

Composition : Nord Compo
Achevé d'imprimer en Espagne par CPI Black Print
Dépôt légal 1re publication : novembre 2021
51.8774.7/ 01 - ISBN : 978-2-01-628811-5
Loi n° 49-956 du 16 juillet 1949 sur les publications destinées à la jeunesse
Dépôt légal : novembre 2021